或隐或明

——书札与随札

戴兴利 著

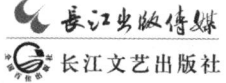

长江文艺出版社

图书在版编目（CIP）数据

或隐或明：书札与随札 / 戴兴利著． -- 武汉：长江文艺出版社，2017.11
　　ISBN 978-7-5354-9769-7

Ⅰ．①或… Ⅱ．①戴… Ⅲ．①随笔-作品集-中国-当代 Ⅳ．①I267.1

中国版本图书馆 CIP 数据核字（2017）第 139300 号

责任编辑：何性松　　　　　　责任校对：陈　琪
封面设计：川石品牌　　　　　责任印制：邱　莉　王光兴

出版：长江出版传媒　长江文艺出版社
地址：武汉市雄楚大街268号　　邮编：430070
发行：长江文艺出版社
电话：027-87679360
http://www.cjlap.com
印刷：济南精致印务有限公司

开本：640毫米×970毫米　1/16　　印张：22.25　　插页：4页
版次：2017年11月第1版　　2017年11月第1次印刷
字数：231千字

定价：49.00元

版权所有，盗版必究（举报电话：027-87679308　87679310）
（图书出现印装问题，本社负责调换）

[作者简介]

    1983年生，律师。法科出身，十载法律实务工作，贯以技艺理性操持游离于浮沉聚散纷芜杂之间。然则，时光击水，激越之魂兀自占于匠人体魄，情怀期待仄起置幻游码于约伯的天平。其魂可守、其艺可进、其心可安、其情可待 ……

    作者 e — mail：djing517@163.com

旨　要（代自序）

　　生命是心灵的旅途域场，它包含了一个人在全部的生命过程中所留存的印迹、所思所想、所取所予、所喜所悲、所挣扎、所嘶鸣、所感叹、所遗憾……我们每天起来，睁开眼睛，从朦胧的昏睡状态中恢复意识，就不得不马上面对那些精神上的巨石，它们沉重、巨大，压抑着我们的灵魂；我们只有义无反顾的将它扛起，使出全部力气，又要小心谨慎，免得被它压伤，最后，才在艰难的努力下，痛苦的微微抬起头，看见一丝光亮，并在间歇与喘息中感受到一点点轻松和平静……简单的说，正是这些显象，构成了一个人的存在感……我更习惯称之为精神存在意象……这些书札所要面对的就是自我心灵的沉疴和精神的直感……它用一篇篇的象征诗体和隐喻认知组构了一颗独立鲜活魂灵与这个世界在同一时、空维度的相逢或偶遇……它是"以先"与"末后"的"当下即是"，又是恒久的信与慕、是爱与忍耐……最终，是这一切精神存在意象在"隐"与"明"之间繁复往复的穿梭与幻变……

目次与篇什结构

旨要（代自序）/001

上　篇：存在的精神辩难与呢喃中的信仰祈告（象征性隐喻诗体）

书札部分：陀思妥耶夫斯基几部重要作品中的精神象征与其他
　　壹：《地下室手记》在火中呢喃谵妄踯躅前行的精神存在意象
　　01　撕碎身上衣服的地下人/003
　　　　　　自然界的规律与现代实证论/003
　　　　　　天问：二二得四/003
　　　　　　第二双眼/005
　　　　　　静与动/007
　　02　荒漠中的甘泉与甘泉中的荒漠/009
　　　　　　苦行僧与荒漠相逢的邻居/009
　　　　　　毒树之果/011
　　　　　　黎明中的黑暗、黑夜中的黎明/012
　　　　　　第一封信：悸动的心——诗体/014
　　　　　　第二封信：超迈的爱/015
　　　　　　第三封信：升腾的华彩诗篇/016
　　　　　　第四封信：被冲刷、拍击的鹅卵石/017
　　　　　　第五封信：没有路……/021
　　03　瞎子领着瞎子/024

贰:《白痴》 暗影里的光与太阳中的黑子

04　梅诗金公爵的出场与精神基调/026

05　蒙召的梅诗金:暗影里的光与太阳中的黑子/028

叁:《罪与罚》 破损的存在感与返璞归真的钟声

06　呢喃颤抖的双唇与暴血的双眼/043

　　阴郁的彼得堡/043

　　该死的问题/044

　　地下人的精神之子/045

　　思想颂歌/045

　　经不起一丝唏嘘的芦苇/046

07　存在感/048

08　存在感在现代性语境与实践中的宰制/049

　　现代性的忧思/049

　　现代性描摹/052

　　谦卑和自负/053

　　超感论与人感论/054

　　带有人的气息的彼岸/055

　　生活世界的危机/055

09　精神熔炉中的灵与肉/059

　　一头猪/059

　　一无所有/060

　　灵与肉/061

　　肉与灵/064

　　肉与灵:生命的裂伤/064

　　肉与灵:苦难与身体的重量/066

　　裂伤与身体的秘密/068

　　灵随肉还是肉随灵/069

10　孤独/071

11 彷徨；梦魇/076

12 罪感/082

13 杀人，杀人，与主义/085

   法国革命的主义/086

   罗伯斯庇尔/087

   人民等于什么主义/088

   狼牙棒是什么主义/091

   政治讲求什么主义/092

   承负生命的裂伤/093

   主义的浪潮过后，淘去了什么，又留下了什么/094

14 铁血意志/098

   冰/100

   良心沾染血渍/101

   孤灯下两颗浸染血渍的心（火）/102

   客西马尼园的祷告与超然者的象征/104

肆：《流浪者之歌》《生生之境》《生命中不能承受之轻》 静默的一吻

15 静默的一吻/105

   悉达多/105

   顾城/108

   昆德拉/109

伍：《洛丽塔》 苦涩的美

16 苦涩的美/111

陆：《窄门》 生命的门是窄的

17 生命的门是窄的/113

柒：《伊凡·伊里奇之死》 飘摇的根基

18 飘摇的根基/115

捌：《诉讼》 燃烧的卡夫卡

19　燃烧的卡夫卡：在法的门前 / 118

玖：《路德文集》 贴近烈日的心

20　贴近烈日的心 / 126

21　日头既照耀义人也照耀歹人 / 128

随札部分：偶然与破碎的在体感

22　记忆与虚无 / 133

23　无名篇什 / 137

24　从来都不会太迟 / 138

25　鸟—— / 140

26　深扎泥土中爱的联结 / 146

27　曾经 / 148

28　无题 / 155

29　如一颗流星划过沉寂的夜空 / 157

30　围栏人的后代 / 158

31　存在与负担 / 162

　　　模糊的未来 / 162

　　　大爱与小爱 / 162

　　　偶在性 / 163

　　　精神欲念的美与崇高，还是虚空与捕风？ / 164

　　　明朗的，或是复杂与矛盾的，亦或方法与技术的 / 166

32　逆——林荫下斑驳的影子：断片补遗 / 170

　　　32.1　反　矛盾律 / 170

　　　32.2　古拉格谜象 / 170

　　　32.3　壹与壹 / 170

　　　32.4　逆 / 170

　　　32.5　碎 / 171

32.6 极/171

32.7 非/171

32.8 埋/171

32.9 泣/172

32.10 慕/172

32.11 露/172

32.12 幻/173

32.13 慢/173

32.14 徙/173

32.15 隐/173

32.16 熔/173

32.17 神秘与新生/174

32.18 美/175

32.19 自由/176

32.20 默/177

32.21 密不透风……/178

32.22 璧……/178

32.23 墙墙……/178

32.24 事件/179

32.25 共相/179

32.26 即/180

32.27 若/180

32.28 非对称主义写作/180

32.29 如果说……/181

32.30 圣子到……/183

32.31 虚己……/183

32.32 满足,与不满足感……/184

32.33 气……/185

32.34　两种……/185

　　32.35　锐……/185

　　32.36　种子……/186

　　32.37　保罗……/186

　　32.38　精神品格的谱系/187

　　32.39　萌芽/207

　　32.40　放弃/208

下　篇：存在与术艺——随札：律师的杂艺

随札：律师的杂艺
　35　律师的杂艺/214
　　35.1　传统平面化的业务发现过程/214

　　35.2　平面化还是立体化/214

　　35.3　立体化　贰/216

　　35.4　立体化　叁/217

　　35.5　立体化　肆/217

　　35.6　立体化　伍/217

　　35.7　立体化　陆/218

　　35.8　语言、书写与职业/218

　　35.9　理论的意义/219

　　35.10　文本能力/219

　　35.11　契约法律人/220

　　35.12　法律职业与法律事务工作深度研究纲目/226

　　35.13　场域、惯习、自主性/230

　　35.14　法学的主观性及其方法论/236

附篇

36 手指　在燃烧的烛火上慢慢炙烤……/277

　　36.1　万分之一/277

　　36.2　贰贰得零/277

　　36.3　人生有三件事不能忽视/279

　　36.4　谁的内心里不藏着黑暗与魔鬼？/280

　　36.5　价值感的执念/280

　　36.6　用精神爬满神经/280

　　36.7　逃避/280

　　36.8　欲壑与欠然/281

　　36.9　独人/281

　　36.10　死亡与时间/281

　　36.11　海沙或是尘埃/281

　　36.12　吹毛求疵/282

　　36.13　我们都是索尼娅/282

　　36.14　若要否定先要深入/282

　　36.15　鲜活的变为腐朽/282

　　36.16　在不毛之地种果树/282

　　36.17　爱情和独立人格/283

　　36.18　极致与愤怒/283

　　36.19　以后……/284

　　36.20　光之礼……/284

　　36.21　感觉、情绪与创造力/285

　　36.22　无题/286

　　36.23　冰释/286

　　36.24　真诚的缺失/287

36.25 安静与惩罚 /287

36.26 自由的迷思 /287

36.27 从感觉……到文字 /288

36.28 论演员的自我感觉…… /290

36.29 善良的罪过…… /291

36.30 荒诞与虚无的路…… /291

36.31 在路上……与两重世界的幻影（壹）/292

36.32 在路上……与两重世界的幻影（贰）：拉撒路…… /298

36.33 在路上……与两重世界的幻影（叁）/302

36.34 无法肯定也无法否定 /304

36.35 厌恶恶心 /304

36.36 尊重的表象与内化 /305

36.37 人赤条条的来、空无无地走…… /306

36.38 一颗心灵、一息生命 /306

36.39 生命 似微弱手中一捧流沙…… /307

36.40 睡眠是人灵唯一的慰藉 /308

36.41 境界 /309

36.42 未知 /309

36.43 轮回——是一种过程与视线 /310

36.44 有一句话是对的…… /311

36.45 一部伟大的书…… /311

36.46 幽邃的迷 /312

36.47 短暂的美…… /312

36.48 掀起波澜 /313

36.49 未来…… /313

36.50 奇迹…… /314

36.51 我——从不曾存在过 /314

尾言（后记）：非对称主义 宣言／329

阅书小瞰／330

上 篇

存在的精神辩难与呢喃中的信仰祈告
——象征性隐喻诗体

生命的向度
一种势　无形体　触摸不到
属感知、灵知　静思冥想　悟

陀思妥耶夫斯基

01 撕碎身上衣服的地下人

地下人，顾名思义住在地下室里的人；地下室，并不是指一间居所或任何的物质空间，而是一种心灵的禁地，这里只属于地下人自己……

***

地下人为什么要把自己封闭在一间地下室里？"我很早以前就这样生活了——大概二十年了。"（《地下室手记》）

或者换句话说，地下人在害怕什么？

自然界的规律与现代实证论

以科学理性为标榜的现代实证论。

认为人的思维意识不过是物质世界的反映，同样遵守着一种客观规律。所谓喜、怒、哀、乐，应当理解为生理物理的需求，它们都与神经元有着密切的关联。善与恶之分，是从保存人类群体的生存与繁衍的角度来得到合理性证明的。美或丑，应当从他人的视角来予以确认，以流行、时尚或大多数人的观点、看法为唯一评判标准，以得到多数人的认可为唯一宗旨。

***

这其中还有一条精妙的法则，即一个被现代人所认可的人，一个理性的人，是会计算自身利益的人，是在了解自身的现实需求，并在满足自身利益的同时，得到其他人认同的人。

天问：二二得四

这就是令地下人最为恐惧的事物——"二二得四"。

"'二二得四'代表着不可置疑的真理、规律和科学，它像一堵石墙一样直挺挺地、毫不讲理地矗立在你的面前；它没有感情，冷若冰霜，尽管你在它面前嬉笑怒骂、拳打脚踢，或者用'脑门'去撞击它……也无法因此而使它改变哪怕一点点。"（《地下室手记》）

"不用说，这就是自然规律，是自然科学的结论，是数学。比如说，他们会向你证明，你是猴子变的，于是你也只好接受这一事实，大可不必因此皱眉。他们还会向你证明，实际上，你身上的一滴脂肪，在你看来，势必比别人身上的与你同样的东西贵重十万倍，由于这一结果，一切所谓美德和义务，以及其他的妄想和偏见，最终必将迎刃而解，你就老老实实地接受这一事实吧，没办法，因为二二得四是数学。是驳不倒的。"（《地下室手记》）

* * *

他无法忍受其他人虚假的真实，那种不证自明的所谓"道理"。他斥责他们[其他人]把人这种复杂的拥有灵性思维的造物仅仅理解成受利益驱动的、以理性羁束的玩偶；"你们的人类利益清单，是从统计数字和经济学公式中取了个平均数演算出来的……就是幸福、财富、自由、太平以及其他等等……但是……所有这些统计学家、哲人以及热爱人类的人，在计算人类利益的时候，[是否]常常会忽略一种利益呢？"因为"一个人，不论何时何地，也不论他是谁，都喜欢做他愿意做的事，而根本不喜欢像理性与利益命令他做的那样去做事；他愿意做的事也可能违背他的个人利益，有时候还肯定违背。"[问题是]"他们凭什么认定每个人必须树立某种合乎理性的、对自己有利的愿望呢？一个人需要的仅仅是他独立的愿望，不管达到这独立需要花费多大的代价，也不管这独立会把他带向何方。"（《地下室手记》）

* * *

于是，他为自己建造了一间地下室，是属于他自己心灵的空间，在这间地下室里，他可以按照自己喜欢的规则去生活，思考他认为有意义的话题……但是他似乎无法完全摆脱外面的世界，在那里他曾经有过盼望，渴念过真真切切的生活；当然，那里也凝聚着他的痛苦，没有人能够理解他，而他可以理解别人，但却永远也无法赞同他们，遑论与他们一样去生活。地下室人的悲切，是他游离于自己——那间虽被称为地下室但却是他真实的存在——与外面的世界——其表面上是真实的存在然而却是空虚、麻木更加寒冷的荒蛮——之间。

第二双眼

他恨自己的第二双眼睛，不知道为什么有的人除了凡胎肉眼之外还要有另一双无形的眼睛，这双眼睛从来不看世事，而只盯住意义世界，善与恶，真与假，虚与实，美与丑，乃至生与死……他更不明白这双眼为何偏偏落在他的身上。如果这一切都还能够忍受的话，那他至死也不能瞑目的是，为什么单单只给了他这样一双眼睛，而却又把他的身体原数不动地放在这世界当中？让他睁大了这双眼睛，残忍地看着自己如何行那不义、不实、虚假和罪恶……如果他体恤这双眼睛，那肉体就要溃烂，即使它自己不溃烂也要被世界所腐蚀掉——这可是沉甸甸的肉身啊。更具折磨性的是，这双无形之眼无法受到人的控制，它似在非在，亦真亦幻，无形无体，你无法对别人谈论它的真实存在，即便你说了，别人也看不见摸不到，而只会认为你是个疯子。有时候，真想拿把刀子把它剜掉，可是要从何处下手呢？你面对的根本不属于这物质世界！等等，难道它不是真实地存在着吗？天啊！宁可相信这眼前的桌子椅子是非真实的，都不会相信它——这超然视力——是非真实存在的。它是另外一种真实，这物质世界无法与之相比的真实，它是……哎！算了，谁会相信呢。

* * *

有多少次，地下室人决意要与他的超然视力决斗，压制住自己那颗悸动不安的心灵。他要重新变为"正常人"，追随着"他们"的美与崇高，与世俗的木马一起绕环。回到社交场去，努力学习这里的语言、交际方式，把握"他们"的尺度，甚至耍一些"雅"与"俗"的手段。他与他们"激动"地谈论着：上司的脾性、职务的空缺与升迁之道、政治界的热点……但是，对于地下室人来说，感觉如同口渴的时候喝进一些盐水，他越是极力使自己看起来与其他人相同，心里就越是慌乱。他一度自己骗自己，说这是趋同的过程，每个人都必须面对，只是接受能力各异罢了。直到他发现，即使他表面上做到了"合群"，也不能够掩盖他与他们之间根本上的不同。经常在他最得意的时候，也就是他自认为最符合他们群体的特征的时候，甚至比他们还要像他们的时候，突然遭到后者莫名其妙的嘲讽、奚落乃至排斥，他对于这突如其来的事件，怎么也想不通道理何在，它的原则是什么。其实，他们哪里还有什么原则呢？原则早已经作了交易！他有些懂了，他们其实是一些没有根基的浮尘，这是他与他们的根本不同，他还遵循着原则……他们所建立的世界也是没有根基的世界，"他们……把最近的、次要的原因当成了初始的原因，于是他们就比别人更快和更容易地相信，他们已经找到了自己事业的无可争辩的基石，于是他们也就心安理得了。"这怎么可以，他们怎么能够这样？他气愤地写下了下面这段话："你们瞧：如果不是宫殿，而是个鸡窝，又下起了雨，为了不致把自己淋湿，我也许会钻进鸡窝，但是我终究不会因为鸡窝替我避风挡雨，出于感激，我就把鸡窝当成宫殿。你们在笑，你们甚至会说，在这种情况下，鸡窝与巍峨的宫殿——毫无二致。'是的'，我回答，'如果活着仅仅是为了不被雨淋湿的话'。"（《地下室手记》）。

* * *

不用问，他坚决地回到了他的地下室，那个他是他的地方……

静与动

地下人的恐惧变成了现代人的安慰，在普遍科学的诉求和专家话语面前，现代人就像一个吃饱了饭的孩子懒洋洋地靠在"墙"根上眯合着眼睛晒着太阳。

* * *

如果我们用"静"和"动"这组词语来理解地下人所说的"生命的基石"和"实干家们"的意涵的话，地下人首先开宗明义他是一个有惰性的人，但不是我们理解的"一般意义上"的惰性，因为他有很强烈的生命意识，而"意识的直接的、合乎规律的果实就是惰性，也就是说这是一种有意识的无所事事。"（《地下室手记》）

* * *

实干家们的生命状态已陷入静止，因为他们自认为已经找到了生命的基石，而且是无可辩驳的基石，倒不是因为真的无可辩驳，而是任何辩驳他们都不打算再听了，心灵的眼睛已经悄悄地闭上了，一切探索功能已经完全失去了效力；剩下的，就是与这块所谓的生命基石一起渐渐地朽化。其实，生命的基石不可能是一种静止不变的事态，它是一种"动律"，是无尽的探索，是"可能性"，是在无法实现而又不能不去努力寻找的过程中体现出的价值和意义。生命的基石本身就是一种带有神秘意义的现象，如果它变成了确切的现实，充其量也只能算作是次要原因，而不是初始原因。

* * *

西方世界启蒙时代的降临对人们的世界观产生了非同一般的影响，直到现在我们还生活在启蒙时代所遗留下来的观念阴影当中。笛卡尔、孔德、黑格尔等制造观念的大师们，皓首穷经地把一些分量足够重的律条压在人们的心中，人从此被刻上了理性、规律、利益、经济、阶级等多重标准。凡是不能被我们以理性计算、不符合经济标准、不代表阶级与利益的事物都是不可信也勿需理知的事物，这就是规律，是定理，是发展，也是理想，而人不过就是生活在这种谁也改变不了的历史规律决定下的为理性所羁束、追求经济利益的玩偶。

* * *

问题已经很明显了，地下人确确实实是疯了！在我们这个时代，谁会按照自己独立的愿望活下去呢？或者说谁有权利被允许这么做呢？谁又敢无视这些理性指标，谁又能超越经济利益呢？谁能特立独行追求平等，谁又能在权贵面前不低头呢？谁能眼见饥贫又置食物钱财于不顾，而大谈特书良心与道德呢？总之一句话，在一切以理性和心计为赢的时代，谁还做无谓的感情投资呢？

02 荒漠中的甘泉与甘泉中的荒漠

苦行僧与荒漠相逢的邻居

在美与崇高的感召下,在浪漫主义情愫的动容之中,地下人要集所学于一力,呼唤丽莎心中的生命理想图景,催逼出她灵魂中深藏的"美"的性灵。

地下人是一个心理大师,他深谙要触动一个人的灵魂,就要先找到一些所谓"高大上"的语词进行盖棺定论,先从一个极端开始,最好是人生理想、生活以及生命的价值和意义入手:

"'可拿你来说吧,从一开始就是个奴隶。是的,奴隶!你把一切,把整个意志都奉献出来了。而且,今后你想挣脱这锁链,都无能为力:它会把你绑得越来越紧。这该死的锁链就是这样。我了解它。别的事我也就不说了,说了你也未必明白,不过,你倒告诉我:看样子你一定欠了老鸨的债吧?唔,你瞧!'虽然她没有回答我,只是一声不吭、聚精会神地倾听着,我还是加上一句,'瞧!这就是你的锁链!你已经无法还清这笔债了。他们一定会这样做的。这等于把灵魂出卖给了魔鬼。'"(《地下室手记》)

典型的矫揉造作、虚张声势——宝贵的生命、纯洁而崇高的灵魂,统统拿给魔鬼做了交易。

紧接着,话锋一转,生活图景元素加入了进来:

"可是,要知道在父亲家里生活该是多好啊!暖意融融,自由自在;自己的安乐窝啊。"

"你瞧,我认识一个做父亲的,是个一本正经、求全责备的人,可是却常常跪在女儿面前,亲她的手和脚,百看不厌,真的。她在晚会上跳舞，那他就会一连五个钟头原地不动地站着，目不转睛地看着她。爱她爱得如痴如狂，这我能理解。夜深了，她疲倦了——沉沉入梦了，而他一觉醒来，总要跑去亲吻熟睡的女儿，并为她画十字祝福。他自己穿一身油渍斑斑的破衣服，对所有人都一毛不拔，但为她却甘愿花光最后一分钱，送给她种种贵重礼物，如果她中意那礼物，他就乐不可支。父亲总是比母亲更爱女儿。一个姑娘生活在家里真是其乐无穷啊！"（《地下室手记》）

就是这样一个贴心宝贝，父亲心中乖乖女儿，现在又是何种的境遇呢？！在暗无天日的深渊里，在下流、卑鄙、龌龊的昏暗小屋，伴随着流着黑黢黢蜡水的歪斜烛台，烛光时隐时现；不断、反复地拿着灵魂与身体的秘密与恶魔和肮脏的、满是污垢的金钱做着交易！

墙上不时地还映出父亲那慈爱的脸庞，那目光时而焦灼，时而舒缓，霎时间又暴怒如炬！一忽儿，再看，又幻化为祝福：

"爱情是上帝的秘密，无论夫妻俩发生了什么事，所有外人都应该对此闭目塞听。这样爱情就会更神圣，更美好。"（《地下室手记》）

可现在呢？现实又是怎样的呢？

"你说说看，这到底有什么好：就像我和你……不久以前……相遇结合了，而且我们相互之间自始至终都没有说过一句话，并且你后来开始像野兽那样看着我；我对你也同样如此。难道人们就是这样相爱的吗？这简直是荒谬绝伦，就这么回事！"（《地下室手记》）

还有！在风花雪月中，丽莎逐渐消陨的身体、被蚕食的精神意志，在灌满污泥的墓坑中下葬……

可本来，一个可以拥有美好爱情、可爱孩子的家庭，就这样破灭了……

丽莎的生命意识被开启，个体人格开始显现。

"她倏然清醒，扑到我身上，想要抱住我，但又不敢。于是便在我面前静静地低下了头。"

丽莎满脸通红，两眼放光，嘴角挂着微笑——她揭示了自己心中的秘密、一幅美丽图景，她拿出了一封虔敬的求爱信，那是某个他在某种际遇下向她坦陈灵魂的某种见证。丽莎守护着这封情书，就像在守护着自己的生命之神，仿似要把藏着自己全部秘密、所有美与善的灵魂之光收纳在这封信或这方小纸上……

"这是我的地址，丽莎，请来做客吧。"

"我会来的……"（《地下室手记》）

毒树之果

然而，当丽莎饱含着真诚、希望和不顾一切的决心与坚定来到地下人的居室时，大反转来临了。地下人的精神存在的另一面爆发了，他的全部悲剧意识、荒漠与死寂的心、恶毒的菌素之果催迫的毒之花向丽莎吐出冰寒之气……

这时，地下人正在给丽莎上一堂真正的人生之课……

丽莎满怀真情与爱意的说：

"我从那里来……我打算……彻底离开。"

可当时，地下人正在歇斯底里。请记住，"当时"这两个字，因为按照地下人的性情，他当时也可以会是谦谦有礼并与丽莎情投意合的。然而，这种晴天下雪的转变却非常暗合地下人的存在想象。他的人生序曲偶然性极大，可以是优美和谐的旋律，当然也可以是此起彼伏、杂乱无序的古怪音律；那不和谐音符，有时就是在一念之间，就是在偶然却又正常发生的细小事件甚至是生活琐事以及突发奇想的触动之下，或明朗或暗中或剧烈或悄悄然或迅猛或舒缓地……发生着转变……

"知道吗，我当时是在嘲笑你。现在还在嘲笑你。（……）

在那以前，有人在吃饭时欺辱了我。"

"总得找个人转移一下怨气，回复心理平衡吧，正好你撞枪口上了，于是我就迁怒于你，尽情嘲笑你。人家侮辱了我，所以我也要侮辱别人；人家把我当成一块抹布，所以我也要显示一下自己的神威……"

地下人进入自我营造的气氛之后，就开始攻心了，撕扯别人的心，也要撕裂自己的心：

"拯救你！（……）为什么要拯救你！（……）权力，我那时需要的是权力，需要的是游戏，需要的是得到你的眼泪，你的屈辱，你的歇斯底里——这些就是我当时需要的东西！"

"因为我是个混蛋，因为我是世界上所有虫豸中最卑劣、最可笑、最渺小、最愚蠢、最嫉妒的虫豸，其他的虫豸一点也不比我好，但鬼知道他们为什么从来就不感到羞愧；而我一辈子却要为每一个虫卵怄气——这正是我的一大特点！"（《地下室手记》）

丽莎走了，带着她的全部伤心和被撕裂、扭绞的希望与爱，像被人用巨锤在胸口猛击了一下；与之一并的是生活美好图景的碎裂，那是她满怀憧憬与期许用她全部想象和仅有的溢美之思并寻着滴着血的心完成的美丽的"拼图"……现在……全部破碎了……成了碎片……零散着……

黎明中的黑夜、黑夜中的黎明

其实，她并不知道，在她用尽仅剩的一丝丝嘘气，并在白炽、真空、又万念俱灰的思维意识下，说出那句"再见"并走出房间之后，地下人冲了出去，向走廊的尽头极力眺望，并用暴血的双眼拼命地搜寻她的身影，内心里祈求着她的回答……

之后，不知过去了多久，多少天或者多少年……又在某个寂静的时刻，地下人在罹患多少创痛与疾苦之后的某个瞬间，他曾提笔给丽莎写过一些书信；这些信是在某种极度谵妄状态中断断续续写就的，又夹杂着冰寒、哀怆以及空旷冥漠的心境；信的内容，时而顺理成章，逻辑有序，时而又全无背景地自由行走，信马由缰，甚至不知所云。

信，写在一些规整的草纸上，亦或者是信纸，其格式类似一种公文格式和书写体，规规整整；也可能，是信手拈来的一些废弃的碎纸片，或包裹皮背面的空白处；谁知道呢？甚或根本没有形诸于文字的信纸本身，这一切，仅仅是地下人的呓语——或梦中的呓语，或病中的呻吟；又可能，是他的牙痛病再次犯了呢？……

更可能，有读者会问了，那这些信现在在哪呢？寄出了吗？丽莎收到了吗？是不是找到这些信，就一切真相大白了呢？也就不用费尽心机去推测这些信到底有没有以及它的形式和内容了呢？

这个问题最要命了！尽管我理解：这是某种现实主义的提问方式和惯有的逻辑。就好像，按照时下流行的某种诘难方式，你在谈政治，而对方在跟你讲法律；你在谈法律，对方跟你讲科学；你在讲科学，他却又在跟你说理想……

当然，我们这里所说的问题，也没有这么缠缠绕绕或者繁复难辨，也无非是在某种层面上来讲，属于"应然"或"实然"的一种角度而已。

说白了，本稿的作者也不知道到底有没有这些信，或者地下人是否真正构思过这些信；甚至，连作家陀思妥耶夫斯基本人也不知道……

就是说，到头来，你干脆认为本稿的作者也正处于一种谵妄状态甚或其他……只要你认为回答这个问题很重要，那么，我想，本稿的作者也不会有什么意见……

下面，为了可能或多或少还会对这些信产生一点点兴趣的读者考虑，我把这些信的内容辑录如下。囿于这些信过于杂乱，而且没有明确的主旨、标题、日期和形式,所以我在辑录时以"第一封信""第二封信"……予以简单的分延,并极为不合宜地为这些信冠上了名称和小标题……我绞尽脑汁所能做的、方便读者的,也仅仅是这些了;剩下的,就奢望会去逐字逐句投入时间来阅读这些文字的读者予以宽允了……

第一封信:悸动的心——诗体

我的超感之灵

我的啜泣之魂

请听我言

勿向我关闭心灵之耳

也勿向我掩面

不要闭合您那如炬的双眼

看哪!那个人

穿越重重迷瘴与雾霭

撩开鬼魅的面纱

又经过漫漫的苍茫的荒芜

是那个人,看哪!

他在暴风雪裹挟的冰山雪岭之巅

他那渺渺的身躯就在隐约之间

在山巅

无人能知,那是他

他似乎很久很久以前就长眠于此

又像是,他刚刚到达

可预知,他将永久地永久地将他的肉和灵

深埋于此……

他将永远永远,离开他那柔软的床

和他甜美的梦乡……

风雨飘摇、天寒地冻之中,将不会

再有一扇融融温暖的门为他长留，并
不会再有一双厚重的坚实的手

为他揩拭

模糊的双眼

与泪水！

第二封信：超迈的爱

我要给你一辈子的幸福，不会让你吃苦受累，不会让你受任何委屈，只要我能做的对你的任何好，我会不惜牺牲任何代价。请相信我，我不是坏人，我也不会伤害任何人，更不会做以计取利之事。我只是在精神层面和个体人格上有着异于常人的敏感和追求。但我现在有一项最最重要的任务，就是让你幸福。这将是我未来一生追求的最高目标、最高原则。因为每个人都有属于他的幸福。而丽莎你，却在辛苦劳累，在污泥浊水中夜不能寐！这不公平！我们的缘分就是天意，我尽管卑微，但两个人总要胜过一个人好！我会一直努力，我会肩起所有重担，我会一直追求我承诺给你的幸福！丽莎，请记住：不管怎样，不管你挨多少累或曾吃过多少苦……今后，将永远有个人用他的心呵护你，疼你，安慰你；我就是你永远可依赖的人，任何时候累了都要靠在我的肩上；因为我是你命中的那个人，你是我骨中骨肉中肉！而这一切，可能就是命运。我看到你，丽莎，有一种无限亲切的感觉，就是由心而发地想疼你、爱你、照顾你，给你最好的幸福；我坚信，上帝会祝福你，因为有个人愿意用他的一切换你幸福；上帝不会辜负任何一颗真挚的心灵、一颗啜泣的心灵、一颗祈祷的心灵！而且，你是那么真诚可爱的姑娘。你会幸福的，丽莎，真的，我坚信！在已经过去的日日夜夜和几十年的时光中，我一直在超音速般地追赶着我的人生，探索并思索着一切的人生想象与普世价值。我自知生命已透支。我的精神世界得到了丰盈和满足，我也帮助甚至换来了别人的幸福。但我知道，许多许多事物都是有限的，都是无法反复复制下去的……所以，遇到你，直到现在，我都在一遍遍地反复思量并暗下决心：我以后的时光将为你拼搏；我要尽我从未有过的全力，让你幸福快乐！虽然我们只是短暂的相遇，但我已尽力抓住一切的细节，在方方面面思索、观察、想象，意图了解你，我就是想知道你的幸福应该是什么样子；我现在已经拼凑了很多图像，关于你的家庭、你的工作、你的生活、你的既往……等等。我知道，你最需要的就是一颗属于你的火热的心；让你在寂寞时不再孤独，在你受委屈时用心安慰你；在你迷茫时陪伴你……而我，愿意做你的那个梦中人！小女生不是都有梦中人？！我愿意为你铸造属于你的幸福人生，让你体尝到人在这个世界上应有的最高意义、最美好的快乐！只要我能做到的，绝对会不遗余力。对我来说，这一切意义重大！这将会是我一生最高成就！如果我做到了，我会永远因此而微笑，至死不渝；我的好姑娘我爱你，我是多么多么爱你，爱你的一切！因为我同样，能从你那里得到最高的幸福！我哭了，丽莎……我在你身上体尝到了从未有过的深深的幸福和美好……我已离不开这种幸福美好的感觉……已经历过天堂的心灵，再也无法回到平庸的人世间；哪怕就在那境遇上呆上一小会儿呢？！也胜过全部无意义的人生！我只想你幸福快乐。每个人生都有意义，都有幸福，我希望、我祈祷，带给你美好的人是我，是我，丽莎……

第三封信：升腾的华彩诗篇

谁能明白我的人生。我的人生太抽象。我双手所做之事只有我了然。我的内心天使与魔鬼并存；冰与火相应交替；高尚与猥琐兼具；仁爱与狰狞并露……只有两极没有中间值；我讨厌平凡，更讨厌温和；我倾慕圣徒，也同情罪犯；我以绅士自居，更爱被比作小人……我的路不好走，所以注定不是平淡之路；我喜欢赤裸双脚踩过荆棘丛，更想在狮子口中觅食；我向往炼狱和生命的熔炉……我认为不经历生生死死的人生不值得活；向生而死，向死而生；方生方死，方死方生……淘洗出一颗心，将它好好呵护……但我希望呵护着它的那双手不是我自己的……而是……那样的人生是完美的、最有价值的……我的灵魂追随着圣徒……然而我的心就准备全部交托……我的其他部分就留在吞噬一切的黑暗当中好了……就这样……在我看来，是美的……

第四封信：被冲刷、拍击的鹅卵石

丽莎，你是知道的，我在这间地下室里整日整日地陷入遐想冥思。有时候，我甚至分辨不清究竟是我身处地下室，还是地下室也仅仅是我的臆想……又有时候，我仿似真实地体验到，我们已经在一起生活了很久很久……而生活，就像永远川流不息的潮水，你我也只是浪潮下的一块块鹅卵石……那时的我，很喜欢写日记，记录我们一起生活的心境。虽然，它们像是一些时空逆流的错乱码，但我还是能明白一些的，是的，明白一些……你看，那时的我又开始写了……

1

（某年某月某日）

我想，她并没有真的离开那里，是的，她还会回去的……

别问为什么……

2

（狗年月）

她是真的爱我吗？爱我什么呢？

我是真的爱她吗？爱她什么呢？

她是奋不顾身地爱我吗？爱我胜过一切吗？我是她的中心吗？

我们之间，大部分，多方面，也可能是各个方面，都会是肯定的答案吗！？

她贴心，会照顾人，朴实无华，真诚……

可是，我们在一起，到底意味着什么呢？是救赎吗？是爱情吗？

在真正的生活面前、在金钱的考验下，一个深深的问号横亘在我们的面前……

3

（混账日子）

她虽然会顾虑我的感受，但毕竟生活存在着太大的偶然性，人的性情又极其善变……两颗心的融合、为各自存在的感觉找到共相、抵抗生存中的偶在性与碰撞的裂痕，是多么困难的事情啊……来看看吧，我的内心：焦灼、愤恨，压抑！多少个夜晚，煎熬等待……

不！不！她不会为我奋不顾身或者使自己处于被动状态的，甚或奋力拼搏，努力改变自己，寻找我们共同的出路；她的颓废、不情愿，并没有恒心，或决心……改变……

4

（某年某月焚心煮骨的日子！）

从某个层面来说，我确实是——奋不顾身！我想，一个人要想成功，必须有一定的自由支撑，能够不为金钱所虑，更需要有稳定的生活以及生存条件。尤其是思想上的明朗和轻快！如果陷入生活中的细枝末节，为生存思虑，为情感纠葛，哪会有良好的状态和心态赢得机遇以及清醒的把握机遇呢？！但这一切……我没有独善其身，我义无反顾地跳到了泥淖之中，我敢于身陷囹圄……

5

（？）

一个要命的问题：我在做什么？我要做什么？我从中得到

了什么？我因此损伤了什么？能否放弃什么？

很清晰的是：我要给她幸福！至少是我认为的幸福生活！而我，得到了精神满足，和灵性的业果。还有，我的小世界里的满足和焕然一新。

有时候，我认为这是使命，不能放弃！也有时候，我深深体会到了，我竟离不开她……更有时候，我觉得衡量我成功与否的标志就是要在她面前展示和显露我全部引以为自豪的精神世界，没有她的欣赏和分享，我的世界定会苍白暗淡……

但是，我仍然要说，我也可以选择回到自己的世界，一个人的世界！

可是，如果再回到我的地下室，生命的价值便会荡然无存！

上帝足够完美，可他仍需要不完美的人的世界！这就是意义！正所谓：没有黑，即没有白；没有暗，就没有光！没有与之联合的另一半、另一颗心，也就无法单独评判一个人和一颗心……这是一切的由来，是绝对的始因与起点。

6

（自我批判的一天）

我需要知道，我需要清楚明白地知道，我到底需要什么？一颗心、一个融合的灵魂……甚或其他……

一颗融合与火热的心灵，足以抵消一切"牢骚"，不是吗？

极端至极致，不打碎一切就绝不建立一切，就是消亡的开始……

没有界限也就没有存在与归属。

难道，我就不能换个角度——释然吗？

"当你无所求时，才会无所不有，烦恼是执着来的，痛苦也是执着来的，你觉得不好，特别反感，想不通想不开的时候，那就是愚痴，因为不会换角度。"

这个问题，让我无法回答，至少暂时无语，无话可讲！

但，

"我的眼前昏黑一片，没有一条路通往对的地方……

即便没有对的路，

也要走！

往前走！

哪怕烧掉……我自己！"

难道，我就不能摆脱这些僵死的条条框框，消灭这些该死的思想，一反惯性的力量吗？

这就是——没有对的路，也要往前走！

7

（焦躁吧！浮躁吧！反正是烦乱的、必将过去的一天）

书摘：

自由固然不是钱所能买到的，

但却能够为钱而卖掉。

今天我：

"不评论，不意见，不分歧，不表达；

且等，且记，且珍惜；

且慢，且高远；

且停留，且观察。"

8

（软弱与原则）

如果：

"一不做，二不休。"

则：

"一不怒，二不争，三不怨，四拉倒。"

又如果：

"又不是不做，又不是不休。"

则：

"且等，且等……"

然而，事情可能超出预想的范围之外……许多因素是无形的、悄然的且不容易估算的，其后果也是不好预测的……

不是说过么，好像衣服的一角被扯进一个巨大的齿轮当中，而整个人也被迫拖入其中……

也可能，是毫无根据的、纯粹臆想，而可怕就可怕在这无根据和无以根据……

9

（软弱，且没原则）

我可能站不住了……站不住……无力支撑……站不住……

而我，一旦产生自卑和失落的心理，就会头脑偏激，会过度反应，会逃避，会破坏，会把一切搞糟……然后，会后悔……

10

（这烦人的日记，从今天开始我绝笔不记！）

……

第五封信：没有路……

还记得那天吗？你来找我，在我的居室里，那时我嚎啕大哭，我正处在谵妄状态中，在我的封闭的精神地下室……我们抱在一起，我说我想做个好人，可是，他们不让、不让我做个好人……

是的，这世界本就是破碎的，没法做个好人。

不存在关于世界的想象，没有未来的美好图景；碎片，一切都是碎片，只有碎片才拥有实存的价值！不是改变，更不是建立，而是破碎……

勿谈拯救，而是实存感受与破碎的意识；并非物质决定意识，而是偶然的存在与欠缺和破碎构成了生命的基本元素……

分裂，在精神自觉中继续着永恒的分裂；走向痛苦与沉沦；说教是无意义的，只存在永恒的分裂；建立，又拆毁；分裂是创造力之源；然而最终走向的将是虚妄，虚妄……

丽莎，可爱的人儿，至亲的人儿，我可以这样称呼你吗？你知道，我没有朋友，更无亲人。我想把一切、把最终的话都说给你听。因为你曾……怀着那么多的期望和真诚来找我；也因为我曾……在那一瞬间，感知到了你的灵魂在啜泣……

有时，我在想，当真实地存在这样一封短信，又在某个时刻，这封短信被惊讶地发现，或被认认真真阅读时，也许就是我已经看不到这封短信和阅读它的人的表情的时候了。

所以，这里的文字，或许就是我最终的话……又或许，是我曾经在这个世界上存在过的某种证明……

我想，如果我离去，那或许是因着某种疾病，或许因着衰老，又或许，因着我的任性和绝望……一个人，开始活着，并不是出于他的选择，因其能够做出选择时，已然活着。但，一个人，死去时，或许可以因着他的选择！虽然这选择，在人们看来并不一定正确，甚或愚痴以及鲁莽。但，人若已离去，正确与否、或痴或莽，于他已无任何意义！且留着，为还活着的人们，在愿意品评时去品评吧！当然，从我一息尚存的粗鄙眼界、意识和孱弱的思维与经验来看，人死后，并不确如一盏灯或一簇火一样戛然而熄。毕竟，人并不仅是一堆物质所组成，他或许、定当真的可以变换形式，而继续存在。而我，可能即将揭开这一谜底！

活着的人，总有两件事时时困扰着他，一为欲念，一为痛苦。

欲念者，或为名、利所代表的物质与面包；或为，众人皆醉我独醒所代表的玄思与精神；或为，一将成名万骨枯所代表的权力……

苦痛者，为钱、为情、为冷眼（比攀）……

以我今日（或以后，或今日的以后，或以后的以后）的想法来说，以上种种均不能裹挟我的思维与意志。

究其原因，大概可能还是那句话，我只是在精神层面和个体人格上有着异于常人的敏感和追求。

试问：

流浪游吟又如何？

独僻一隅、无人问津又如何？

特立独行与游刃于人群又如何？

运筹帷幄制胜千里又如何？

左右逢源无思烦，人生常遇身心怡，终又能怎样？！

此中，无一人我眼里……反之，一人一书便可了却我一生！

我立意成为智者，而非莽夫！

了却君王天下事，赢得生前身后名，纯莽夫所为！

智者，较铢于人之性灵与魂灵！

又曰：业果。

我需要，我的灵命结出业果。

"一粒麦子若不落在地里死了，仍旧是一粒；若是死了，就结出许多籽粒来。"

……

可是，没有路……

一个人，存在着，却没有路；

因为，没有路……

两个人合而为一，也没有路；

终究，还是，没有路……

03 瞎子领着瞎子

没有路。一切都没有路。以前，不曾有路；现在，没有路；将来，也不会有路。向前走，没有路；向后退，没有路；动，是虚妄；停亦是虚妄；抬头，没有天；脚下，无根基。活着，或者死去，都无关紧要；这一刻活着，下一刻可能死去；不想活着，就想要死去；想着死去了，却又开始惦念活着；活着，不能是死；死了，又不能是活；活着，仿若死去一样；以为是死去了，却还活着；无穷无尽，没因没果。为何要活着，又为何要死去；为何死去了，却又感觉活着；活活死死，死死又活活；活不得活，死不得死。昏昏噩噩，混混沌沌；都是虚空，都是捕风。

心本是跳动的，却如铅块般沉重，满了痛苦与罪孽；心是红的，溢出言语来，却被视为黑的；索性变为黑的心收回来，却也当然还是黑的；可又遇见了红的，分不清哪是黑的或红的；哪儿当初是红的，变为了黑的；或也当初就是黑的，误为红的；抹了抹，又变成红的，或者黑的；又或者不红不黑的，但又透出红的，或者黑的……

当太阳不在黑暗中升起
时间走到了尽头
一切都堕入了混沌的深渊
等待的双眼留下血色泪痕
他在黑暗中怒睁黑色的眼睛
拖着沉重的肉身
趟过魑魅魍魉的躯体

口中呢喃着
"人本是泥做的,还能要求什么?"
于是,紧紧拥抱不再发光的太阳
因为他觉得那时的它
更加明亮
……

上篇

04 梅诗金公爵的出场与精神基调

公爵孑然一身来到彼得堡，除了那个让人印象深刻的小包袱。

* * *

衣着：斗篷和风帽。并不符合当时俄国人的穿着打扮。虽然气质尚佳，但并不实际能够起到御寒的作用。也就是说，除了御寒以及实用之外，梅诗金公爵还追求着独立的个性和自我精神标榜。这从衣着自然也能显露出内心的表达。当然，按照物理法则，他似乎也只能忍受着寒冷潮湿的入侵，被冻得哆哆嗦嗦，脸色发青。

财产：我们说过，在提到他的财产问题时，最恰当的形容词恐怕就是孑然一身了。"他手里抱着一个用褪了色的旧绸布包着的小包，看来，他的行装就全包在这里面了。"（《白痴》）

在初次了解一个人时，财产问题是永恒的绕不过去的切入点。至少，以我们的社会工作和生活经验来看是这样的。一个人，近而立之年，如果全部家当只是一个寒酸的小包，那么，令人颇多猜测的疑点就会随之而来：他无工作能力吗？还是经历过或者发生过什么变故，才会如此？那么小包里又会藏着什么秘密吗？

深谙世道的列别杰夫一针见血地指出，公爵这个小包袱里肯定不会有一包包外国金币。

对于自己的财产状况，公爵非常痛快地承认了。

社会关系：公爵所属的梅诗金家族，似乎并无任何社会影响。甚至按照列别杰夫的说法，"梅诗金公爵这一家族的人，似乎哪儿都没有遇见过，简直杳如黄鹤，全无音信。"（《白痴》）

而按照梅诗金公爵自己的说法，他所在的家族还有一位地位显赫的女眷，即叶潘钦将军夫人。他此行前来彼得堡的目的，就是要拜访或者说投靠这门八竿子打不着的亲戚（或者说是他一厢情愿杜撰出来的亲戚）。

身体与学识：公爵身患癫痫病，因着供养人的接济一直在瑞士接受治疗，而由于这种疾病所致他也没有接受过任何系统的教育。

* * *

梅诗金公爵的出场一反大众流俗的视域或审量标准，他的外部条件的反常俗特征，使人无法用社会定规模具去刻量他。一个自身患有危急的精神性疾病、穷酸至靠人供养、又无来头与社会资源背景的年近三十岁的"年轻人"。他的物质存在感是无从谈起的。

* * *

在陀思妥耶夫斯基的重要作品中，梅诗金公爵的出场是最具有代表性的，他的反常俗的特征催开了人之存在状态的精神暗门。

05 蒙召的梅诗金：暗影里的光与太阳中的黑子

梅诗金公爵是拉斯科尔尼科夫精神上的孩子。

拉斯科尔尼科夫的自我毁灭并不是全然没有意义，他的身体死在了荆棘丛中，但他的灵魂孕育出了全新的梅诗金公爵——这一切就发生在他打开古书的那一刻。

* * *

公爵孑然一身来到彼得堡，除了那个让人印象深刻的小包袱。

* * *

他患有严重的癫痫病——就连这一点也与拉斯科尔尼科夫的谵妄状态有关。

* * *

他的谦和、镇定、泰然、忠诚、信仰、美感，超越了一切沉重的苦难。

* * *

他走出了苦难锤铸的熔炉。世界被重新定义，将不再有迟疑，不再有惊恐，没有奇幻，一切都被称量过了。

* * *

他的孩子般的笑容并非故作。

* * *

梅诗金公爵身上透露出一种淡淡的神秘感。当他拿起娜斯塔西亚·菲利波芙娜的照片，第一次见到她的容貌时，说她的命运一定很不一般，快乐的脸上反而映出遭受过的痛苦，如果在她高傲的心中同时也拥有善良，那她就有救了，一切都有救了。

一切都有救了，是指什么？

因为他还提到，如果罗戈仁娶了她，一定会把她杀了。

而之后的结果，确实如他所说，是罗戈仁杀死了娜斯塔西亚。

他的具有淡淡的神秘感的评论，透射出一种美。一种心灵的无所羁束，自由、悠然的心灵美感。他不避讳自己的评论是否有事实根据，是否经得住理性逻辑的推敲，他只尊崇自己的内心感觉，直抒胸臆。

美，正是来自于这种不确定性。

美的对立面，应该是规律。

* * *

一切都有救了，是指什么？

为什么要救？救可指的是拯救？

而拯救的前提又是什么？

可是世界的破碎与苦难？

而娜斯塔西娅以前和现在都在遭受着磨难。

拯救的依据是什么？爱与美，良善，心灵的融合……

拯救的执行者是谁？他，梅诗金公爵。

结果是什么？白痴！变白痴！破碎，无力，虚弱，苦楚……

* * *

旁　　白：

　　一个心地纯净的孩童般的圣子，通体发着洁白的光亮，用平静又坚定的目光扫视了人世间的一切纷纷扰扰，滋生出爱的言语、折射着智慧的光芒；他的一言一行都在象征和展示……

梅诗金：

　　在自由信心被捆绑的时代，人们几乎快要忘记了，爱才是感动他们信心的力量之泉。超感之灵说，去爱吧，爱人的魂灵，爱真理，爱人仿若爱己。这种爱，不是等价交换，而是单纯的性灵的感动，魂灵的纯洁的啜泣，清明又坚定。

旁　　白：

这个世界上最可怕的，不是肉体的陨灭与痛患，而是灵魂的死寂，是灵魂的僵硬。

梅诗金：

这太可怕了，我们不能再去爱，太可怕了。

可是，曾经有一位，在我们当中有着至高位格的人，是的，永恒的位格……他看到了，这一切……当时的人们已不懂得爱的奥义。他很勇敢，他要把内心的信仰传达给人们，他希望能够感动，感动那些僵死的心灵。他是义人，却被捆绑，被一双双罪污的手所捆绑；他是超感之灵，却被人性唾责；他是纯洁的，却死在自己的血泊之中，他是光明之子，却死在黑暗阴谋王国的注视下。他——无罪，却替有罪的人，死了。

他的期盼，能实现吗？僵死的心能认出他来吗？能分辨出这是道路，且是唯一、永恒吗？能感受到吗？能理解这是人生的最高价值与意义吗……

旁　　白：

书里写道：

"……罗戈仁偶尔突然开始大声地、刺耳地、前言不对后语地喃喃自语，开始又喊又叫和傻笑，那时候，公爵便向他伸出哆哆嗦嗦的手，轻轻地碰碰他的脑袋和头发，抚摩它们，抚摩他的面颊……除此以外，他一筹莫展。他自己又开始发抖，他的两腿又好像突然动弹不了了。一种全新的感觉，以无边的苦恼折磨着他的心。这时已经完全天亮了。最后，他躺倒在垫子上，好像已经完全筋疲力尽和悲观绝望，他把自己的脸紧贴着罗戈仁的苍白的、一动不动的脸，眼泪从他的眼眶里流到罗戈仁的腮帮上，但是，也许，他当时已经感觉不到自己在流泪了，已经不知道任何这一类事情了……"（《白痴》）

一种全新的感觉是什么感觉？无边的苦恼又说的是什么？

不是已经找到并理解了人生最高意义吗……人世间最可怕的事情不是不能去爱么，可亲手播种爱的种子的人为何还会说无边的苦恼以及全新的可怕的感觉呢？

梅诗金：

纳斯塔西娅还是死了，尽管我预见到了，但是，她确实死了，当我站在她真实死去的身体旁边时，我无法想象，更无法相信，躺在这儿的人，是她……爱的雨露也无法救活她吗？命运的车辙、死亡的宿命才是唯一的道路和永恒的真理？黑暗王国将永存，永存不朽？！穿越一切幽暗的光芒呢？为什么在我身上和在她的命运中暗淡无光……

旁　白：

梅诗金公爵双膝下沉，双手合十，双眼微闭……

梅诗金：

我美丽的超感之灵啊
请勿向我掩面塞耳
因您倾听每一颗灵魂的啜泣之声
望我垂暮之年
仍要向您倾诉
愿解开束缚我灵魂的枷锁

使它能够坦诚在您脚前

生命固然匆匆忙忙地奔走在喧嚣与浮躁的世界之中……

场　　景：

突然，沉思、祈祷中的公爵像是被人从背后猛推了一把似的，抖动了一下双臂，顷刻间抬起头仰面向天……

梅诗金：

不！不，不……

我诅咒我的超感之灵

没有路……一切都没有路……

我向他祈告，他竟连我对有路的奢求都给弃绝了……

场　　景：

长时间的沉默静谧……

梅诗金：

可我知道，只有把我的一切欲念都融化消解……才会形成路……我知道，

他，一直在顾念我……与我同痛……我知道

不！不，我不知道……我什么……都不知道……

科里亚：

公爵，我挚爱的公爵，曾经在我多少个幽暗迷茫的暗夜中一直鼓励我、用平静祥和的目光安慰我、在伸手不见五指的漆黑混沌当中仍然发出萤火虫般点点微亮的……我的公爵……是的，虽然那只是萤火虫般的微微亮光……但我相信，我坚定地相信……它就是照亮世界的永恒之光……是的，永恒之光……它会幻化为爱的目光……

梅诗金：

　　科里亚，你就像一个小小的精灵，纯真得如清晨暮光之下的一滴雨露，因为你的灵魂安静与清澈，所以会在细小与微末之中感悟到这奥秘与澄明……

　　可是人世间的复杂和苦难的重量远远超出你我的感受和疾苦。

科里亚：

　　公爵，那个不幸的孩子，是的，那个用他短暂的生命只是发了一些莫名的牢骚（或许还应该加上他那无休无止的咳嗽）的伊波利特，我的好友，在我少年时代用他那极其刺耳的鬼怪音符和冰冷得像打开冰窟地门而透出的彻骨寒风一样的双眼使我的灵魂一阵阵地发作风寒的伊波利特……除了他亲自向我们宣读的自白之书外，大家还在他的那个居室、那个丑陋的甲虫袭击过他的小屋子的床底下，发现了几页字迹潦草的记录，夹在一本上面布满了灰尘的书里。在记录的末端用笔划掉的部分，写着"虚无笔记"以及几个已经模糊的无法分辨的字：

- 公爵恰如一颗流星划过人世间的夜空。
- 为何如流星呢？因为夜空本若棋盘，虽星云密布，但却错落有序。而流星打破了沉寂，冲乱了藩篱与惯性；似喷薄之火光，让人捉摸不透，又无从靠近。
- 可是好人梅诗金公爵与虚无者斯塔夫罗金都在女人身上体现着碎裂的生命。
- 公爵为何流泪？灵魂为何感到震颤？
- 体验到碎裂的生命存在不仅不比体验到恒常和幸福感更容易，而且比它困难得多。
- 人的存在是一种象征和隐喻；

也只有用象征才能理解和表达人的存在。
- 存在表象即是"无":复杂,多变,隐秘而不固定……
- 梅诗金便是受到了存在表象的阻绝
- 命定选召与"无"之并存?
- 破碎的存在感
  只有选择中的存在
  没有前提、标准与价值意象的选择
- 破碎与偶在
- 破碎感的语境——普世价值、恒存,真善美的显露与可知和自明性。
- 破碎其自身的实存境遇与情绪生成——生活世界的偶发性和人自身的偶在品格(何来?何去?何为?)
- 明存的只有选择,选择是无可逆的强制行为。
  选择——去前设、去标准、去价值、去善恶、去美丑……
- 以下均不存在:
  I 一种最高的和绝对的价值……
  II 不可逆的真实、必然、独断和正确……
- 人道主义与形而上学是现代技术普世的始因。
- 随着生活与实存情绪的偶然性而颠沛于世?
- 是不是任何选择都可以做?
- 世界具有无限可解释性。
- 不要去区分什么对与错了,一切都是选择与承担,这其中就包含着对与错、爱与恨;选择的不一定是对的,但它是实际存在的;痛苦就在于选择往往只能是单一性的,而爱和痛往往交替进行,选择的对与否也就经常会被重估。比如,我的复杂矛盾的性格和经常分裂、敏感以及悲剧的精神世界……可能这一切我们现在都还担当不了。

- 一个人，只有在他丧失了某种庄重与尊严，失却并根本质疑某种思维图景、确定的价值理据、理想与前设、必然与真实、僵化的记忆踪迹……失去了根基……他才能遭遇某种存在、某种选择，甚或某种"真理"。
- 某种稳定的、客观的以及实证的思维意识破碎了，代之以变化……

  变化、变化，还是变化……

  虽然，自由与心灵都需要向导。

  一旦两重世界的意识渐渐转变、升腾并凝结为明存的理想图景，便会再次陷入虚空与捕风……因为实存世界的偶然性多端变化从不完全顺从我们的规划……
- 生活始于动态之中，结束于动态之中；

  思维的创造性亦存续于动态之中。

  最稳固、最持恒的不是静止，而是运动，是变化；最确定无疑的、最能把握住的，是不确定。接受变化，从变化中再寻求变化，从不确定中认识和把握不确定。
- 人的思维意识超出三维空间，两种不能同时出现的事物可能会同时存在了，比如圆的方、黑的白、开的关……
- 一些敏感而复杂性格的人们虽然也习惯于批判，其思想为解构或破碎的，但其方法、语言、策略……仍与被批判对象的惯常表现形式在同一层面。我们需要有独辟蹊径的相应方式和理解工具。
- 灵魂的啜泣是值得关注的，为之所思的、真实的、常存的、深刻的与偶在性情相融会的……
- 生活是我们的导师；当然，并非世俗观念常言的生活，而是说生活实存的偶然性和加诸个体的偶在性；因为生活实存的意象并不是确定无疑能够为我们所知所懂以及所预知，所以要藉着书籍和精神思索以及存在的感知……

上篇

但，一切离开了生活，离开了偶在生命，也就失却了生命……

- 一个人的朝圣，是死胡同，依然没有路可走；其空虚、寂寥感对心灵的冲击是巨大而无形的……颓废和无力……
- 相比较而言，不能以自身对问题的思考深度、敏锐程度、方法逻辑以及语言组织来衡量他者。因为非常明确的目标是：只要心灵融合，其他都仅仅是次要的方面，其只关乎经验、眼界与阅历等等，而并非人与人联合之根本！
- 没有路……也要继续往下走……碎裂……虚无……解构……破碎一切偶像与理想图景……拜生活的偶在偶存为师。
- 虚无固非人之所愿
  选择虚无亦非人之所能
- 心灵的感动和悲恸
  是超感之灵的命定；又是因着爱的蒙召
  生活的偶发与命运的偶在也会幻化为老师告诉我们这一切道理……
- 虚无和破碎之后，自杀或继续往下走……
  依凭什么往下走？革命（群魔），选召（灵魂的啜泣），还是……
- 梅诗金公爵被选召后的悲惨局面……价值根底在选择面前或偶然面前的无力结局……
  路德的我信……悲惨世界中的坚定……啜泣
  继续蒙召与悲惨……
  终究一切我们理解不了也担当不了，只有灵魂的啜泣是唯一真实的……
- 我们的知识和对事与理的分析以及包括我们的欲念和性灵仅仅在蒙召的背景下才会有效和具有意义，除此以外均不排除我们确信的原则或信条发生被生活逆转的情形。
- 所以信、望、爱以及坚忍是我们对世界唯一有效的回应，但这些感触很容易使我们变得傲慢，而灵魂的啜泣似乎更踏实也更坚实。
- 如只懂得追求绝对价值和完美主义，却不懂得生活的伟大之处在于破碎、偶在和欠然，最后演化为追求绝对权力也属应有之变。一切都需要理解、感受和融合。
- 罪的认知远没有灵魂的啜泣更具有真实感，因为前者的出现相伴于我们对道德信条的认识，其中已经蕴含了自由意志品质，易陷入自我慰藉；而后者却是一种深层体验，且没有与之相随的价值投射。
- 只有一种形式——破碎的以及祈告的。
- 头痛欲裂，感觉快要弹爆而亡；
精力衰竭，大脑窒息，痛苦得无以复加。
生命感仅剩一丝一毫……
坚持吧……没有任何办法……
要么，面朝大海，春暖花开；
要么，面朝黄土，不见朝阳。
一息尚存，真难！不是开玩笑！
等待吧……等待我或被宰杀，在胸口剜两刀，然后像狗一样伸着舌头死去，而后尸体被踢上两脚……
杀人者必定不是一个人，而是共谋；要么怎会夺了我的人取了我的命？
- 能在一个空间内随意来回走动，真是上帝赐给人的最好礼物，因为在我们找不到精神存在感的时候，还可以不用一动不动形成身体死亡……群魔中的基里洛夫就是这样，整晚整晚地在屋子里来回走动……
- 赤裸之书

在哪些方面赤裸了呢

思想　情怀　期待　感动与苦楚

不矫饰　不造作　不隐藏　但艺术

他经历过　感受过　说过做过　哭过笑过　读过也写过

他　祈祷过

- 存在感的魅惑时代

存在感的魅惑时代

去魅化、破碎

革命与主义

虚无与存在

蒙恩与选召

返璞归真

我们现在担当不了与灵魂的啜泣

- 超感之灵的复活是我们无法理知的；要藉着信、望，却又难免堕入知识论的泥淖；

- 但情怀中的痛悔和灵魂的啜泣是我们能实存体验和经验的，有痛悔感和啜泣体验，就还能继续走下去……

- 人首先应该爱生活本身，爱生活本身甚于爱生活的所谓理性意义和理性秩序。

- 人们在各种价值根底面前和存在表象面前的求索与困厄：性——洛丽塔；kafuka；伊利奇之死；窄门；太宰治；加缪；荒原狼……

- 结构的无化、内化、解构化。

- 在世的偶在与欠然，各种心性的求索、困厄、感知。

- 在世处境深刻地影响了在体性实存心性与情怀。

如何对世是一个首要的难题。

- 抛弃了人的欲念与情愫、对抗恶的性灵根底，所以人灵成了漂泊无根基的存在，才会有如火中行走的在世存在感的暴露。

- 只有无，一切皆无的荒诞生活，又不符合人的心性，人毕竟是有情怀和期待的……
- 王尔德说当一朵红玫瑰希望成为一朵红玫瑰时并非自私自利，只有当它让白玫瑰也变红时，才是利己主义自私自利……人要达到自身完美，不靠他所拥有的，也不靠他所做的，而仅仅靠他之所是。
- 我之所是的就是死。

梅诗金：

> 一个人，被关进一只坚固无比的铁笼当中；尽管他有着使不完的力量、聪慧的头脑与坚定的信念，可就是出不去；而且要眼看着，笼子外的牛鬼蛇神、魑魅魍魉奚落和嘲讽他；尽管这些恶魔加在一起也抵不上他的一个脚趾，可这之间就赫然地存在着一种东西一只铁笼或者无以名状的一种无以名状的无以名状……阻绝在两重世界；他是出不去的，而更可气的是这些魔鬼都隐藏着真实面目，他不得见……甚至这些鬼们也不知在里面的是他；他想，干脆弃绝了这生命，宁死不屈，不受辱，但马上又觉得那使他逃离铁笼的钥匙、两重世界的解咒符似乎就在哪个地方……

娜斯塔西亚：

> 你从此，好好地生活，合理地做人；
> 命运的创痛扼住我的喉咙，我曾伸出双手欲解开这绳索，可竟连这手也被捆住；你伸来搭救的草绳，可它却扯住我的手扼向自己的喉；
> 我从此弃绝任何希望，风雨飘摇的夜晚不再幻想会有一扇门为我等候、一双温暖爱恋的手捂开我睫毛

上凝结的泪霜；
我的人生是彻底的悲剧，尽管我曾
心门洞开
良善对世
　　憧憬幸福与美好
可
　　世界的底色是黑的，
涂画上什么色彩最终都难逃黑色的命运；
　　我就懂了
挣扎是无用的，
　　软弱是自欺和嘲讽，
赎罪是妄想与虚空……
　　终有一天我会遭遗弃并死于伤寒。
我也就明白了，
　　我在走向死亡的路上并体尝着悲剧的生命！
既然这样，
　　我就少作孽，
放过身边的人与事；
　　复归于黑暗，
死于黑暗，
　　只有黑暗是真实的，
能吞下一切，覆盖一切……人与罪。

阿格拉娅：
生活只能是象征性的，
我们都没有能力较真；
如果有谁去跟生活较真，他唯一的出路就是自杀或者发疯……
而一个女人，所求的即温良、宽宏和笃信的情怀。

旁　　白：

　　人是苦难的承受者，同时也是行动者；人拥有向往美好的情怀与感动，也有价值与意义的求索，但又永远追寻不到……

　　风中有言，存祈告之心，忘记背后努力面前……

　　可人生的色彩绚丽多姿，变幻斑驳；人的性情隐晦曲折，光怪陆离。我们无法统一，也担当不了，情怀诗语与智性慧识都有着极限：

　　灵魂的啜泣；蒙召；路德的我信和祈告、主仆同位（人既是众人之主，又是众人之仆）；生存世界的偶然性、相对于人的欲望情愫和愿望之思的欠然性；恶和悲剧；性情的分裂、矛盾、复杂、非统一与偶发性；情怀的多元差异；一切，我们现在都担当不了……

梅诗金：

　　我挚爱的超感之灵

　　我真诚地向您祈祷

　　愿我们破碎的、被世界噬咬、侵蚀、荒漠的心仍能透出一丝微弱的火光，仍有一丝唏嘘之气升腾绽放，与您爱的光芒相融……

　　人啊，本为泥土，虽注灵气，在世生命仍属残缺的金瓯，终为强弩之末，扛不起更担当不了重担，又何谈是肩动生命的巨石？！至少我们现在担当不了……

　　我的灵魂无时不在啜泣当中……这就是我的生存感与存在状态……我在欠然和亏缺中呢喃踯躅……焦灼的双唇、暴血的眼、干涸的泪痕在熔炉和焰火中慕义与渴求……

啜泣的魂灵却也未腐朽，仍生出隐约祈告之音……
　　我的超感之灵
　　求顾念我，怜惜我……
　　仍赐我清直和通坦
娜斯塔西亚：
　　我救了你又把你推下火坑；
　　你救了我复推我下火坑；
　　真是一场孽缘、一笔孽债！

06 呢喃颤抖的双唇与暴血的双眼

阴郁的彼得堡

出生在莫斯科的陀思妥耶夫斯基却对彼得堡有一种特殊的情结。圣彼得堡是俄国著名的文化集结地，有许多享誉世界的文化名人和建筑古迹，比如普希金、莱蒙托夫以及陀思妥耶夫斯基本人就在此生活和创作，这里有冬宫、喀山大教堂、圣伊萨克大教堂等优雅华贵的建筑。同时，彼得堡的多元化氛围也为生活在这里的人们激进、嬗变、矛盾、博爱、感伤、高尚的性格增添了元素。

* * *

陀思妥耶夫斯基几乎在很多关键作品中都会有对于圣彼得堡的评论性描写，文字不多，寥寥数字，但别有意境，比如：

彼得堡的早晨恶浊、潮腻、雾气蒙蒙……迷天大雾中一个奇异的幻觉成百次地缠绕着我，挥之不去，雾仿佛就要飘散，飘向高空，而这个恶浊潮腻的城市是否也会与迷雾同行，一起升空烟飞云散呢？遗下的仍是从前的芬兰湾沼泽地，铜骑士骑在喘息不止、疲惫不堪的骏马上，矗立其中，仅仅成为一道风景？……瞧他们不住地急驰奔跑，来回折腾，可谁又能知道，这一切未必不是一个梦呢？也许有人会幡然醒转，这一切不过是某个人的幻觉，一切都将倏忽而逝。

* * *

在《罪与罚》中，彼得堡充满着一种阴郁、窒闷、昏暗、卑下的气氛：

街上热得可怕。天气闷热，拥挤，到处是石灰、脚手架、砖瓦和尘土，还有每个没资格租赁别墅的彼得堡人都很熟悉的夏天特有的味道——这一切一下子扑入了这个青年的眼帘和鼻孔，使他本来就很脆弱的神经受到很不愉快的刺激。城区这一带，小酒馆特别多，从里面飘出一阵阵难闻的气味，虽然并非假日，也能不时遇到一个醉汉，给这幅画面平添几分令人作呕的凄凉色彩。

该死的问题

就是在这样一条充斥着恶臭、与醉鬼擦肩的大街上，一个正在思索着从没有人想过的重大问题的辍学大学生一身褴褛地走向一座"硕大无比"的公寓——他就是拉斯科尔尼科夫。这座公寓就是他的整个思考最后要付诸于实践的地方，公寓里面住着的一位"放高利贷的老太婆"将会是他计划中的牺牲品。他的内心在痛苦地挣扎与厮杀，嘶鸣声有好几次冲破他的咽喉，"……这一切是多么丑恶啊！难道这样可怕的事情居然能钻进我的脑海？可是，我居然会存心干这种肮脏事！主要是肮脏、恶劣、可恶，可恶！"但是，他还是按照计划，按照事先已经计算好的方程式，把每一项数据代入到公式里面——到老太婆家里去"勘察"。

* * *

拉斯科尔尼科夫，一个性格忧郁的人，一个心事重重的正在思考一件前无古人的"大事"的青年。作者开篇就把他摆放在一种角度，甚至可以说是一种高度，让他没有藏身之处，让我们任意地去观察他；然后，再用一把思想的解剖刀，刺破那些硬僵僵的外壳——生活窘迫、恶债缠身、东躲西藏、离群索居、衣衫褴褛、整天游荡、无所事事——而把他的立场展示给我们看，他是一个正在思想着的人，他目前的全部生命和精力都用在了思考这件"前无古人的大事"上。

地下人的精神之子

地下人，似乎就是拉斯科尔尼科夫的前世；而拉斯科尔尼科夫，好像是刚刚走出地下室，但仍然带有强烈地下室意识、口中还不断呢喃着的地下人……

思想颂歌

思想的人，一直是陀思妥耶夫斯基重要作品中的基点。在他的舞台上演出的人，都是在思索某些重大问题的人，这些问题有包括人生的意义、道德的界线、情感的真谛、苦难的深度、毁灭的尽头、真实与虚幻、灵魂的亏欠……

* * *

他的主人公，当然也包括所有的配角——在他的作品中，你很难区分主角和配角，主角可能在思想和情感上被配角所感染，配角也会说出整部作品中最为关键、最为重要的话——他们见面之后，不是嘘寒问暖，而往往是直接进入思想问题。那些对话，也不会有太多的比重放在毫无意义的寒暄上，对话的双方从来都不会因为对方如此直接、赤裸地坦陈自己的观点而感到有什么难为情或不知所以。

* * *

比如：拉斯科尔尼科夫与马美拉多夫第一次见面时谈到：最高尚的牺牲之爱；赦免与盼望。

拉斯科尔尼科夫与索尼娅第一次正式谈话时谈到：信仰、盼望、爱与分担苦弱；对人类苦难与罪孽的病痛式的爱与崇敬；信仰的力量。

……

* * *

这就是陀思妥耶夫斯基的创作手法，摆放在他面前的都是一些"该死"的问题，面对这些问题他食不知味、夜不能寐，无论如何也不能越过这些思想问题而优哉游哉地谈论一些无关痛痒的事，诸如风景或服饰。他想告诉我们思想的意义，思想带给一个人的价值和力量。

经不起一丝唏嘘的芦苇

人不同于芦苇，也不同于动物，因为人有思想。动物有思想吗？不，它们饿了绝不会表现为已经饱了，但一个人会。

* * *

思想的人一般都鄙视客观规律与物质世界。客观规律会导致一种盲目的从众心里，压制思想方面的自由。而物质世界更是加深了这种认识。在这里，"思想的人"体现出了他的"反叛性"。这种反叛性是"思想的人"的一项重要特征。

* * *

举个例子来说。客观规律与物质主义有一种理论观点，他们把"生存"设定为首要任务，认为一个人在面对生存问题时，其他一切问题都是次要的。然而，生存问题的核心还是物质问题，"面包"与"思想"并不处在同一个层面上。那么，如何获得面包？遵守规律。什么是规律？大多数获得面包的人都在采用的方法，就叫做规律。规律由谁而定？由获得面包最多的那部分人。

* * *

但是，在一个思想的人、反叛的人看来，人活着到底为了什么？这首先就是一个无论如何也不能够忽视或随意绕过去的问题。为什么要生存？如果生存就意味着要遵守规律，那么这规律是道德的吗？万一错了怎么办？

* * *

如果换个角度来看看，用时下流行的说法，前者代表着一种理性，而反叛的人代表着非理性或不理性；再附和着一种以"点人头"为评判标准的游戏规则，用理论结合实践加以劝导；如果不行，还有"人头占多数"的"权力法术"作为保障，看来反叛者的失败是势所必趋了。

* * *

但是，如果反叛者还是不乖乖听话、低头屈服，那要怎么办呢？如果在"善意"的劝导面前，他就是想不通；在威吓之下仍然要张开执拗的口，貌似坚定地说出他的一番不知羞耻的言论，那要如何是好呢？

最要命的是，如果他说出那句"我就是不想按照你们说的那样去做，而只想根据自己的意愿……"

怎么解释？

* * *

最"聪明"的理性，最顽固的"叛逆"。要知道，这理性可是代表着科学呀！难道人能够不是科学之子吗？他怎么能超出科学之外，有自己的莫名其妙的观点呢？解释不了吗？怎么办？宣布为精神病症？肉体消灭？

* * *

这些规律也好，物质主义也好，他们或许代表着理性的人；可是反叛的人、思想的人从心底喊出的那句"根据自己的意愿"却代表着人性。问题是，我们是否只想做一个唯理性的人，而不是一个完整的拥有情怀的人？

* * *

拉斯科尔尼科夫是一个反抗的人，他不为世俗观念所压制，他以自己的思想审视身边的人与事，形成自己对待生命、世界、自我与他人的理论体系。这说明，拉斯科尔尼科夫是一个自由的人，他的自由带领他走向独立，走向反叛，使他能够深刻地思考与体验人的意义。但是，这条初步的自由之路很快就走到了尽头，这里不是一个毫无去路的死胡同，而是一个岔路口，是信仰与唯我，或自由与反自由的岔口，一条通向真正的、永恒的、深邃的信仰中的自由，另一条是极端的唯意志论。

07 存在感

存在感是一个繁复的概念,它包含了一个人在全部的生命过程中所留存的印迹、所思所想、所取所予、所喜所悲、所挣扎、所嘶鸣、所感叹、所遗憾……而这些经历体验与思维意识又会通过交会进而影响到他人或被他人所影响。最终,在个体性的我思当中,既包含我的所思又包含传递之思经交会融合后默会并潜移默化的我思之所思,同时,我之所思又经融会进入他之我思;在同一层面,个体性的我的存在之外部条件,既掺杂着个体性的我的创造,又包含相互交集之后他之创造。反之,我思对他之所思的影响以及我之创造对他之外部条件的影响,亦然。此种种,构成个体性的我之存在感。

* * *

现代社会,囿于我思、对我思之所思以及个体性的外部存在之创造力其精神探知的繁复性、个殊化差异以及无定规之开放性与恒常延展性,导致现代人在快节奏的生活当中不去做上述价值探知与持恒之思以及开放性的创造意识。在此发生了价值分化,大多数现代人仅以某一向度和维度为考察对象和标准意识,或以外部生存条件为衡量准据,或以部分之我思的懵懂状态为定规,等等。逐渐,支离破碎的价值域与一般廉价意识和流俗语境下的言语辞藻并勾连物质与自然法则,遂产生了精神域一般流通货值或未经反思的意识形态。

08 存在感在现代性语境与实践中的宰制

现代性的忧思

　　昏暗、窄小、缺少光线，像船舱一样小的阁楼，或者你干脆说它像一口棺材，然而，这个小房间就是拉斯科尔尼科夫租来的居室。拉斯科尔尼科夫已经完全从昏睡状态中清醒过来，只不过看似半睡半醒。他身旁的拉祖米欣和佐西莫夫正在激烈地谈论着"那件凶杀案"，娜斯塔霞站在门旁饶有兴趣地听着。拉祖米欣首先向大家通报了案件的最新进展，警署经过收集证据和对嫌疑人细致的审讯，已经初步确定了杀人凶手，他就是案发当天在被害人惨遭杀害的房间楼下刷油漆的油漆工人米科莱。确定凶手的过程是这样的：一开始，对于这起凶杀案大家都还找不到头绪，警署甚至将毫无作案动机和作案时间，或者干脆就说没有作案可能性，在案发后去被害的老太婆家里抵押东西的科赫和佩斯特里亚科夫作为重点怀疑对象，进行调查。后来，相关调查结果显明，他们二人确有不在场的事实，这条线索也就彻底断了。正当案件无法继续推进的时候，有人举报了油漆工人米科莱。举报人名叫杜什金，是一家小酒店的老板，而酒店正好就开在发生凶杀案件的那座楼的对面。按照杜什金的证词和他的分析，他所举报的油漆工人米科莱就是真正的杀人凶手。如果我们归纳一下，他的证据和理由有这么几点：

　　壹 凶杀案件发生的当天晚上，时间大概刚过八点钟，也就是说，这个时间刚好在凶案发生后不久（想想拉斯科尔尼科夫作案时的几个关键时间点，他是在六点钟过后出的门……）。油漆工米科莱跑进了小酒店，手里拿着一副金耳环和一只首饰盒，想用它抵押两个卢布。杜什金接受了他的抵押物，但只同意给他一个卢布。随后，当被问到首饰的来源时，米科莱只是匆匆地回答是在便道上捡来的，然后就走了。

贰 第二天，杜什金在得知放高利贷的老太婆和她妹妹被害的消息后，由于怀疑米科莱所抵押的首饰的来历，便作了一番调查。他向米特雷了解到，案发当天，米科莱和米特雷就在与死者同一个单元的二楼刷油漆。从案发直到现在，米科莱只是在快天亮时喝得醉醺醺地回来一次，之后米特雷就再没见到过他。

叁 案发后第三天，米科莱再次出现在小酒店里。杜什金又问起首饰的来源问题，并向米科莱挑明那件谋杀案，要求米科莱作出说明。米科莱虽然坚持首饰是从便道上捡来的说法，但脸色却变得煞白，然后一溜烟地从小酒店里跑了出去。

最后，杜什金总结道，"这时候，我的疑心也就去掉了，因为没错，就是他造的孽……"

* * *

后来，米科莱被抓捕归案，当时他正准备上吊自尽，被人发现后，他要求大家把他送到警察局去，他激动得对大家说这一切都是他干的，他有罪等等。尽管到了警察局他矢口否认是他杀了人，并对自己的反常行为一一作出了解释，但是这并没有影响到案件当中一个最重要的问题得到了落实和查清。这就是那个物证，金耳环和首饰盒的来源问题。已有抵押人认出并证实了这就是他向老太婆用作抵押的物品，也就是说，米科莱向小酒店老板杜什金抵押的金耳环和首饰盒是被害老太婆收取的抵押物。

案件事实已经很清楚了，因为："铁证如山。"

* * *

对于这个结果和对于案件的解释，佐西莫夫感到很合理，也很满意，他向拉祖米欣连连点头表示认可。

也就是说，他同意这里面的"<u>真凭实据</u>"。

但是，拉祖米欣对此却不以为然。

"你是一个医生，你的首要任务是研究人，你研究人的性格比其他任何人的机会都多——难道根据所有这些材料你就没有看出，这个尼古拉（米科莱）是怎样的性格吗？"（《罪与罚》）

拉祖米欣冲着佐西莫夫叫了起来。

"如果那副耳环在同一天和同一时辰出现在尼古拉的手里，的确可以构成指控他的事实根据的话……那么也必须考虑到那些足以证明他无罪的事实，何况这些事实还是无可反驳的。足下对此有何高见？根据我国法理学的性质，他们会不会和能不能够把这样一个事实，（这事实的唯一根据就是，从心理学的角度看，从他们的内心情绪看，这绝不可能）看成是一个无可反驳的事实，足以推翻一切认为他有罪的物证，而不管这些物证是什么？不，他们是不会这样看问题的，无论如何不会的，因为他们振振有词地说，盒子发现了，这人又想上吊自尽，'如果不是他感到自己有罪，他就不会上吊了！'"（《罪与罚》）

* * *

令拉祖米欣感到愤然，并据以挑战这个"铁证如山"的物证的心理学根据是什么？

"听我说，你仔细听我说，看门人，科赫，佩斯特里亚科夫，另一个看门人，第一个看门人的老婆，那时候正坐在门房里，坐在她身边的还有一名女商贩；七等文官克柳科夫，这时候他刚下车，正挽着一位太太的胳膊走进门洞——所有的人，就是说，八个或者九个目击者，都异口同声地供称，尼古拉把德米特里（米特雷）按倒在地，骑在他身上揍他，而另一个则抓住他的头发，也使劲揍他。他俩横躺在路上，挡了大家的道；因此，来来去去的人都骂他们俩，而他们'像小孩似的'（这是目击者的原话），你骑在我身上，我骑在你身上，又是尖叫，又是扭打，又是哈哈大笑，两人笑得一个比一个声音大，别提那德行有多可笑了，他们俩像小孩似的你追我赶，跑上了大街。你听见了吗？现在请你竖起耳朵好好听着：楼上的尸体还是温的，你听见吗，当发现尸体的时候，还是温的！如果是他们杀的，或者只是尼古拉一个人杀的，而且在行凶杀人后还撬开箱子，把东西洗劫一空，或者他仅仅以某种行为参与了抢劫，我倒要请教你一个问题，就一个问题：诸如此类的心情，例如尖叫呀、大笑呀，在大门口孩子般地扭打呀——这跟斧子、流血、恶毒的阴谋诡计、小心翼翼和杀人越货，能不能凑到一块儿？刚杀了人，总共就在五分钟或者十分钟以前——因为人出来的时候，尸体还是温的——他们又忽然撇下尸体，而且让这屋子还敞开着，虽然他们明明知道马上就会有人到那里去，而且还撇下了赃物，像两个小小孩似的，在路上打滚，哈哈大笑，让上上下下、里里外外的人都注意地看着他们俩，而且还让这事有十个众口一词的目击者！"（《罪与罚》）

* * *

拉祖米欣的心理学分析和他一反常规的态度，从表面上看，似乎是在谈论物证和心证的法律问题，从另一种思维形式上看，存在感的价值分化背后有着很深刻的理论渊源——这就是对于现代性的反思。

现代性描摹

现代性或者现代化，有两个相对明显的特征，一个是从心理角度来看，人们的信念由超验落到现实，摆脱了对于未知现象的敬畏，将一切事物的认知标准拉近到人们所能理解的区域范围；对于价值领域的衡量和判断尺度进行了重新定位，以此来凸显人的主体性和个体性地位。并且，这种价值重估的基础，又与第二个特征密切相关，即对于提升生产力和改造外界自然的高度重视和广泛实践，并对此不加质疑和未经反思的接受。

* * *

这种现代化的直接结果有两个，一个是伴随着自然科学的大力发展，生态自然界加入了人造自然界的元素，而且后者正在逐步地占据主要地位；与此相关，导致了人们的心理元素也由纯粹的心灵之域改变为物化逻辑。

* * *

因此，Scheler 和 Simmel 在讨论现代性时，分别作出了这样的论断：

"世界不再是真实的、有机的'家园'，而是冷静计算的对象和工作进取的对象，世界不再是爱和冥思的对象，而是计算和工作的对象。"（《现代性社会理论绪论》）

"现代人的形成意味着人的形而上学品质或实质性本质的解体，人只被视为各种自然生理和历史社会因素的总和。当人被设想为上帝的造物，人有其本质和确定的自性，有不可分割的身位性。然而，现代人的观念使这一切消散了。"（《现代性社会理论绪论》）

谦卑和自负

对于我们的探讨来说，重要的是，需要找到一个解释视角或者分析工具。在这里，我很愿意用谦卑和自负这样一种理据来试图揭示现代化的相关问题。我认为，无论是政治的、法律的亦或者其他社会现象的现代化，都可以从中得到启发。所谓谦卑，主要是强调，在人们的内心中，在众多的社会事物中，在认识或解释一般现象、规则、制度时，是否为未知者预留出空间或另一种维度，是否为自我本身的信仰、信念释放余地。然而，自负的人们却是从另一个侧面来考虑问题的。他们只承认由人的认识所能够辐射到的区域，除此之外，他们不打算再扩展任何他的智识所不及的现象领域，或抽象出另外一种理念。

即是说，他们的评判标准存在于自身之中。这样一来，人们既是对象，同时也是标准本身，而不再需要一种超越自身的价值范畴来支撑信仰或信念，因为人们自身同时是实存和价值判断的唯一载体或者准则。

* * *

整个现代性过程的症候就在于人们的自负心理压过了自身的谦卑感。

超感论与人感论

现代化的过程发端于启蒙运动。启蒙运动的价值诉求是理性、自然、幸福、快乐和（人性）人本位，因此启蒙运动是彻底的世俗化运动。所谓启蒙，就是要脱离原有的价值范式、行为准则；在精神信仰上丢开旧有传统的教理、教义和以其为模式框架而发展出来的一整套社会、道德、人文、艺术的理念和制度。改由个人以其单独的欲念、理性计算、功利衡量为唯一标准。

自然科学在这场运动的影响下得到了迅猛的发展。旧有的自然科学，只是严格地被划分为人们控制和改变外部自然界的一种手段或工具。但是，在进入现代化范式之后，自然科学被提升到了价值信仰的高度。自然科学的名称，经由去掉"自然"而被单纯地叫做科学。这种变化有一个理论上的基点，这就是认为改造自然（生产力）是决定人自身价值意义的核心，或者换句话说，人的使命和功绩就是在改造自然中得到体现的。过去由教义、教理所承担的对于人的本性、命运和意义价值的论证，都可以经由改造自然、提升生产力的活动而一劳永逸地得到解决。

自然科学（科学）为人本位的勘定提供了一项有力的工具。自然科学的理念被人们不加质疑地接受。在现代社会，只要提到科学，人们便会不由自主地神情肃然。

这是一场由超感论改变为人感论的革命。

带有人的气息的彼岸

此岸、彼岸的二元世界观成为了世俗化运动得以可能的前提。旧有的观念说明，彼岸应当是此岸的基础和准则。

现代性的故事却是从另一端开始讲述的，它展现的是人们如何通过自己的智慧，在纷繁复杂的现实世界中确证彼岸的带有"人的气息"的教义版本。在这里，有一个先在的前提，即神秘论或超然感的缺席。彼岸不再是"超然"的彼岸，而是"人义"的彼岸。在这个前提下，人们开始忙得不亦乐乎，有忧郁的，有狂躁的，有虚无化的，有构建宏大体系的，有专注于孤僻一隅的……但是，却没有人肯为这个前提而忧思。让我们猜想一下这其中的两种可能性：第一种人可能已经超越了现代性的范式，不为这个集体的、美妙的故事所动容；然而更多的可能是第二种人，他们无疑是捍卫现代性范式的人。他们在这个故事当中得到了某些方面的满足，一旦这个范式被破除，他们令人艳羡的逻辑体系也将轰然崩塌，不复存在。所以，他们将想尽办法极力掩饰这个故事的开端，或不断创新，引开话题，转移人们的视线与关注点。

对于现代性的神话，沃格林看得十分清楚：

"构造一个封闭的存在过程；切断内在世界与超世界存在的联系，拒绝承认希腊哲学家们所描绘并命名的 philia（爱）、eros（欲爱）、pistis（信仰）、elpis（盼望）这些体验乃是灵魂在其中参与超验存在并让自己听命于超验存在的一个实质性事件……不允许基于这些事件对整个封闭的存在过程的构造提出质疑……"（《没有约束的现代性》）

生活世界的危机

才华横溢的哈贝马斯（habermas）发现，现代性的危机，实际上是"生活世界的危机"。

在哈贝马斯的眼中，这个世界至少存在着两种现象，一种现象是人们的"生活世界"，另一种现象是人们工作于其间的"系统"。顾名思义，生活世界是人们交往、感受、体验的中心，是人们情感、价值、文化、道德、伦理所投射的处境。而系统，是由这个真实的生活世界所分化出来的，表现为某个单一方面的定型化领域。在生活世界中，人们追求的是交往中的真诚性与承诺的有效性；在系统当中，人们所追求的目标是效率，即：不问为什么（源头），不问过程，而只注重于结果。

生活世界与系统都需要自我整合，就是说需要一种演进、统合的机制和具有威慑力的根源。在前现代社会，生活世界的整合力量是文化资源，而文化资源的根底主要是教理、教义；而系统整合的直接动力是生活世界，系统围绕生活世界的价值理念进行再生产，调配和整合系统资源；法律是二者的枢纽，生活世界通过法律的形式将理念与指令疏导给系统，系统因此受控于生活世界，为生活世界服务。

现代社会的来临，使得旧有的社会结构发生变化，生活世界和系统整合的力量发生转变，二者的位置也形成了新的格局。

现代社会的结构变化，从生活世界的理性化开始。理性化的批判对象是传统文化当中的教义理念。理性化所提出的观点是明确化，倡导人们对于一切社会与自然现象都要有一种明确的理解，以此来反对传统当中的神秘论说。对事物的明确理解建立在人们所知道的领域，能够为人们所思考、能够由逻辑理念证明的事物、现象或观念便具有理性化的特征。除此之外，凡不能被明确推演、证明的事物，即是非理性的，同时也是不合法（并非"合法律性的"合法，而是"正当性根源"的意思）、不合理的。由此而来，社会分工便产生了。由于人们无法做到对每一种现象均有一种明确的认知，而人们各自所了解的知识领域又不尽相同，所以分工便成为了势所必趋的发展途径。

文化的再生产，被抽象为"专家话语的再生产"。

理性化、明确化和社会分工本身并不是全部意义上的现代性，现代性的关键问题是对于在传统教义信仰下谦卑资源的放弃。

在前现代社会，教理、教义发挥着整合生活世界的功能，承担证明合法性根源的重任。然而，由启蒙主义开始的现代性理念，由于否弃了以教义信仰作为生活世界整合力量的传统，所以导致合法性根源位置的缺席，造成"信仰空白"现象。换言之，由于生活世界的整合脉络被切断，所以人们的"元理念"正在遭受危机。

这种危机，被哈贝马斯恰切地称为"合法性危机"。

围绕着如何弥补合法性根源的问题，现代派思想家们绞尽脑汁、殚精竭虑地欲求寻找、论证可以代替超感信仰的新的"元理念"，也就是生活世界中新的整合力量。比如，萨维尼的民族之魂、黑格尔的历史理性与绝对精神、马克思的社会神等等。这些理论都是在意图构建宏大的体系，以填补元理论的空白。

然而，现代社会的发展方向并不像大师们想象般乐观。由于找寻"元理念"的思考负担过重，人们无法背负起这个重扼，所以导致人们选择用其他替代手段来减轻自己对事物形成认知的压力。

这个替代手段就是货币和权力。

"随着社会发展，社会交往的范围在不断地扩大，虽然语言上的相互理解是必要的，但是实现人们之间的相互理解风险太大，成本太高，于是，人们需要一个缓解交往压力过大的机制。货币和权力作为交往过程中的缓解机制在交往过程中发挥越来越大的作用……这就是说，这个时候，人们不从生活世界的基础，通过语言的交往而达到社会的整合。人们之间的交往过程在很大程度上脱离了生活世界，而纳入到系统领域中。当人们之间的活动脱离了生活世界的时候，人们就会用权力和金钱来影响其他人的决定，从而实现自己的目的，因而绕开了语言的互动。在这里，货币和权力不仅限制了语言的交往领域，而且取代了语言，而成为人们之间的相互交往的控制媒介。生活世界不再是社会系统整合所必要的东西。显然，货币和权力作为一种缓解机制实际上导致了系统和生活世界的分裂。这就是说，由于货币和权力媒介的作用，经济系统和行政系统才摆脱了生活世界的总体，才独立出来，并使生活世界成为一个子系统。"（《哈贝马斯的现代性社会理论》）

生活世界因此被经济和行政系统殖民化了。

在前现代社会，生活世界的理念通过法律制度在系统当中得以实现。生活世界被系统殖民化以后，法律制度反过来成为系统控制生活世界的手段。比如，大量增加的行政法律，是政治系统用来统合生活世界的方略；专家话语不断对司法审判产生重要的影响；越来越抽象、刻板的法律规则；重客观化、形式化证据，轻心理、事理经验分析。

09 精神熔炉中的灵与肉

一头猪

拉斯科尔尼科夫在小酒馆中遇见的退职小官吏名叫马美拉多夫，他主动与拉斯科尔尼科夫交谈。"从足下脸上我似乎看到一种悲愤。您一进门，我就看出了这一点，因此我才立刻跟您攀谈。"虽然素昧平生，可马美拉多夫却直言不讳的叙说着自己和家人的命运。

马美拉多夫曾供职于官署，用他自己的话说是"忝列九等文官"。因为他嗜酒成性，整天沉溺于迷醉之中，不仅丢了工作，还弄得家里一贫如洗、家徒四壁，他甚至将妻子的头巾、丝袜都拿去当掉，换了酒喝。在与拉斯科尔尼科夫交谈的时候，他已经连续五天没有回过家了，倒不是他不愿意回家只想在外买醉，而是五天前他偷了家里仅有的十二个卢布，用这些钱在酒瓶底下饱尝痛苦和罪责。马美拉多夫用他那醉醺醺的、充满血丝、浮肿但却闪着光的双眼盯着拉斯科尔尼科夫，对他说："年轻人，您能不能够，不，让我说得更有力、更形象些，不是您能不能够，而是您敢不敢此刻望着我，肯定地说我不是一头猪？"（《罪与罚》）

* * *

一头猪，是他对自己全部寡廉鲜耻行为所作的最终的总结。为什么？

* * *

索尼娅，马美拉多夫前妻生的女儿，纯洁，笃信。在一个寒冷的冬日，接近傍晚，灰蒙蒙的天空，可能还飘落着湿雪，嗷嗷待哺的三个弟弟妹妹一个个蜷缩在角落里，继母卡捷琳娜·伊万诺芙娜因为得了一种怪病脸颊上泛着异常的潮红，口中还不断地责骂，醉醺醺的父亲一动不动地躺在肮脏的地上，面对这一切，索尼娅悲痛欲绝，她默默地站起身来，用她那双枯瘦的手温柔地拿起了头巾，走了出去。过了大约三个小时，索尼娅回到家中，抖动的手中紧紧地攥着三十卢布，她把它全部放在了继母面前的桌上，没说一句话，然后面向墙倒在了床上，用头巾整个包住了苍白的小小的脸蛋，肩膀和全身仍在不停地颤抖。继母跪在了她的脚前，整整一个晚上……之后，沙皇警察局发给了索尼娅一张黄色执照。

* * *

马美拉多夫无法再讲下去了，只是用最后的一丝嘘气祈祷……祈祷赦免他的索尼娅。

一无所有

马美拉多夫的精神意象始于他的那句名言：

"贫穷不是罪过，这话不假。我也知道，酗酒并非美德，这话更对，但是一无所有，先生，一无所有却是罪过呀。人穷，倒还能保持与生俱来的高尚的情操；可是穷到一无所有，那就任何人在任何时候都办不到了。对于一个一贫如洗的人，甚至不是用棍子把他从人类社会中赶出去，而是应该用扫帚把他扫出去，从而使他斯文扫地，无地自容。这样做是天公地道的，因为，当我穷到一无所有的时候，我就头一个愿意使自己蒙受奇耻大辱。"（《罪与罚》）

* * *

马美拉多夫的意思是，贫穷并不意味着虚无，用他的话说就是人不能穷到一无所有。在一无所有之下，遮蔽着一个重要的现象，灵与肉、肉与灵之分。贫穷与富有多数时候是对身体的一种亏欠或体恤。但人并不单单只有血气之身，在物质性的存在之外，人还有灵魂。灵魂是实在自在的现象，它不是虚幻，它与肉身同样是一种实存。

灵与肉

灵与肉是什么关系？

不可想象没有灵魂的肉身。脱离了灵魂，肉身只剩下单纯的生理反应。像动物一样，饿了就吃，困了就睡。可是，人为何不可以像动物？吃吃睡睡，快快乐乐，这样岂不是很好吗？

* * *

动物可以，但，一个人，永远都不可以只生活在肉身当中——因为人会自杀。

自杀，又是人与动物的一个重要区别。自杀是只能为人所拥有的独特属性。对于人而言，他会思考为什么而活着。但是动物不会，它们只懂得生物规则和食物规则，它们的生命只是单向性的运动，或者说只生活在两重空间，一重是物质世界，一重是自然规律。

* * *

但是，一个人，同时还存在自我的意识，和超越的意识。

人会感知自己处在一个物质世界，这个世界强加给自己一种束缚，或者叫做规律，但同时他还会思考为什么他要处在这样一个世界，受到这种束缚，他可不可以不要这样一个世界，不受到这种束缚，如果可以，要怎么做？自己主动离开，还是要借助于另外一种存在？如果不能，又为什么？如果做了，会有什么后果？

* * *

这样的问题，一直可以问到无穷多。

沿着这样的路径一直走下去的学问，就叫做哲学；不想再深入下去，自称已经疲倦了，或者找到了临时答案的学问，就叫做宗教。

叫哲学，或叫宗教，并不重要。重要的是，它向我们解释了一种现象的存在，这就是灵魂。

* * *

由灵魂再产生出一重世界——意义的世界。善与恶、美与丑、高尚与卑劣、拯救与沉沦、真实与虚幻……都发生在意义的世界当中。

* * *

没有了灵魂，肉身是无法理解的事物。如果我们突然间去观察一种我们从未接触过的外星生物，那么他们的行为样式、声音体态、喜乐愁烦就无法为我们所理解。因为，我们不了解他们的灵魂。

* * *

人在自己的内心世界里极其渴望了解自己的灵魂，甚至，有时候，用最极端的方式——自杀，来达到这一目的，逼迫自己撩开灵魂的面纱。

这就是——人。

* * *

这说明，人永远都不可能只生活在庸庸碌碌之中，生活在无根的旷野，或者说，灵魂不可能永远在漂泊、在流浪。他要寻找精神的家园，在那里有他的寄托和依靠。

否则，他就会永远感觉到失去了什么，感觉到有一种不可触及又不能够不去理会的东西，在煎灼着他的内心。特别是在孤独的时候，这种感觉尤为强烈。他无法只凭借肉身的体验，来治疗这种失落感。灵魂的孤独和裂伤，超出肉身的欲望。

* * *

马美拉多夫的出场，就定格在失却了灵魂的孤独肉身体验。他用酒精来填合在灵魂拷问下突显的肉身单纯欲望。这种欲望占据了上风，控制着他，但他却希望被欲望所辖制的感觉。欲望可以使他暂时丢开灵魂的重负，不再有沉重感，也不再战战兢兢地以灵魂的律条自我审判。当那一瞬间来临，他进入到了一种奇妙的状态，仿佛超越了一切的现实感觉，也超越了虚幻，无所谓圣洁，无所谓卑污，所有的东西都是前所未有的，崭新的，白茫茫的：

"马美拉多夫用拳头捶了一下自己的脑门，咬紧牙关，闭上眼睛，将胳膊肘重重地支在桌子上。但是一分钟后，他的脸突然变了模样，他以一种做出来的狡猾神态和装出来的厚颜无耻望了望拉斯科尔尼科夫，嘿嘿一笑，说：'今天我去找索尼娅了，跟她讨钱买酒喝来着！嘿嘿嘿！'"（《罪与罚》）

* * *

但是，现实感就像一根无形的风筝线，无论欲望带着他飘离多远，都会将他拉回来接受灵魂的审讯。他清醒地意识到，欲望最终将使他更加悲痛。

甚至，悲痛，也成为了他的一种欲望：

"你以为你这瓶酒给了我乐趣吗？我在瓶底寻找的是悲痛，悲痛，寻找的是悲痛和眼泪，我尝到了，也找到了。"（《罪与罚》）

* * *

说到底，还是因为灵魂。悲痛，令他与自己的灵魂靠得更近，因为离得越远灵魂的火焰燃烧得越热烈，被烧灼的感觉就越强烈，只有靠近燃心，在火焰的中心，才反而感到平缓了许多。

马美拉多夫在灵魂自我的审判下，默默地讲述着，讲到妻子卡捷琳娜·伊万诺芙娜因为得了一种怪病，脸颊上泛着的异常潮红，讲到索尼娅忍辱负重……

* * *

欠然。生命。升腾。酒是苦涩的，但它往往能激发出我们的潜在激情；醉酒的人是可耻的与贪婪的。思索自身的欠然，能使我们变得深刻，探入灵魂的隐秘之处；却也能毁灭自身，——如果我们迟迟不能超越，升华。

肉与灵

肉与灵是什么关系？

如果说，灵魂带给我们一种向上升腾的空间感和想象力，使我们获得盼望，那么，身体就是一种向下不断拖拽的力量，沉甸甸的，把我们紧紧地贴近于大地，让我们时刻感受到这个世界的现实性。

* * *

这么说，肉身是一种负担？

身体是此世的象征，身体是有限的存在，身体是欲望的根源——身体是生命的欠缺与裂伤。

肉与灵：生命的裂伤

永远都不要相信人的统一，人是分裂的，是矛盾体。人处在无限与有限之中，人的本性中带有对于无限的期盼，可是人的身体决定了他是有限的存在。人希望自己和自己的家人以及所爱的人能够永远在一起，幸福长久，永生相伴。可是，身体早已预设好了，在这个世界上人不可能永远在一起，人，终有一死，在这一点上任何人都是平等的。人希望这个世界能够永久地和平，但是，事实上，正是因为这个世界上存在人，存在欲望，就不可能永远和平。人渴望幸福，向往一种至福的状态，可是苦难与哀伤却在时时刻刻威胁着人，使他在幸福感来临的时候，也不能完全忘却心灵中深层的迷茫。

* * *

心的秩序不断地被超越，因此相关联的一般性的规则（人类共存的法则）也被提升与超越；但这一切不过是相对次级的超越与升华，或者说是明存于我们的思维当中的意识或能/已能被意识。然而，那圣洁的永恒超越与升腾却不是这样的，认识他的法则只有一条——那就是，他不能被我们所认识/体验（明存的体验）……

* * *

世界是一具吞噬人的恶魔网络，玩弄着生生死死、来来去去的游戏。哪天，即便是你偶然逃脱了，那么，你马上又会发现，这（原址）竟是自己理想的境界……

* * *

这恶魔难道不能超越又无法超越？越是思索着……被魔性所侵染得越深，缠绕得越重……索性，我不去惹它了……但它却奇异般地从我身边溜走了，它投降了？！惊魂失措的我，难于理解……

原来，这个不倒翁惧怕的是两极，要么在堕落沉沦中虚无！——随着它的魔性缠缠绵绵、缓缓绕绕、悠悠荡荡……直至将自己风干为一具恶心的尸体……

要么，就在升华中永恒吧……灵魂的永生。

至于我，在爱中等待着超迈的诗降临……

* * *

有一股轻轻柔柔的微妙旋律，它仿佛一根永远也扯不断的或隐或明的细线——它似乎是那样的脆弱，以至于让人无法理解……但也正是这细语，将我们隐隐约约地拖拽到了天堂之门，眼见着，眼见着，就要突破那层层雾霭一睹她/他的究竟……突然间，由强烈音符组成的狂肆旋风不由纷争地将我从超然之中瞬间拉回这钢筋怪兽与水泥女巫……我重重地坠落在他/她们的身体上，强烈的弹展力爆裂开了我的身体……血？……气？……！……？

刹那（我保证，我很清醒，从未有过的清醒；也就是说我计算过了，绝不会高出万分之一秒），我懂了，这是我的身体，镶嵌在这鬼怪规律当中的欠然性身体……

可是，请注意，说下面这句话可不是那么的容易，几乎所有人类历史上伟大的人的秘密都与此相关……

曾经接近过天堂的灵魂，再也无法像什么都未发生过一样了……

*　*　*

世上万般事物互相效力，早已编织、铺设好了一张巨大的无形之网；缠扼、困锁；黑暗中的挣扎、深渊里的控告，喊来的却是一计咒符：不得逃脱；不得降伏，不能承认罪之律；不得妄自退出——自毙。

千年一日，一日千年；幽冥中不断风干的双眼流下了最后一滴泪，然而它却奇迹似的润湿了那位一言不发、孤独、平静地等待中的老者的双唇；于是，有声音从他那里轻轻的传来……

"曾经，在骷髅之地，也流过这样一滴泪……"

肉与灵：苦难与身体的重量

人，用双手毁灭的事物，在心灵的最高统一当中将它寻回！

*　*　*

索尼娅拥有一颗纯善的心灵，内心里怀着信仰，对每个人都很温柔，她从不知道如何利用心计来为自己赢取利益；相反，她会因为任何一个人而牺牲自己；如果有谁要欺负她，或是设计陷害她，那简直是世界上最容易做到的事情了。

*　*　*

但是，即便是她，索尼娅，灵魂圣洁、心地纯正、品性真诚的索尼娅，也无法免除因为肉身的亏欠给生命造成的裂伤：

"一个贫穷，但是清白的姑娘，靠诚实的劳动能挣多少钱呢？……如果她清清白白，但是没有特别的才能，即使她的两手不停地干活，先生，一天也挣不了十五个戈比啊……可是这时候孩子们在挨饿……卡捷琳娜·伊万诺芙娜也绞着手在屋子里走来走去，而且她的两边面颊上泛出了潮红——得了这种病一向都这样。她还数落索尼娅："你这好吃懒做的东西，住在我们家，又吃又喝，还要取暖。'孩子们三天两头见不到一块面包，又能吃什么喝什么呢！我那时候躺着……嗯，那又怎么样呢！我醉醺醺地躺着，我听见我那索尼娅在说（她是一个逆来顺受的姑娘，说话的声音细细的，很温柔……浅色头发，小小的脸蛋总是那么苍白而且枯瘦），她说：'好吧，卡捷琳娜·伊万诺芙娜，难道我当真要去干那种事？'那个一肚子坏水、警察局里挂了好几次号的女人达里娅·弗兰采芙娜，已经通过女房东登门拜访过两三次了。卡捷琳娜·伊万诺芙娜嘲笑地回答：'那又怎么样，有什么舍不得的？多了不起的宝贝！'但是，请别见怪，请别见怪，先生，请别见怪！她说这话时脑子不清，心烦意乱，又有病，加上孩子们没有吃的，饿的直哭，她说这话并不是真有这意思，而是多半为了气她……我看见，五点来钟的时候，索尼娅站起来，戴上头巾，披上斗篷，从屋子里走了出去，一直到八点多钟才回来。她回来后就直接走到卡捷琳娜·伊万诺芙娜跟前，默默地掏出三十个卢布，放在她面前的桌子上。她这样做的时候，虽然抬头看了看，但是没说一句话，而是仅仅拿起我们那条细呢做的绿头巾（我们家有条公用头巾，细呢的），用头巾盖住脑袋和脸，躺到床上，脸朝墙，只看见她的肩膀和全身都在抖动……而我，仍旧跟方才一样，躺在那里。年轻人，我那时候看见，我看见，紧接着，卡捷琳娜·伊万诺芙娜也一言不发地走到索尼娅床前，在她的脚头跪了一个晚上，亲吻着她的双脚，久跪不起。然后两人互相搂抱着，躺在一起，睡着了。两个人……两个人……是的，而我……仍旧醉醺醺地躺着……打那以后，先生……打那以后，小女索尼娅·谢苗诺芙娜就不得不去领了张黄色执照。由于出了这件事，她也就不能跟我们住在一起了……"（《罪与罚》）

* * *

索尼娅的悲哀、无奈、迫不得已，与她身体的物质重量并不相等，她那小小的、枯瘦的身体却承受着如此沉重的苦难。

裂伤与身体的秘密

然而，人生命中的这种裂伤，是怎样与身体相关联的？

* * *

人世间的三个诱惑指出了未来世界的走向，那便是——"物质主义""权力欲望"和"神秘崇拜"。

* * *

这是现代人内心中的三道秘密，它们共同构成了一个心结，牢牢地束缚着人们的灵魂。拜金主义、唯物质主义、拜物教，这在现代几乎是一个四海皆知的普遍真理，如何使"石头变成食物"是现代人永远喜欢谈论的一个话题；对于权力、权势的渴望，无论是个人还是民族国家，都对它抱有着十足的兴趣，一个现代人可能不知道狄更斯，不知道雨果或者陀思妥耶夫斯基，但不可能不知道凯撒或者拿破仑；幻想奇迹，在患难中渴望一股神秘的力量拯救自己，这对于每一个有过一些生活经验的人来讲并不陌生，追求这种神秘力量便成了现代人的一种动力和安慰——于是，人们发现了各种主义、各种宗教、各种理性智识。

* * *

但是，如果我们把这三种现象归结起来，问一下为什么它会对现代人产生如此重要的影响，便会发现，身体是连接人与这种生命现象之间的一根无形的生命线。

为什么这么说？

* * *

因为无论是面包、权力还是奇迹，都源于人们的肉身需求，用来满足身体的欲望。面包，是各种物质主义的通用符号，它可以换算成生活中的衣食住行。权力，从个体角度讲，它能够带来更多物质需求的满足，保护身体不受到来自于自然力和人力的侵害。并且，在人们看来，凡是面包和权力所能做到的，神秘力量会比它们更直接和更有效地满足这些需求。

＊ ＊ ＊

如果说，身体的欲求仅限于正当的满足，那并不可怕；然而，人类的历史证明，身体要求这三种力量达到的目标是极度膨胀的，或者说，身体的欲望是永无止境的。

＊ ＊ ＊

这便产生了罪。它由身体而来，由身体的无限欲望而来，由身体脱离了灵魂的轨道而来。这就是肉身在人生命中的裂伤，罪是这道裂伤的代名词。

灵随肉还是肉随灵

于是，问题又回到了灵魂与肉身、肉身与灵魂的关系。

＊ ＊ ＊

如果仔细区分，灵魂与肉身、肉身与灵魂之间会产生四种与生命相关的现象：第一，灵魂与肉身的完全契合，以至于无法辨别出它们是分别不同的生命现象；第二，灵魂与肉身尖锐的冲突与对立；第三，灵魂随着身体的感觉与肉身的方向、行为相一致，为身体的仆从，在身体的召唤下为身体的行为添设情感价值；第四，肉身折服于灵魂，在灵魂使命的震慑下，在各种价值情愫中，身体的欲望在不断地跌宕。

＊ ＊ ＊

实际上，灵魂与肉身的完全契合或者对立，不过是一种暂时现象。它们必然会演变为其他两种关系，即灵随肉，或肉随灵。如果灵魂与肉身完全契合，就会产生灵魂随附于肉身的结果，因为肉身是生命的亏欠与裂伤，灵魂与其相投，便暗合了身体的逻辑。如果灵魂与肉身发生冲突，说明身体的劣性已被灵魂洞悉，肉身既是裂伤，怎能在这场冲突中胜出？

* * *

问题已经很尖锐了,灵随肉,还是肉随灵?

* * *

陷入困境与迷惘当中的灵魂如果还抱有希望,才是成熟人生的起点。

* * *

人活在世上的勇气,或者说生命的意义,在于寻找灵魂中最本真的色彩,探查心灵深处的全部奥秘,在个性中彰显生命的美。可以确定地说,目前为我们所知道的这生命的神秘奥义是:自由、信仰、盼望、忍耐和爱。

* * *

灵魂,给了马美拉多夫超越的盼望,或者说——信仰。

10 孤　独

拉斯科尔尼科夫收到了一封很长的家书，信是母亲寄来的。在信中，母亲用细腻的语言讲述了两件十分重要的事情，两件事情都是关于拉斯科尔尼科夫的妹妹杜尼娅的，一件发生在不久之前，另一件正在积极的进行之中。

第一件事是，杜尼娅在地主斯维德里盖洛夫先生家里饱受欺辱，斯维德里盖洛夫对杜尼娅色心大起，一直欲求杜尼娅做他的情人，杜尼娅不得不一边当家庭教师，一边守身如玉、抗拒欺凌，同时还要忍气吞声。当事情败露，斯维德里盖洛夫的妻子马尔法·彼得罗芙娜竟然在不明是非的情形下，将罪责统统加在杜尼娅身上，她出手打了杜尼娅，并把她赶出了斯维德里盖洛夫家，而且在全城散布败坏杜尼娅名誉的信息。杜尼娅和妈妈每天都无法见人，几乎受到所有人的误解。直到有一天，斯维德里盖洛夫先生拿出了一封信，证明杜尼娅一直以来都深明大义，由于担心斯维德里盖洛夫的妻子马尔法知道了事情的真相，无法接受丈夫企图背叛自己，而影响家庭和睦，所以杜尼娅才忍气吞声、含辱负重，没有把真相说出来；斯维德里盖洛夫家的仆人也站出来为杜尼娅作证。马尔法明白自己错怪了杜尼娅，并且对她造成了多么大的伤害，"她就坐车直抵大教堂，双膝跪下，含着眼泪祈求圣母给予她力量"，然后，她日夜奔忙，走家入户地为杜尼娅恢复名誉……

第二件事情，杜尼娅因祸得福——用母亲普利赫里娅·亚历山德罗芙娜的话来说，马尔法的一门远亲，彼得·彼得罗维奇·卢仁，通过马尔法正式向杜尼娅提出求婚，而杜尼娅也接受这门亲事。"他为人可靠，家私殷实，有两处差使，而且已经有了自己的财产"，正筹划在彼得堡开设一家律师事务所。这样一来，全家的生活或许就此出现转机。而且，按照计划，婚礼准备在彼得堡举行，到时候拉斯科尔尼科夫一家人又可以在分别三年以后重新团聚在一起了。

"我亲爱的罗佳，我们很快就要见面了……我们三人经过几乎三年的别离之后，又要拥抱在一起了！"

拉斯科尔尼科夫在读这封信的几乎全部时间里，一直泪流满面……

* * *

这封信，从表面上看来，谈论的是杜尼娅和母亲，无论是当时的困难处境还是现在的转危为安；但是，如果仔细分析，每件事情都与拉斯科尔尼科夫有关，甚至于，他是导致这些事情发生的直接原因。

在第一件事情当中，杜尼娅之所以忍气吞声，在斯维德里盖洛夫先生家遭受折磨，"主要的难处在于，杜涅奇卡去年上他们家当家庭教师的时候预支了整整一百卢布……她所以预支这笔钱（我现在可以统统告诉你了，我的好罗佳），主要是因为要寄给你六十卢布，你那时候很需要这笔钱，也就是去年你收到的我们汇去的那笔钱。我们那时候是骗你的，硬说这笔钱是杜涅奇卡以前攒下的……杜尼娅是多么爱你，她有一颗多可贵的心。"（《罪与罚》）

关于第二件事情，也就是杜尼娅准备嫁给卢仁，表面上看似乎是一桩不错的姻缘，但其实有违杜尼娅的本意，也就是说，杜尼娅在这件事情上，选择了当牺牲者，而她之所以这么做，很重要的一部分原因，还是因为拉斯科尔尼科夫："所以，亲爱的罗佳，他对你会是非常有用的，甚至在一切方面都非常有用，因此我和杜尼娅认定，甚至从今天起，你就可以明确地开始你未来的事业了……杜尼娅朝思暮想的就是能办到这一点，我们曾不揣冒昧地就这意思向彼得·彼得罗维奇说过几句话。他态度谨慎，他说，当然，因为他不用秘书是不成的，那么，与其把薪水给外人，还不如给亲戚好……她简直像发高烧似的，已经拟定好一整套方案，让你以后能够成为彼得·彼得罗维奇诉讼事务方面的助手，甚至合伙人，更何况你自己现在读的就是法律呢……当你读大学的时候，他能够帮助我们资助你上学。"（《罪与罚》）

* * *

拉斯科尔尼科夫明白这其中的全部秘密，他干脆直截了当地说，这是为了儿子而牺牲女儿。他列举了所谓的未来妹夫卢仁先生的诸种罪状，以证明杜尼娅的这些牺牲他无法接受：

攻于心计的卢仁先生，主动出钱为母亲和杜尼娅的行程负责托运行李，可是，"托运行李要比她俩的路费便宜些，也许不花钱就运去了，她俩怎么就看不出这点，还是存心视而不见呢……要知道，这里要紧的不是吝啬，也不是小气，而是这一切的作风……这也将是他婚后的作风，一种预告"；母亲在不经意间把话说漏了，婚后她绝不可能与杜尼娅生活在一起，而这并不是因为她将"主动推辞"，而是因为卢仁先生；令拉斯科尔尼科夫最痛心的是妹妹杜尼娅，母亲在信中说杜尼娅能够忍受许多痛苦，可是，无论如何，卢仁先生居然在与母亲和妹妹第一次见面的时候，"提出一种理论，认为妻子出身贫寒，一切都仰仗丈夫的恩惠，这样的妻子才是最好的"。

"但是杜尼娅，杜尼娅是怎么回事呢？……她宁可吃黑面包喝白开水，也不肯出卖自己的灵魂，她绝不会为了舒适的生活而献出自己精神上的自由……哪怕卢仁先生是纯金打的，或者是一整块钻石做的，她也绝不会同意去做卢仁先生的合法姘妇！"但是"为了她亲爱的人……为了哥哥，为了母亲，她可以

出卖自己！一切都可以出卖！"（《罪与罚》）

他发誓，"只要我还活着，这件婚事就休想成功，让卢仁先生见鬼去吧！"

* * *

拉斯科尔尼科夫的世界是孤独的，这个世界的人都是孤独的，这是不可更改的生命元素；即便是家人，即便亲人的心想要靠得更近，贴得更紧，也无法像预想中的一样，无法真正地实现；有时候，这种欲求反而会给对方带来更多更大的伤害；拉斯科尔尼科夫一家人彼此相爱，相互之间为了对方而完全地自我牺牲，他们的灵魂纯洁、高尚，恐怕世人难有能与之相比。可是，他们的相互牺牲，从结果上，却变成了相互伤害：杜尼娅为哥哥所做的一切，成为了促成后者实施可怕计划的一股相当重要的动力，而他，拉斯科尔尼科夫，实施整个计划无非也终归考虑到了这一点，那就是母亲和妹妹的幸福，当然，他还有更深层次的原因，但那不排斥这一点；他们的互相牺牲，与那个可恶的互相伤害，相互纠结，相伴而来，真是痛苦！难道他们的牺牲都错了吗？难道就应该彼此淡漠，只为自身利益而谋划吗？不，不！无论如何，也不能反过来去考虑问题！他们的牺牲无论放在哪个时代，任何地方，都是高尚的，都体现着人的内心里、在最深的岩层下面，最不容易受到污染，因而是最纯洁的地方所流溢出来的善美！其实，这两者并不冲突，在世界的重压下，在苦难环境里，在自我牺牲中，两颗心确实能够靠得更近、更紧，这是一种精神的融合，是灵魂的超越、升华……但是，属于肉身的，来自于世界的，用另一种标准来衡量的结果，却可能是并不美丽的、极度欠缺的，或者干脆就是十分糟糕、非理性、缺乏考虑的结果！但是，无论如何，后一种结果，后一种标准，后一种理性，永远都不会取消前一种，永远不会！只不过问题是：如何能在前一种美的感召下，又不为不排除会到来的后一种苦悲所惊惧？怎么理解？根据什么，又靠什么而理解？

上篇

11 彷徨；梦魇

　　拉斯科尔尼科夫做了一个梦，梦里还是他美好的童年时代，他和父亲在郊外散步。那时候的他显得瘦小，身体羸弱，特别是，内心柔和、善良、纯洁。他们路经一家小酒馆，恰巧遇见一伙人，刚从酒馆里出来，喝得醉醺醺的，还唱着歌。他们酒后发狂，在拼命地抽打一匹又瘦又小的驽马，鞭子、棍子挥动着，一下接着一下，如雨点般，重重地打在小马身上、脸上、眼睛上、嘴上……直至把这匹马活活打死。小拉斯科尔尼科夫见到这样的场景简直惊呆了，他不明白，这些人为什么要如此残忍地杀害一匹可怜的小马，它是那样的瘦弱、无助、痛苦，临死前还挣扎着要为主人再次把车拉起来。小拉斯科尔尼科夫泪如雨下，哭泣着央求大人们帮助小马，自己也发狂般地失去了控制情绪的能力，他可怜它，这匹小马……拉斯科尔尼科夫的梦醒了，醒来后他决定不再去实施自己的可怕计划……

　　＊＊＊

　　可是，他的命运却在两件事情的促动下产生了决定性的转变：第一，他在本来已经因为放弃计划，而满心轻松的状态下，在回家的路上，偶然、意外地了解到了明天六点钟的时候，老太婆将一个人在家，她的妹妹利扎韦塔要去干草市场；第二，在小酒馆中，两个酒友的谈话引起了他的注意，他们谈论的话题竟然与拉斯科尔尼科夫内心中酝酿的计划不谋而合，杀害这个恶毒、无用的老太婆，用她的钱做有意义的事，拉斯科尔尼科夫一边偷听着，一边压制着内心里升腾的烈火……

　　这两件事，重重地判了拉斯科尔尼科夫的刑罚，他再也无法控制自己,他就这样决定了,在似清醒又非清醒的状态下决定了,他,一定要完成自己的计划,杀死老太婆!接下来的事情,是怎么发生的呢,我们这里不想描述,感觉就像,整个世界相对来讲都黯淡了,沉默了,舞台上的白炽灯只对准了拉斯科尔尼科夫,还有他的斧子,然后是,老太婆的一丝微弱的嘘气,还有可怜的、无辜的利扎韦塔那双逆来顺受的眼神……

* * *

拉斯科尔尼科夫的心灵画像,之一:

"但是,那可怜的孩子简直像发了疯似的。他又喊又叫地冲过人群,跑到那匹黄褐色的马跟前,搂住它那已经不动的、血迹模糊的脑袋,亲吻它,亲吻它的眼睛,亲吻它的嘴唇……"

"难道,难道我当真要拿起斧子朝她头上砍去,把她的头盖骨打碎,然后一步一滑地趟过黏糊糊的血,撬锁,偷窃,发抖,浑身溅满鲜血,拿着斧子……躲起来。主啊,难道我当真要这么做吗?"

"不,我受不了,我受不了!哪怕,哪怕这一切打算中已经没有丝毫怀疑可言了,哪怕我在这一个月中所决定的一切,像白天一样一清二楚,像算术一样千真万确。主啊!即使这样,我也下不了这个决心啊!"

"他面色苍白,两眼如火,浑身上下感到疲惫不堪,但是他忽然感到似乎呼吸轻松起来。他感到,他已经卸下了压在他心头这么久的可怕的重担,他心里忽然感到轻松和平和……自由,自由了!他现在已经摆脱了那个魔法,那个妖术和鬼迷心窍,那个迷魂阵而获得了自由。"(《罪与罚》)

拉斯科尔尼科夫的心灵画像,之二:

"一方面是那个老太婆,又愚蠢,又无聊,又渺小,又心狠手辣,又有病,谁也不需要她;相反,她对所有人都有害,她自己都不知道她活着究竟为了什么,而且很快她就会自己死掉……

另一方面是年轻的有生力量，由于得不到支持而白白地毁掉，这情况成千上万，到处都有。用老太婆那笔注定要断送在修道院里的钱，可以做成上千件好事和创举。也许可以使成百成千成万的人走上光明大道，可以把数十户家庭从贫穷、没落、毁灭、堕落和花柳病医院里拯救出来——而这一切用她那笔钱就可以办到。杀死她，拿走她的钱，然后借助这笔钱使自己为全人类和公众事业服务。试想，几千几万件好事还不足以弥补一件微不足道的罪行吗？用一条人命来换取成千上万人的生命，使之免于腐烂和朽败。用一个人的死来换取一百个人的生——这岂不是极简单的道理吗？这么一个痨病鬼、又蠢又坏的老太婆的命，在大众的天平上又算得了什么呢？充其量不过像只虱子或蟑螂罢了。"（《罪与罚》）

* * *

这两幅面容，都来自于拉斯科尔尼科夫，是他内心分裂而导致的双重性格。第一重性格，温顺，善良，柔弱，重感性，谦卑；第二重性格，冷僻，孤傲，重逻辑分析，重对比，重心计，并不排除为达目的而采用狠毒方法，可以接受用目的来证明手段。

* * *

这两种性格共同居于拉斯科尔尼科夫的灵魂里。它们往往共同出现，并且互相冲突、碰撞、厮杀，然后一点一点地膨胀。

* * *

奇怪的是，当一种性格似乎已经完全战胜了，或者说，压制住了另一种性格，每当这个时候，就是后者突然间爆发的时刻，而且完全莫名其妙、不可思议，就像炎热的夏天突然间飘落着雪花，让人惊诧莫名。夏日飘雪或许我们不会遇见这样的情形，但是性格的突变却会真实地发生。当拉斯科尔尼科夫在一个梦境的召唤下，恶毒的计划被来自于心底的留存在童年的一丝洁白的光所照亮，阴霾被驱散时，他感到轻松，感到自由，感到这个世界的全部重量可以被重新称量，感到自己的生命可以被重新定义……可是，就在这个时刻，他的另一种性格却已然悄悄地占据他的全部思想，它们慢慢地爬满了他神经纤维中的每一处角落，可怕的事情正在等待着他，就在他已经完全放弃了那个计划，一种我们可以称之为善的思想看似完全战胜了另一种恶念，却没有人会猜到结果会是另一种思想、另一种性格的胜利。他恐怖的杀人计划竟然一蹴而就，这种性格的转变速度居然如此之快，他都还来不及再考虑。其实，我们只需要换一个角度，去察看两个细节，马上会发现，拉斯科尔尼科夫在干草市场听到利扎韦塔六点钟不在家时所产生的心理反应，小酒馆中的两个人在谈论与拉斯科尔尼科夫几乎完全相同的观点时带给他的震惊，其实这些都是拉斯科尔尼科夫另一重性格的体现，它们不论表现为何种具体现象，都只是要申明，它们不会离开拉斯科尔尼科夫，不会被战胜，不会被压制、被消除，拉斯科尔尼科夫所谓的轻松、自由，都不过是暂时的感觉。认为另一重性格被赶走了，可怕的计划因为再也没有观念的支撑而烟消云散了，他，拉斯科尔尼科夫以后可以过一种单纯的生活，再也不用受分裂之苦了……这不过是短暂的幻想，是幼稚的一厢情愿，事实证明，也正是这样。

* * *

　　再噩的梦也有醒的时候，醒来后首先见到的是光明！最惨的是，明明醒了，身子却动弹不得，俗称梦魇，这应该是真正的噩梦吧！梦魇有害身体，长期的梦魇苦不堪言，最后竟也落得个梦魇成性，或者是拿着梦魇当个性！这无异于玩火自焚，然而自焚者也权当是自得其乐，就还像梦魇，总是魇着，也就不愿意醒了！渐渐地也就消磨了意识，随时都能接受梦魇！比如说，推着石头反复上山、下山的西西弗斯，他靠近石头的脸，慢慢地真的变成了石头！谁知道呢，反正梦和魇之间的转变也就是突然之间的事儿，然而石头要想麻木热脸却不是一朝一夕就能完成的，这块石头也不大，也不小，但刚刚好挡住你的脸；也不凉，也不热，但却足以使你麻木；时间也不长，也不短，就在你推着石头上山、下山的时候，光秃秃的石头既不美，也不丑；既不善，也不恶；既无激情，又不轻松，因为只有这样才能勾销一切差异！

*　*　*

拉斯科尔尼科夫的生命感觉，真实的生命感，他的孤独、彷徨、忧郁、苦难，他心灵中的二重性，他的分裂、矛盾、痛苦，在善与恶之间的复杂较量，难道这所有的现象，这种生命的担当，不也正是每一个真实的个人，作为旁观者的我们，也同样存在的生命现象吗？

*　*　*

不可否认，我们每一个人的心灵中都蕴藏着这种双重性格。

*　*　*

保罗早就用他燃烧着激情的文字向我们披露了他心灵中的"二律交战"：

"我们原晓得律法是属乎灵的，但我是属乎肉体的，是已经卖给罪了。因为我所做的，我自己不明白；我所愿意的，我并不做；我所恨恶的，我倒去做……我觉得有个律，就是我愿意为善的时候，便有恶与我同在……但我觉得肢体中另有个律和我心中的律交战，把我掳去，叫我附从那肢体中犯罪的律。我真是苦啊！谁能救我脱离这取死的身体呢？"（罗马书）

*　*　*

这种二律交战将永远与这个世界一同伴随着我们，无论大人或者孩子，也无论世界变化或发展到何种程度，我们的性格或是本性，既不是善的，也不是恶的；既不是谦卑的，也不是傲慢的；既不是圣洁的，也不是卑劣的；既不是永恒的，也不是短暂的……而是这些因素会永远地交织，相伴；相互冲突，分裂，但无论哪一方也不会彻底取消另一方。它们就这样复杂地相伴而生，相互较量，相互转变，从一极跳至另一极。

* * *

陀思妥耶夫斯基确实在心灵的最深层的地方拥有最宽广的包容心，他在罪恶中寻找圣洁，在虚伪中寻找真诚，在傲慢中寻找谦卑，在懦弱中寻找力量，在痛苦中寻找喜悦，在激情中寻找平静，在绝望中寻找希望，在一切事物的尽头寻找与之相对的另一极。

上篇

12 罪　感

时间似乎过去了很久，拉斯科尔尼科夫从昏睡中惊醒。他仍然不敢相信，他真的去实施了那个恐怖的计划。他的心灵达到了承受的极限：他慌张，这些后续的工作怎么直到现在都还没有处理好，衣服、裤子、袜子上的血迹，最主要的是从老太婆那里拿来的东西，首饰，钱袋，都还没有藏起来；他焦虑，"不……我受不了……"；他恐惧，"我一走，就会有人立刻搜查"；他迷茫，"要出事就快点出事吧。"

因为一张追索债务的传票，他被传唤到了警察局。他发现事情并没有他想象的那样糟糕，并非无法挽回；他也并非脆弱到完全失去了主张，被彻底击垮；他仍然有能力思考、分析、为下一步做计划和打算，他依旧头脑清醒，有理智。他在重新找回自信的喜悦下，与警员侃侃而谈，还特意地向对方使用了一次心理技巧。可是，正当这一切向着他自认为是好的态势发展的时候，他却在听到警员谈论那桩刚发生的放高利贷老太婆被谋杀的案件的时候，再次昏厥过去。

* * *

在好朋友拉祖米欣面前，他感到了无比巨大的隔阂，他无法面对充满热情、满怀信念的拉祖米欣。现在的他，内心里隐藏着那么可怕的秘密，以至于再也没有任何空间可以容纳拉祖米欣。他一言不发，头也不回地走出了拉祖米欣的家，口中念叨着，"就让我……一个人……"

* * *

由计划转变为事实，不只是在外部世界当中给拉斯科尔尼科夫造成了无可挽回的后果，在内心世界里，他的生命更是被分成两半。他明显地感觉到，现在的他与以往所了解、熟知的自己之间产生了一道裂隙，一道万丈深渊，他就落在深渊的最底层，他无法回头，找不到过去：

"他现在似乎感到，过去的种种，过去的想法，过去的目标，过去研究的课题，过去的印象和感想，这整个全景式的画面，还有他自己，一切的一切，俱往矣，全坠落在下面一个很深的地方，在他脚下的一个影影绰绰的地方……似乎，他正凌空飞去，飞向什么地方，而眼前的一切都将成为明日黄花。他无意中动了动手指，忽地感到他手心里还攥着那枚二十戈比铜币。他松开手，凝神看了看那枚铜币，猛地抡起胳膊，把它扔进了河里；接着他便转过身去，动身回家。他似乎觉得，他好像拿起了一把剪刀，在这一分钟里，把自己同所有的人和所有的事都剪断了。"

他也无法融进现实世界：

"一种新的不可克服的感觉几乎随着每分钟越来越强烈地控制着他：这就是对他遇到的和对他四周的一切感到一种无限的、几乎是生理上的反感，这种反感是执着的，恶狠狠的，好像有深仇大恨似的。他对迎面遇到的所有的人都感到恶心——讨厌他们的脸、他们的步态、他们的一举一动。要是有人想开口跟他说话，他恨不得啐他的脸，咬他两口，才解心头之恨。"

更看不到未来：

"他的心忽然变得空白一片。他的内心深处突然面临一种痛苦的无限孤独和看破红尘的阴暗感觉……如果他被判处火刑，立即执行，他的身子也不会动弹一下，甚至也不会注意去听对他的判决。他的内心发生了一种他完全陌生的、新的、突如其来的、从来不曾有过的变化……而最使他痛苦，最使他受不了的是，这不过是一种感觉，而不是一种意识和概念；是一种直觉，是一种

他有生以来经历过的所有感觉中最痛苦的感觉。"(《罪与罚》)

* * *

正像拉斯科尔尼科夫所理解的，这只是一种感觉，一种奇妙的感觉，而不是逻辑分析，不是概念和推论。如果是后者，凭借着他的聪明才智，他的冷峻，他的思辨能力，任何问题也无法难住他。可是，这种感觉超越了理智的范畴。

它是什么？

罪感，一种对于罪的真实的感觉。它不是因为律法的约束力，而使得触犯者产生对于制裁的恐惧感。它是心灵的软弱和失落感觉，是因为生命的灵性机体受到了损伤，而导致的灵魂的压迫感。

使拉斯科尔尼科夫受尽心灵痛苦折磨的，就是这种罪感。

* * *

罪感使拉斯科尔尼科夫经历了道德上的死亡，他的罪性完全占据了他的内心——与生俱来的，凭私欲偏行己路，不顾良知和他人存在的本性。拉斯科尔尼科夫感知到自己的已死，感知到自己与自己、与世界、与超越存在的本源的联系被割断，这是灵魂的死感，是来自于灵魂的恐惧。

* * *

他开始感到心灵变得僵硬，令人恐惧，罪恶在啮咬着它，轻慢的恶魔带着猥琐、狰狞的微笑冷冷地侮辱它……他很害怕，痛苦忏悔，多么希望幻化成灵光下的一股清泉，清澈地纯净地流过，怀着爱，凌傲地经过一切泥沙。

* * *

问题是，产生这种恐惧的原因只是因为他杀了人吗？

不是。每一个凭私欲偏行己路的人都会面临着这种恐惧。

13 杀人，杀人，与主义

彼得·彼得罗维奇·卢仁，这位准姑爷，正式造访拉斯科尔尼科夫。对于他，在众多的形容词当中，作家甚至用了"道貌岸然"这个词。作家说，他给人的感觉仿佛是对于一切事物都别有用心似的——时髦的礼帽、精美的紫丁香色手套、像两串肉丸似的络腮胡子、梳理整烫过的头发、鉴貌辨色的神情、冠冕堂皇的言辞。

拉斯科尔尼科夫对于造访者很不以为然，这其中的原因，一方面是因为彼得自以为是的表面行为；而另一方面，在内心的层面，在精神领域中，彼得表露出来一种跟他（拉斯科尔尼科夫）十分形似的思想气质。他们都打算用一种功利计算的方法来证明某些问题或理论的合理性。在拉斯科尔尼科夫那里，是经过严格测算的目的与手段之间的关系，是以目的来证明手段之合理性的理论。而卢仁，同样用实证、理性、功利计算的方法，阐释着个人主义对于经济繁荣的工具作用。

他说：

"我们已经义无反顾地割断了自己与过去的联系……比如说，过去人们曾一而再、再而三地对我说'要爱人'，于是我就爱了，结果怎样呢？……结果是我把我的衣服撕成两半，把另一半分给了别人，于是我们俩都光着身子，正如俄罗斯谚语所说：'一下子追逐几只兔子，到头来一只也没到手。'科学告诉我们：在爱别人之前，应当先爱你自己，因为世界上的一切都是建筑在个人利益基础上的。如果就爱你自己一个人，那非但可以把你自己的事情办好，你的衣服也将完好无损。经济学上的道理还进一步说明，社会上，私人事业办得越多越好，也就是说，完好无损的衣服越多，那么它的牢固的基础也就越多，社会上的公共事业也就会办得越好。由此可见，如果我仅仅为自己发财致富，实际上等于为大家发财致富，其结果是，他人得到的东西，肯定会比一件撕破了的衣服稍多一些，而且这并不是出于私人也即个别人的慷慨解囊，而是因为社会的普遍繁荣。"（《罪与罚》）

卢仁所阐述的问题显得尤为复杂。至少，拉斯科尔尼科夫的话值得我们进一步进行思考、甄别——"按照您方才宣扬的，由此而产生的后果必定是可以杀人"。

法国革命的主义

时间，始终具有单向性运动的特征，也就是说，它是不可逆的。单纯的时间流逝没有任何意义，就像没有对比和参照的事物即失去了本身一样。历史，为时间提供了这种参照和附和的基点，在每个历史事件的化合作用下，时间的轨迹清晰可辨。时间与历史相结合，构成了一种奇特的坐标，沿着它，我们可以逆向地体会与现时相似或不曾在现时经历过的现象。但是，通向那里的钥匙只可能是感觉，只有感觉才可以使我们为过去的事件和人物而激动。

历史上的个人（自我）与群体（他人）突显为政治现象，而政治的最高峰是"革命"。

……

时间：1789年5月至1814年4月

事件：法国大革命

关注人物：路易十六、丹东、罗伯斯庇尔。

一点备查资料：

I）革命前的法国分为三个等级：第一等级为教士；第二等级是贵族；第三等级是市民。当国家遇到困难时，国王会召集三个等级的代表讨论议案,即为三级会议。

Ⅱ)1789年5月5日,三级会议按照预定计划召开,路易十六宣布国家面临财政危机。这个事件成为了一条导火索,人民已经有将近175年未感受到三级会议带来的冲击力。第三等级统一在一起,誓将三级会议变成制宪会议,要求取消等级,进行社会变革。人民的举动遭到压制。

Ⅲ)1789年7月14日,民众的情绪膨胀到了极点,他们手持武器,口中念着一个统一的口号:"到巴士底去!到巴士底去!拿下巴士底狱!拿下巴士底狱!"随即,口号成为了现实:"一个人拿着巴士底狱的一串钥匙和一面旗帜,另一个人把巴士底狱的规章挂在刺刀上,还有一个人的样子就更可怕了,他那一只沾了血的手举着要塞司令的领扣。"(《法国革命史》)

Ⅳ)从1792年11月13日开始,一直到路易十六被推上断头台,人民都在讨论要不要砍掉国王的脑袋这一革命问题……

罗伯斯庇尔

罗伯斯庇尔要求在革命中推行恐怖措施,他认为断头台应当作为革命的保障。哪有革命者怕染红双手的道理?革命少不了血雨腥风,关键要区分清楚敌、我关系,要弄懂什么是人民的意志、人民的公意、人民的民主和人民的道德。一切反对人民要求和阻碍革命的人,都是人民的敌人,对待敌人绝对不能手软。人民手中的剑应具有双重作用,既是反抗的武器,也是制裁的刑具。

要闹革命,就要坚决彻底!

人民的意志就是群体的意志,群体的意志就要高于个人的意志,群体的态度可以决定个体的生命。

如果可以把这些观点视为理论命题,那么就需要了解什么是人民的意志、人民的道德。

人民等于什么主义

据说，罗伯斯庇尔是卢梭的学生，他信奉卢梭的人民意志论。

卢梭这位出生于日内瓦的公民，心中一直崇尚着古代雅典的全民政治，即城邦。根据这种政治想象，卢梭提出了一整套政治学说，并把它取名为"社会契约论"。卢梭想到，当人类从自然状态的孤僻想象，过渡到一种结合每个人的力量而产生的新的城邦——人民主权国家，他们就需要一种共同的信念或团契的力量，对这种力量进行解释和为其提供合法性证明的理念，便是政治理论或政治信念。

Ⅰ）政治，是权术的治理。

Ⅱ）所有权力归属于全体人民。

Ⅲ）人民主权理论的灵魂是社会契约。

Ⅳ）设想：每个公民由散沙般的自然状态过渡到一种集体生活，由集体保障每个人的生存境况，这种形式应当如何来实现？

Ⅴ）在卢梭的自然法和自然信仰下，"总需要追溯到一个最初的约定。"（《社会契约论》）

Ⅵ）这个最初的约定便是社会契约。它既是虚拟化的理论处理，也是一个当然的事实。按照卢梭的说法，它"也许从来就不曾正式被人宣告过，然而它们在普天之下都是同样的，在普天之下都是为人所默认或者公认的。"（《社会契约论》）

Ⅶ）这份社会契约可以归结为："每个结合者及其自身的一切权利全部都转让给整个集体。"（《社会契约论》）

"我们每个人都以其自身及其全部的力量共同置于公意的最高指导之下，并且我们在共同体中接纳每一个成员作为全体之不可分割的一部分。"（《社会契约论》）

Ⅷ）这个集体拥有独立的人格、独立的意志，这个集体本身就是一个道德体，是正义和德性的根源。

Ⅸ）作为这份公约的保障手段，便是制裁："任何人拒不

服从公意的，全体就要迫使他服从公意。"（《社会契约论》）

X）在"集体"中的"个体"才是真正的"个体"："由自然状态进入社会状态，人类便产生了一场最堪瞩目的变化；在他们的行为中正义就取代了本能，而他们的行动也就被赋予了前此所未有的道德性……虽然在这种状态中，他被剥夺了他所得之于自然的许多便利，然而他却从这里面重新得到了如此之巨大的收获；他的能力得到了锻炼和发展，他的思想开阔了，他的感情高尚了，他的灵魂整个提高到这样的地步……他永远脱离自然状态，使他从一个愚昧的、局限的动物一变而为一个有智慧的生物，一变而为一个人的那个幸福的时刻，他一定会是感恩不尽的。"（《社会契约论》）

XI）集体中的个人无疑可以拥有为满足其生存所必需的财产权，但也仅仅限于其生存所必需的限度之内，超出这个原则所允许范围的财产权不被集体所认可。而且，这种财产权必须是建立在劳动的基础之上，不劳而获不能被承认为合法的财产权（比如说，世袭）。

以上论点中，最后一条是致命的，"生存所必需的限度"和否定"不劳而获"（世袭）足以成为一场革命爆发的基点。实际上，在众多的关于法国革命起因的说法当中，这种理论具有不可忽略的现实意义。

除此之外，卢梭的乌托邦想象还有一些不合理成分：

I）作为社会公约之核心的集体意志、集体人格如何能够在一个整体的意义上被我们所认识？集体能够以一种整全化的显像呈现在我们的面前？

II）我们的认识范围到底有多大？所谓理性意识难道是没有限度的吗？界限又在哪里？

III）如果上述问题的答案是否定的，那么一种人民意志的理论到底能够给我们带来什么？会不会是一种难以测度的危险？

Ⅳ）暂且搁置上述问题不论，假设人民的意志和人民的人格（集体的人格）是能够为我们所认识和有意识把握的，那么，这种集体的意志就一定是道德的？评判标准是什么？为什么设定这种标准而不是其他的标准？标准的标准又是什么？

Ⅵ）再推进，集体的意志即便能够被确定，它也不能自我公示和实施，或者付诸于行动。谁来代表集体宣告和践履公意？就是说，全体的意志岂不借助于单个个人？那么，代表全体行事的个人所做出的行为如何判定是出于群体意志？

Ⅶ）萨拜因在其名著《政治学说史》下卷中说："不过有一点是可以肯定的，即他认为人民主权理论缩小了行政部门的权力，但这却是一种幻想。因为虽然'人民'拥有一切权力并拥有一切道德权利和智慧，但是一个法人团体本身却既不可能表达自己的意志，也无法具体实施它。社会被吹捧得越高，其代言人或代理人所拥有的权力也就越大，而不论他们是否被称为代表。就连卢梭极为憎恶的政党和派别，也较可能因为这种法人主权的理念而得到强化，而不是削弱。一个组织严密的少数人集团便是如此：其领袖人物对自己的灵感深信不疑，而且成员则'用他们的鲜血来思想'——这样的集体几乎就是'总体意志'之机体的最好明证。"（《政治学说史》）

Ⅷ）每个个体都是不同的，他们的思想、行为千差万别，难道他们能够像蚁族一样地生活？应该这样去生活？到底是他们自己所理解和感受的世界是真实的，还是别人认为他们应当作如是观的世界是真实的？

或许，回答这些问题的负担太重，想要弄清楚明白又太难。所以，人们总是选择避重就轻的做法，干脆采用划等号和贴标签的方法：

公众意志　　＝　向公众宣传的力量
代表　　　　＝　公众

代表的政敌　＝　公众的政敌
制　裁　　　＝　在力量对比关系中占优势的一方向另一方所实施的手段

狼牙棒是什么主义

罗伯斯庇尔既然是卢梭的学生，就一定会继承他的理论体系，同时，不难理解，他也一定会走入卢梭理论中的矛盾点。

"罗伯斯庇尔从前对恐怖手段是很不以为然的，现在则把它当作为自己整个体系的奠基石。他明白，在战争和反革命威胁时期，恐怖手段应起主要作用。马克西米里安认为，恐怖手段应作为德行的补充，成为它的守护者、捍卫者。"（《丹东传》）

然而，什么是德行？

"不应再怜悯新制度的敌人，要不惜任何代价使自由事业得胜……不仅应当惩办卖国贼，还应惩办漠不关心的人；应当惩办一切对共和国漠不关心、没有为共和国做任何事的人……"（《丹东传》）

什么人算作是"没有为共和国做任何事的人"？没有为断头台上喷溅出的鲜血而激动、呐喊的人是不是"没有为共和国做任何事的人"？

为共和国做事的标准在哪里？

恐怕只有罗伯斯庇尔和菊斯特说得清楚，别人无权明白。因为丹东已经敏锐地察觉到了：革命的道德是妓女。

关键问题是：罗伯斯庇尔的道德诉求，不仅是针对他自己，而是数点到了每个国民的头上；他用一只手拿着演说词，而另一只手紧紧握着狼牙棒。

由于误把党派的政纲当作人民的公意，又错误地认为，敌对派系的主张是人民公意的对立分歧和破坏性观点，所以罗伯斯庇尔将那根代表制裁的狼牙棒越攥越紧。

他决定再次动用人民的公意，判决杀死一个个体——路易十六。

政治讲求什么主义

人类的生活现象，与工程师建设桥梁还是有重大区别的。对于工程师来说，相关基据是确定的，他会严格施予算计、组织，以便毫厘不差地完成所意图的效果。

人类成长的环境，好像一颗小树生长所需要的过程，我们只能悉心培育，扶助着，修理一些旁枝拙叶，却万般不可拔苗助长，也不能以一个过来人的身份，命令式口吻，强制它长成个什么样子。

* * *

就好像说，有生灵的和无生灵的存在一种差别。有生灵的，内在一种价值，他的生命有一种特殊韵律，自身存在一定的机理。切不可妄自改变。而无生灵的，才仿佛一枚棋子，被摆来渡去。

* * *

"怕"——仿佛是人类的一大顽疾。我们害怕生活的压力，害怕孤独，害怕死亡，害怕疾病，害怕炎热也害怕寒冷，害怕别人的暴力，害怕自然灾害，害怕贫穷……。"怕"，使我们产生了一种依附感。我们希望，希望有一位至尊者，他无所不能，他绝对公正，他体恤孤苦，恩泽贫弱。

他，享有绝对权力。

过去，这是一种盲目的对神祇的理解；现在，同样是一种盲目的对国家政府的依赖。

人们总是希望，国家是一位完美的母亲，而政党和政府就是美丽母亲的化身。

他有慈爱之心，深知我们的苦弱；他有无尽的双手，为我们创造家园；他有威严的手段，惩治迫害我们的人，强盗和暴徒；他使我们的生活美好。

为此，我们深爱着他；为此，我们理解他；为此，我们赞颂他；为此，我们袒护他；为此，我们忠顺于他；为此，……

可是，有一件事，他没有告诉我们。他的威严，不只是用来震慑暴虐之徒，有时候，他也无情地施予残忍的手段在心地耿直的人身上，只因我们心地耿直，不懂得阿谀奉承、趋炎附势，只因我们耿直地以为这个世界喜欢真善大于权势与名望。

其实不然，他也喜欢说谎，甚至有时候还精心编制谎言，为了让我们无知，为了让我们不因事情的真相而动摇对他的尊奉。

有时候，他的天平也并不怎么公正，他善待那些谄媚之人，善待那些深于世故、玩弄阴谋权术之人，可是，他们本来应受到冷峙，应当自我反思，应当警醒，可如今，他们欢喜于自己所受到的宠望，更欢喜地将他们的毒术教于自己的孩子，因此，他们的孩子也欢喜，并教于孩子的孩子。

* * *

这时候，人们才发现，政治——不可能是美的。

* * *

当政治的毒辣深入到人们的生活当中，人们为此而深感痛苦，甚至在暴虐下失丧了生命、家庭和幸福，人们不得不正视，政治，需要人们对它的防范，限制，批判，而不是支持和鼓励。

由此一来，有关正义、合法性的思考便成为显问。

承负生命的裂伤

佐西马长老：

佐西马长老出生在俄国北方的一个小城，父亲是贵族。他有一个哥哥，但不幸英年早逝，母亲把佐西马抚养长大。青年时代，佐西马是在军队中度过的，那时的他意气风发，频频出入社交界，而且对人对己脾气都很暴躁，他曾经动手打过自己的勤务兵，又因为争风吃醋与别人决斗。后来，由于一次顿悟，佐西马决定做一名云游四方的苦行修士。经过了精神的锤炼和洗礼，命运最终把他安定在一家著名的修道院，他在这里做长老，用思想哺育他的孩子们，直到人生的舞台最终落下帷幕。

佐西马长老为后人留下了一些宝贵的精神遗产。他的弟子，小修士阿辽沙用他的笔记录下了佐西马长老的谈话。这些谈话包括佐西马长老的生平记事和他对于精神信仰方面的启示、开示。对于我们来说，希望了解的是，关于佐西马长老对于"自我"与"他人"这种精神现象的看法和主要观点。

在一些谈话中，佐西马长老提到，那种所谓的个人主义，把每一个人只当作一个孤立的小世界，封闭在一处思想的庭院之中，这种观点该会是多么可悲。确实，每个人都应该有他自己的小世界、小宇宙，他应该独立，有自己的思想，会思考，有理解事物的独特视角和能力。但是，仅有这些，他永远也不可能进入另一种状态——至福或天堂的状态。因为，这些独立的思考，精神上的操练，应该最终把人引向无法定义的神秘联系之中。

在人与人的关系当中，有一种神秘的联系：每个人和每个人之间都有一种神秘的联系，特别是在人犯了错误的时候，其他人非但没有资格做别人的法官，反而应当对于过错共同承担责任。

"孩子们，千万不要气馁！能拯救自己的只有一条：要自爱自重，要为整个人类的罪孽承担责任。朋友，要知道，的确是这样的，因为只要你真心诚意地为一切人和一切事承担责任，你就会立刻看到，事情的确是这样的，你对一切人和一切事都负有罪责。"（《卡拉马佐夫兄弟》）

主义的浪潮过后，淘去了什么，又留下了什么

丹东：

据说，丹东讲话的声音如雷鸣般洪亮，但是他把这种天然的禀赋仅仅用在了捍卫自己那种小资情调的生活上。

毕希纳在"丹东之死"中写了一段丹东和罗伯斯庇尔之间的对话：

罗伯斯庇尔　我告诉你，当我拔剑的时候，谁拉住我的手，谁就是我的敌人，至于他的动机如何，这无关紧要；妨碍我自卫的人，就像攻击我的人一样，也会置我于死命。

丹　　东　　自卫超过一定的限度，就是谋杀；我看不出有什么理由，还要我们继续这场屠杀。

罗伯斯庇尔　社会革命还没有完成，谁要是让革命半途而废，谁就是自掘坟墓。那个上流社会还没有死亡，人民的力量必须取代这个四处逃窜的阶级。罪恶必须受到惩罚，道德必须通过恐怖进行统治。

丹　　东　　我不懂"惩罚"这个词汇的意思。用你的道德去统治吧，罗伯斯庇尔！你不贪钱，你不枉法，你不跟女人睡觉，你总是穿着整齐体面的外衣，你也从来不酗酒。罗伯斯庇尔，你正经得让人看着就生气。如果是我，三十年之久时刻摆着这么一副道貌岸然的面孔，在世界上跑来跑去，只是为了发现别人都不如自己那点可怜兮兮的快乐，羞也要把我羞死了。难道你心里从来没有一个什么声音，有时也悄悄地对你说：你撒谎，你撒谎！

罗伯斯庇尔　我的良心是清白的。

丹　　东　　良心是一面镜子，只有猴子才对着它折磨自己；每个人都尽情装扮自己，都按自己的喜好出去寻欢作乐。要是为了这个而揪着头发互相厮打，也是值得的！如果另一个人破坏了他的兴致，谁都要起来自卫。难道只因为你自己永远爱把衣服刷得干干净净，你就有权力把断头台变成人们脏衣服的洗衣桶，你就有权力砍掉他们的脑袋给他们的脏衣服做胰子球？不错，要是有人往你的衣服上吐唾沫，在你的衣服上撕洞，你自然可以起来自卫；但是别人不打扰你，那他的所作所为又与你何干？人家穿的衣服脏，如果他们自己没有什么不好意思，你有什么权力一定要把他们埋在坟坑里？（《毕希纳全集》）

丹东以个人权利作为捍卫个人主义的理由，但是他所在的党派却把人民集体的道德奉为宏旨。

在个体权利论的指导下，丹东渐渐地不再属于那个党派，也与那个只要以集体的名义就可以肆无忌惮地撕掉权利的外衣砍下个体脑袋的时代不符。

丹东慢慢地消极、堕落，他不否认，他贪钱，搞女人，在人民都已经食不果腹的年头他却在乡下住着别墅。

表面上看，丹东似乎很看重个体的生命享乐。但是，如果拨开权利的迷雾，就很容易发现，丹东在实践着一种个体自由主义哲学。在认识和处理"个体"与"集体"或者"自我"与"他人"的关系上，丹东以是否遭到强制作为衡量标准。无论是"个体"还是"集体"，只要实行一言堂，将自己的意见强加在别人的身上，甚至不惜砍掉别人的脑袋，强行灌输，这一切，都被丹东视为最可恨的敌人。

所以，丹东也毫无例外地被别人砍掉了脑袋。

可是，据说在临死前，他并没有感到恐惧或者遗憾，他甚至早就不排斥这一天的到来。因为他已经厌烦了这个世界，也厌烦了自己所捍卫的个体权利和自由，厌烦享乐，厌烦一切价值……

丹东走对了第一步，但是却因为把这一步奉为全部而失掉了自己的灵魂。丹东看到了个体价值和个体人的反叛以及个体反思的意义。但是在获得这种独立与自由的同时，也使个体生命受到撞击，在它的运行轨迹上形成一个缺口。这个亏缺，是一种承负生命力量的亏缺。这个亏缺如果得不到填补，便会感觉到空虚；如果没有获得应当得到的填补，便会使人疯狂；疯狂过后，却仍然是空虚。

然而，空虚的人是没有勇气生活的。由此看来，丹东必定是在上断头台之前，就已经感觉到了自己的已死，他的心已死。

丹东在死前说了一句极赋有前瞻性的话，他对罗伯斯庇尔说，罗伯斯庇尔，我等着你！你会跟着我后面来的！

丹东说得没错，确实离罗伯斯庇尔上断头台的时间不远了。

丹东不仅感觉到了自己的已死，也同样感觉到了罗伯斯庇尔的已死。

丹东由个体享乐主义达致虚无，而罗伯斯庇尔由疯狂走向虚无。

等待两个人的结果，是灵魂的已死和身体的陨灭。

14 铁血意志

梅列日科夫斯基在谈到陀思妥耶夫斯基和尼采的时候说道：尼采是为了人神和神人斗争，而陀思妥耶夫斯基是为了神人与人神斗争。这是一句精辟的概括。也就是说，超然还是超人的问题，人所追求的理想就是铁骨铮铮的超人吗？

超然和超人的主题达致了精神探究的最深处，它是最高级别的现实性，它是生命最本真的部分，是神秘、创造与不可测的复杂蕴含。

归根结蒂，它探究的是人的意义与生命价值问题。它属于精神与个体人格。在此意义上，它完全不同于物质、社会群体现象、政权党派、公司组织以及个人的单纯欲感、理念和习性。

换句话说，这些现象与超然和超人的主题并不在同一个层面上。但这不是说它们毫无关联，而是超然和超人的主题超脱于这些现象之上，成为统领人、生命、生命现象与外在显现的绝对核心。

如果说，超然和超人除斗争外，还有一些共同点的话，那么这便是它们的基础与共同前提。

* * *

物质世界和集体规制是强权、压抑、奴役人格的渊源。超然和超人的精神探索首先要打破的就是物质主义和集体规制。

需要认识到，人有高出自然、高出社会群体现象的独特使命，每个人都有他的生存价值和生命意义。这是一种价值现象而非物质体或社会定规。人因此显出他的高雅和美。人的包容性要超出人的想象力，他将自然、社会现象、个性、情感、喜恶、欲念、孤独、狂放、懊丧、骄傲、亵渎、痛苦、悲泣、绝望、期盼、渴慕、坚忍、超脱、信念、神秘溶于一身。他能体验内心最苦难的深渊，也能飞升至光明的幸福永恒感之中。他高出世界、高出自然、高出物质、高出社会、高出一切定规，却又比这一切更卑劣，更阴险诡诈，更深恶痛绝，更堕落低下。他可以为了他人而失掉自己的生命，也会因一块面包践踏自己的个性和人格。他可以设计毒害无辜的人，也会不求报答地默默牺牲。他可以为了自由成为勇敢的斗士，也可以随意漠视将自己变为机械和工具的社会环境。他可以肤浅到与野兽一样单纯成为身体与欲望的奴隶，也可以达致不可测度的神秘领域。他有肉体，有精神，有灵魂。他有完整性，也有分裂性。他内心存在有限性，也存在无限性。他既是王者，又是奴隶，既是拯救，又是罪孽，既是起点，又是归宿……然而，这就是人，人内在之谜，和谜一般的人。

超然和超人的问题域，正是这种"人之谜"。不受压制，不因物质和社会定规而丧失个性和自由、情感和欲念，不因此被改造成工具、压进机械的社会模具之中的人。

* * *

超然和超人问题的另一个共同前提是反对单纯的超然和单纯的人。

单纯的人与超然相对，也就是说，他本身不流溢超然因素——超越性、不可测与神秘感。他更多地体现一种生物学现象。他的行为直接来源于欲望和身体本能的支配，对行为的解释与评价也基于这种生物、自然、物理法则。

单纯的超然与人相对。他高高在上，统领一切。他有宇宙中最完整的位格。他无所不是，无所不知，无所不能，作为人只能向他顶礼膜拜、克制己身，等待他正义的审判。然而人除了只配得他的怜悯之外，对他并无是处。

在这里我们看到，单纯的人和单纯的超然，都没能揭示完整的人和完整的超然。说白了，显得没有质感，轻浮于表面。没有了超越性理想的人，只是简单的饮食男女，与饕餮之物无异。没有心灵关怀、感动、悲悯、痛彻的超然感，就像泥塑、金雕以及气流之类有形无形的僵僵的虚空。

* * *

超然和超人问题显得比这些都要深刻。

* * *

冰

拉斯科尔尼科夫的前身是地下室人。刚走出地下室的时候，他双眼还噙着泪花，嘶鸣的嗓音中，抗拒流俗、反对理性奴役、驱走科学化魅惑之音仍未消散。

在他面前敞开的，是血肉之躯的人，沉甸甸的肉身，悸动超脱的灵魂。他既在找寻超然感，又在找寻人的气息。兼具人和超然感的道路……

拉斯科尔尼科夫有一种超人的思想。他既肯定人，又肯定超然感，但认为人本身就具有成为超人的可能性，而一部分人天生就是超越一切的超人。

在探长波尔菲里的家中，他阐述了自己的这番理论。

两类人的区分：

"具体说，这想法是说，按照自然法则，人一般可分为两类：一类是下等人（平凡的人），也就是，可以说吧，他们仅仅是繁殖同类的材料；另一类人是名副其实的人，也就是具有在他们的同类人中说出新观点的才具或禀赋的人。"（《罪与罚》）

第一类人的本分：

"一般说，他们的天性是保守的、循规蹈矩的，他们习惯于俯首贴耳地过日子，并且乐于当顺民。我看，他们也应该当顺民，因为这是他们做人的本分，这对于他们绝对没有任何贬低之意。"（《罪与罚》）

第二类人的权利：

第二类人被视为未来的人，他们需要推动社会向前发展。所以，他们常常与第一类人发生冲突和矛盾。他们要破除常规，又要创造新生事物。如果他们的行为被干扰、阻挠，他们就有权利跨越这种障碍。

对此，拉斯科尔尼科夫举了一个例子：

"我认为，由于存在某种情况，开普勒和牛顿的发现无论如何不能公诸于世，除非牺牲阻挠这一发现或者横在路上成为绊脚石的一个人、十个人、一百个人，乃至更多的生命。这样的话，牛顿就有权利，甚至必须……为了让全人类都知道他的发现，除掉这十个人或者一百个人。"（《罪与罚》）

超人的出现：

话已至此，不得不面对一个问题：即便类似于牛顿、开普勒这样具有超越性思想的人，他们有权利除掉阻碍自己对全人类有益的新发现的其他人，那么他们真的能够允许自己这么去做吗？也就是说，他们如何面对自己的良知？

拉斯科尔尼科夫告诉我们，"这类人如果认为有必要，为了实现自己的思想，需要跨过即使是一具尸体吧，需要跨过血泊，我想，他会在内心中，在良心上，允许自己跨过这血泊的。"（《罪与罚》）

良心沾染血渍

允许良心沾染血渍？

据说，这就是自十九世纪以来，以超然感的死亡作为临界点，人类自身企达超人的在体性因素。超然感已陨落，超然之魂被拉斯科尔尼科夫们抛弃。

良心又处在什么位置？

由于没有了超然奥义——神秘的爱与死——之光朗照和心灵沁润，良心的位置变得可有可无。圆融的感动，自由之灵，生命的力量与价值，道德的悔悟都不再成为"人"之心必须思考、面对的永恒问题。随之而来，功利、利益驱使、自然法则、固定规律便占据了人的观念。

良心因此不再滋润人的心灵，不再抚慰为凄风冷雨、世态炎凉的世界扭曲、压伤的人们的灵魂——它干涸了。

超然感之死，带来了良心之死。

心灵之眼既已闭上，又何必在乎跨过的是血泊还是泥淖？

超人就这样出现了。

超人不安于人，超人耻笑以柔弱、苦楚抗击世界以至于无辜受死的人；人要企达超人，企达硬朗、冷峻、傲骨的人；人要成为这样的超人，这样的超人本质是人却又高于人，因此他被称为——超人。

孤灯下两颗侵染血渍的心（火）

如果用拉斯科尔尼科夫的超人理论来衡量索尼娅，索尼娅就是不值得活下去的。

索尼娅白白地毁了自己，然而她用这一切换来的是更不值得活下去的贫病交加的苦儿怨妇。

卡捷琳娜·伊万诺夫娜害了痨病，可能很快就会死去。而孩子们最终也将会走上她（索尼娅）的旧路——然而，这一切，对社会、对自己、对他人都无益。

所以，拉斯科尔尼科夫毫不留情，也毫不怀疑地对索尼娅说，她（索尼娅）死了倒更好。

这场景被放在了书中最重要的一节，超人相遇人的超然感。破落的小屋，歪斜着的烛台，昏暗的烛光，就他们两个人，超人和有着超然感的人，杀人犯和妓女；两个人都达致了生命的深渊，都进入到了无人能体尝、分担的孤独与极致的状态；他们的生命感觉又都与别人相关，一个为了（据说是）人类的理想、重要的原则而牺牲了他人，一个为了他人的并不崇高的、甚至是卑微的喘息而牺牲了自己；在同一个意义上说，他们同时都是牺牲者，他们的牺牲从来没有半点为了自己的利益，哪怕是体恤自己的身体，而是那种纯粹的为了他人、为了他们认为高于自己的东西，完全无私地牺牲了自己；超人的牺牲，为了寻找一种原则，对人类有益的原则，他跨过了自己的良心，在实践杀人计划之前，他先撕裂了自己的灵魂；而超然感使索尼娅毫无保留地埋葬了自己的生活，饱受煎熬，身体、名誉、未来……全都毁了；他们达到的境域无人能去，一个心里蕴藏着寒冰站在喷薄的火山口，一个胸中燃烧着烈焰、支撑着干枯的身体踏在冰封的天地中……

超人渐渐地对柔弱苦楚的人具有超然感产生了许多疑惑，像她（索尼娅）这样一个内心保持高度纯洁的柔弱女子，怎么能够长此以往地在这肮脏、万劫不复的深渊当中活下去？

他想到（按照超人的理性分析），索尼娅只有三条路可以走：跳河自尽、进入精神病院或者自甘堕落、麻木自己。可是索尼娅显然不属于这三种情况之中。超人因此而疑惑不解，他想知道其中的秘密。

"'你常常使劲向上帝祷告吧，索尼娅？'他问她。"

"索尼娅默然不语。他站在她身旁，等她回答。"

"'没有上帝，那我成什么了？'她低声说，说得又快又坚决，她猛地抬起头来，用她那熠熠发光的眼睛匆匆瞥了他一眼，伸出一只手，紧紧地握了握他的手。"

"'嗯，果然不出所料！'他想。"

"'你这样做，上帝又为你做什么了呢？'他进一步试探道。"

"索尼娅长久默然，似乎无言以对。她那孱弱的胸脯激动得上上下下地不停起伏。"

"'住口！别问了！您不配！'她霍地叫道，严厉而又愤怒地望着他。"

"'果然不出所料！果然不出所料！'他心中一再反复念叨。"

"'做一切'。她匆匆低语道，说罢又低下了头。"

"'这就是解决困难的办法！这就是对这一办法的解释！'他暗自认定，同时十分好奇地打量着她。"（《罪与罚》）

他明白了？他弄懂了人的超然的生命感觉？

绝对不是！至少从他质问索尼娅上帝为她做了些什么，就可以得知他根本没有认识到超然感的核心气质到底是什么。

他把上帝对于索尼娅的意义，理解为一种功利的，至少在结果上保佑她不陷入苦难的机械力量。

他目前还无法理解索尼娅的那句激情饱满又平静淡定的话，"没有上帝，那我成什么了？"

索尼娅的精神信仰，本身就是一种柔弱、苦楚的象征。十字架的道路是荆棘坎坷之路，光环与冠冕是由苦难编织的，他的足迹与肩负的重厄相映衬，每一步都意味着耻辱与忍耐。十字架分明是一条道路，是世界的融合，而钉痕就是融合与相通的融会点。

再清楚不过，这是一种意义、一种价值，一位拥有无限可能性的超然者，选择用苦弱展示自己，用生命和义铸造一种象征。

他向我们表达一种信息：奥义胜过强权，坚忍通达真理，爱的牺牲高出一切，交托与盼望具有无限的力量。

* * *

真正拥有强力意志的超然者放弃了强力意志，拉斯科尔尼科夫这位所谓超人还讲什么铁与血呢？岂不幼稚？

客西马尼园的祷告与超然者的象征

从人的角度，有其背负沉重苦难，在痛患的压覆下，倾心而出的哀求、希望和期盼、泪眼中的祈告；从超然者的角度，满有怜悯、坚忍、痛和爱，智慧和拯救，并且，仍然有未知的、神秘的，我们未可测度的奥义！

15 静默的一吻

悉达多

你　是清修静寂的
　　婆罗门
你　是佛法言教的赤诚挚爱的
　　守望者
你　是目光坚定但双脚蒙尘的　赤足　沙门

你亲睹了梵我与涅槃的幻化之身——大觉世尊
你与世尊之间只有禅悟与言教上的辩难

却　在灵命中疏离
你随俗浮沉
化入　万事万物的　生死场
拜　爱欲肉术为师

甘为帑项钱粮的奴役与仆从……
　　　遭受亲情与爱的阻绝
潺潺流水带走你的　凡尘与夙愿……
　　　了悟与觉明，并非遁世与入世
决绝的遁世中蕴含着　入世
　　　圆融的入世萌发着遁世情怀
人的思索和言教只在时间和空间的作用下，形成传递和会通

只在两级和对立中廓清和厘定

万千拼图中的部分意象

表达的极致是残缺的蒙娜丽莎和半遮面的女神

缘此之故，悉达多说：

"知识可以言传，但智慧不然。一个人可以发现智慧，可以过智慧的生活，可因得到智慧而强化，可以运用智慧行使奇迹，但要说是传授智慧，那是办不到的。"

"就每一种真理而言，它的反面亦同样真实。举例言之，一种真理，只有在它是片面的真理时，才可以用语言加以表达和推演。大凡可以想象得到、且可以用语言表述的东西，只是片面的，只是半边的真理；这种真理完全没有整体性、圆满性、统合性，大觉世尊对人说法时，他就不得不将这个人间分为生死与涅槃，虚妄与真实、痛苦与解脱来加以讲述。对于为人之师的人而言，也只有如此，别无他法可行。"（《流浪者之歌》）

时间是我们刻量生命轨迹的标尺
　　它的数值和规定性是由我们创设的
它只是
　　残缺的显像知识 和 半面的智慧
它，不是生命本身

"这个世界的本身，既在我们里面又在我们外面，绝不是片面的。绝对没有一个人或一种行为属于全然的轮回或全然的涅槃；绝没有一个人是完全的圣人或完全的罪人。这种情形之所以看来似乎如此，乃因为我们患了妄想之病，以为时间是一种真实不虚的东西。戈文达，时间并不真实，对于此点，我已体会多次了。时间既不真实，那么，横在此世与永恒、横在痛苦

与极乐、横在至善与至恶之间的那条分界线，自然也就是一种虚妄不实的东西了。"（《流浪者之歌》）

过去　就是
　　　现
　　　在
　　　就是　未来

一切的　生成轮转
　　　　　　并非按照单向性与时间线演进
而是

过去　　　　现在　　　　未来
　爱恨　　　化　　　　情怀
　　喜悲　　　入　　　　欲念
　　苦痛　　　为　　　　决绝
　　　沉沦　　此　　　　柔弱
　　　　拯救　　刻　　　　超迈

我融入万我
　　我化作万物与苍生
万我由我而离散
　　　万物苍生皆万我

不争逐　不辨识　不爱　不恨
不区别　不类分　不喜　不悲
不求索　不困厄　不静　不动
　　　　　在爱中恨　在恨中爱

上篇

在悲中喜　在喜中悲
在觅中弃　在弃中觅

黑与白　同在　　　　　统觉 觉统 统觉 觉统 统觉
方与圆　同形　　　　　统觉 觉统 统觉 觉统 统觉
没有对立，只有统觉　　统觉 觉统 统觉 觉统 统觉

顾城

一切浑然一体，浑然天成。
一切所思、所行皆为游戏，为梦。

戏，散场；
　　汇聚，开演。
冥冥有道，
　　道在其中，
问道不得道，
　　求道不成仙。
空者，不为道。
　　一切皆空，万事皆无。

一片绿叶　一缕阳光　一丝清香
无欲无求　自然舒展
似有非有　似无非无
看似有意　却静默无言
虽不言　　却意无穷
我似该物
虽乏善可陈

却超然决绝
不怒　不争　不羁
　　　无欲无求
刚正清直
　　　阴柔圆润
自娱自乐
　　　疯疯癫癫
自我解嘲又癫笑世人

没有任何一个人能够完完全全懂得另外一个人的心。
所以，弃绝任何想象和关于此类的心灵追求是一种负责任的态度，是成为一个人的前提。
从此，
将忍受无尽的隔阂和孤独；
从此，
进入一个人的朝圣和漂泊之旅。
一个旅人，在寒冷的冬夜。

冲破世界的尽头，
在奔向美丽神殿
的路上，
环顾着，
脚下的泥沙……

昆德拉

对于每一个个体生命来说，其所遇到的每一个人、经历过的每一件事，都是不同的，都是新鲜的。对于这句话，可能会有不同的意见。因为，我们所受到的教育、所习得的技能，很大程度上得益于一种所谓的归纳和预测能力，即把原则上或使人产生共相意识的想象和事物使用概念、理论或冠以"经验"之名把它抽象出来，并作为选择和预判的准据。但是，别忘了，这种抽象理念并不是你所面对的人和事情本身！一方面，我们只能通过思维意识来认识和理解眼前的物事与人情；而另一方面，我们的认识又不等于被认识的对象。更要命的是，我们和这些所谓"被认识对象"一直处于动态和变化之中，就像两个不断滚动的圆球，你如何能说：它们在某个时间、形态、地点等方面与之前完全相同呢？！又怎么能说，绝对会没有可能相同呢？！在这么复杂的情形之下，我们还要再添加上一些所谓的价值判断：对与错、美与丑、善与恶、轻与重、肉与灵……以及，拯救与逍遥……

16 苦涩的美

我们需要找到的，是关于亨伯特内心中最隐秘，也是最深层、最核心的感受，一种他永远也无法忘记的美感，他愿为此付出一切，包括：他对洛所做的一切。

要我看，在某种意义上，他比洛更可怜，洛反倒比他聪明、更狡猾，也更强硬，更冷血。

这么说，会遭到唾骂吧？

别忘了，我是在谈亨伯特的心灵的美的意识和感觉。

他是一个对世界、对生命的存在、对美好有着特殊感觉的人。

按照我的想法，这总比，比如说，温吞吞的人，中庸之辈，要好许多。

……

肉欲，是他占有灵魂的方式，恐怕，更主要的，也是他交托自己的灵魂的唯一方式；当他升入爱的超感之时，或者，当他恐惧之时，他都想要以这种方式找到自己，又或者，当时他已无意识，而只想感受或只想单纯地要这种方式。

他，太执着了。

发现洛不见了，他完全陷入了疯狂，他的世界不复存在了，他打了医生，大闹了医院……并，疯狂地寻找着洛……

还是为了洛。

他杀死了那个伪作家，那个表面上看来拥有梦幻和理想之境的伪善之人，那个就连弹奏钢琴都令人恶心和暴露虚伪的人。

亨伯特，才是一个心怀梦境的人，他才配得上失落，或者心灰意冷。

只不过，他的梦，碎了。
不是因为他杀了人，也不是因为他失去了洛。
只是，他的梦，易碎，注定不会长久。

或隐或明——书札与随札

17 生命的门是窄的

阿丽莎,阿丽莎,你的心,让我们的心都破碎了……

难道你不明白?

你亲自闭塞住的爱,也正是光明?

他的道路上,充满了荆棘、孤独与冰寒,但是他所寻找的正是爱!他的心,和灵魂,是火热的!

他要用这种火热唤起我们内心的火热!

而我们却如何能用荒寒去回应他呢!

别把路上的疾苦当作崇高的道德吧!

如果这路,这门,窄得容不下两颗纯洁的相爱的心灵,那么,他多创造出的那一个灵魂就是没有意义的。

难道,他不正是想着,让我们相互依靠,拥吻着,共同拥有一颗温暖火热的心携手走进这光明的窄门吗?

阿丽莎!这燃烧着的生命窄门,所抗拒、焚灭的不正是你所选择的寒冷与死寂吗!

而走出寒冷与死寂的路,不正是因为有另外一颗心,与你的心紧紧相连,两颗心贴得更近、更紧吗!

当其中一颗心碎了,可以依着另一颗心把他重新拾起,拼好,修复得完整如初!

这,才是所喜悦的心,才是与心相连的心,才是良人的心与团契的心,才是在心中所能见出的心,才是在拥吻的心中所见出的光明之心。

可怜的杰罗姆。

我们永远爱你，阿丽莎，因为我们能感受到你的心碎，我们的心愿与你相连。

或隐或明——书札与随札

18 飘摇的根基

托尔斯泰：伊凡·伊里奇之死。

轻轻的、薄薄的、淡淡的烟云，缭绕着，漫荡着，像一曲悠扬的歌，一簇欢跃的鱼，飞驰，游走，暂滞，或消于无形；缱绻细密的脉络纹理，卷裹着褐黑烟丝；银亮的灰烬；燃……

根基，什么是根基？根基是什么？

是说，伊凡·伊里奇所遍寻的最终根据吗？

是的，他的悲痛，因此显得无比重要；毋宁说，他的痛苦，并不是身体上的疼痛感，而是一种灵魂的茫然、错愕、惊惧、急迫、惶恐和凄凉。

可是，身体的痛患，真的能与其在心底的幻化相应分开吗？我是想说，物质性与精神性的区分，会变得真切吗？谁是谁的原因，或者谁是谁的根据？如果肯定，那，这种肯定又会是一种新的无所依归的开始吧！？

问题，从开始就陷入了荒寒地带，冲突，相互抗争，又缠夹在一起。

似乎是，死亡，撩开了缠裹这一切精神病变的幕帐，卓立其中的事业、家庭、亲情、友情、爱情，曝在世界上，互相瞧看着，无形的法官仿佛在指控，又像是聆听；辩解？无需辩解。

法官二字，尤为刺耳！

有法官，有法官所代表的确定准则，有界碑，有墙……就有灵魂的痛。

伊凡·伊里奇，他所看重、倚重的事业、地位、金钱，舒适的住宅，家庭、妻子、儿女，每一个都在他面前蜕变形象，这只发生在一霎那，就在他感到无力、空虚，想有所依持的时候。

仅凭他自己，单单地去理解、看待这些事物，即便他们的美，也就会变得有瑕疵，慢慢地面貌狰狞，毒辣。他的心尚且顾念他们的美，口中却充满了恶浊的话语。

他们的美，会用来抵消他的罪恶感；而他的纯善，却成为他索取回报的代价。

关键就在于这一点上，也就是——仅仅依凭他自己。

是说，在他身上，或者在每个人身上所固有的缺憾，生命中注定的不完整性，智识的有限性，终临感，罪的魅惑与魅惑中的罪？

仿佛，是抓住了问题的核心，或者……我想，也可能，不完全如此，我似乎觉得，这仅仅，只是开端，没有终结点的开端，让我再说一遍，没有终结点的开端。

这，让我想起了尼采。据说，他是了解人身上这些全部的复杂性的，他也同样为旧世界的定规所困扰，他痛恨"他们的"虚伪的价值，也就是全部的规条和说教……

就像，纲常礼教。

僵化的现代人的心灵：疲于奔命；忙于算计；规律、模具中的木偶；人人都带着假面。

可悲的是，就连面具也完全只有一副嘴脸。慵懒啊，慵懒；可悲，可怜。

所以伊凡·伊里奇才会像孩子般痛哭起来。托尔斯泰老人说他："哭自己的无依无靠，哭自己的孤独寂寞，哭人们的残酷，哭上帝的残酷和冷漠。"

叩问，叩问灵魂。还有这一段："为什么会这样？生活不该那么无聊，那么讨厌……是不是我的生活有些什么地方不对头？但我不论做什么都是循规蹈矩的，怎么会不对头？"读起来，都觉得可怕。当发现自己所呵护的道德神被倾覆，价值幻灭，偶像的尊荣竟为虚空……没有人，再有勇气面对世界，更无法面对自己。还能活下去吗？

正是在这里，死亡的意象下，伊凡·伊里奇身体的死，逼仄出灵魂的已死，在死亡的阴影里，尼采说，我们要成为超人，或者活，或者死，都需有超人气质，冷寂，孤独，漠然，狂傲，从容，无惧，世界的锁痕已经暗淡，双唇弥漫泥土的苦香。

思想在这里分化。

尼采的意思很明确，人不能没有神，但神的帐幔里只有人，人即神，也即超人。

那么，布朗德呢，布朗德高举"全有全无"的规则，坚持信仰到底，到最后，不也只是他的作为人的骨骼咯咯作响吗？

可是，可是人的相貌真的就虚无缥缈，空旷冥漠吗？！

上篇

19 燃烧的卡夫卡：在法的门前

这时我念起卡夫卡。他对于存在的思考与激情燃烧了他的大脑，进而他终故前还想燃尽他的所有文字书籍。庆幸，这些文字保留了下来，但却继续燃烧着别人的大脑。

* * *

Kafka：在法的门前。

乡下人是自由的。

守门人在陪着他，一直陪着他……

不觉得奇怪吗？

乡下人急切，显得盲目。

守门人平静，仿佛知道这其中的奥秘。

乡下人是被抛入到这个处境当中的，没有来由。

他的身世怎样？他是谁？

"他"——又是指什么？

不知道，真的不知道。

不要紧，猜猜看……

他，出身望族。衣食无忧。奢靡过后，偶然间顿悟。想解开"他"之谜。

他，贫寒之人不问出处，人情冷暖，世态炎凉，赤裸的胸膛，满是伤疤的心，什么都没有，只有一丝嘘气，他将它凝结成一声"天问"。

他，平淡无奇，庸庸碌碌，墨守陈规，那么，我想，最好不要谈他，关于他也没什么可说的，他也不可能成为这故事里的任何人，就这样。

守门人很奇怪，感觉上，他可能以前就是……强调一下，"可能"以及"以前"，就是乡下人。乡下人的经历，可能他也有过，关于乡下人的猜测，可能也与他有关。所以，他很"自然"，也很"自信"。

乡下人带着"目的"。

他要进入通往"法"的"门"。

守门人谈到的都是他的感觉。

"有一个从乡下来的人走到守门人跟前，求进法门。可是，守门人说，现在不能允许他进去。这人想了想后又问道，那么以后会不会准他进去呢？"

乡下人的话，带有十足的逻辑学味道。现在不能进，反面推论，以后可能有机会进入。

要命的逻辑学，总是过早地进入细节，而忽略前提。给人的感觉，像一个埋头计算的学生，单单不问问为何要如此。

这是谁说的，三段论最多只能谈及三种情况？

重复一遍，守门人谈到的是他的感觉。

"如果你这么感兴趣，不妨不顾我的禁令，试试往里闯。"

"我收下这礼物，只是为了使你不会觉得若有所失。"

"你真贪心。"

"这儿除了你，谁都不许进去，因为这道门只是为你开的。我现在要去关上它了。"

不许进去，却又是为他而开，矛盾吗？

是不是有悖于逻辑学的律条？

是感觉，不是逻辑。

再直白一点，要感觉，不要逻辑。

乡下人可以走嘛，为啥一定要进入这法的门呢？

他是自由的。从始至终，是自由的。

是法选择了他，而不是他选择找法。

法的世界是黑暗的。

想想吧,门里的光线什么时候会强于门外呢?

这一点,难道乡下人不知道吗?

知道,知道,怎么会不知道,不然也不会探着头向门里张望,也不会感到自己周围越来越黑暗了。

那就走吧,为何要固执?

走?要去哪里呢?

有没有可能,我只是说"可能",他,乡下人的处境,是一种普遍的存在,恒常的现象?

比方说,一张纸上两点之间最近的距离方式是直线,可是,如果把纸折叠起来,两点之间就会重合。直线的宿命是平面。

难道说,乡下人的宿命是这个平面的世界?

乡下人会思考,当然,主要还是以逻辑的方式。恰巧,这个世界的度量方式也是逻辑的。

那不是很好?刚好暗合这个世界的逻辑。

呃。把纸折叠……

这个,怎么会出现在一个只有平面思维的头脑当中?

就是说,乡下人,在俗常伦理道德与经验阅历之外,怎么会有"法"的意识?

他不用赚钱吗?房子?事业?家庭?忠孝?……

那么多的事情他不要去做?

跑来这里找"法"!?

"法"究竟代表着什么?

可能是,意义吧。

要不然,就是价值、标准,等等……

注意!想到法时,还会想到什么?

不法。

对,不法。但,不法又是什么?

罪恶感。

清楚了吧？

罪，才是他之所以不满足于俗常世界表象的原因。

很抱歉的是，绕了个不必要的弯子，才说出直观感受。

乡下人寻找的是意义与价值，起因于罪感、不适感、灵魂的空无感、似乎有一种事物始终高于俗常世界的错愕感。

当他有了这种感觉，普通之事已无法填合他心灵的空寂。

乡下人的构成性特征：对进入法之门的无限期待、虔诚、疑虑、困惑和焦躁；代表物质世界痕迹与俗常象征的"凳子"和"礼品"；还有一点，就是他由始至终的"自由"。

多么明显，这些构成性特征不也正是处于世界中的人的特征：可以让人歇一歇进而得到生存满足的"凳子"（物质）与代表着沟通、交往的"礼品"（社会一般等价物）；世俗中的"法"，是一种目标、目的，或远或近，或高尚或媚俗，金钱，物质，事业家庭，权力，平淡，安稳，健康……什么事物不可以成为目的？！为了实现目的，可以施予许多手段，许多事物因此而发生变化，人在不断尝试中改变，就连目的本身也是嬗变的。这样看来，事情变得很复杂，也很麻烦。当目的与实现目的的过程以及感受其中的心素变换交织在一起，究竟哪些才是恒常的呢？若非恒常，实现了目的又怎样，此时的目的将会是彼时的目的？彼时的目的依然是此时的目的？感受不到，完全感受不到。一切就这样被勾销了？带着遗憾而终的乡下人为了不值得实现的目的，连同其形象与象征一起从记忆中被抹去？这其中是否有意义，是否只有悔恨、悲凉，或者说，无奈？生命的死，是规定性？在此实现了真正的平等无差异？

从乡下人的角度看，虽然充满遗憾与不平，但或许真的是这样。

寻找目的，却被目的愚弄；寻找法，却死在法的门前。

乡下人，傻吗？

可以这么理解。

只是还有一点，尚未弄清。

乡下人如何理解和对待自己的自由？

答案不是再明显、再简单不过吗？用来寻找"法"么。

真的是"明显""简单"的答案。

找法的过程如此艰辛、悲苦，结果又如此凄清、惨淡。

这难道正常？简单明显又无疑惑？

苦难、痛患的背后一定有某种事物与其相对应，持衡，映衬。

就像锁与钥的关系，单独查勘其一并不能了解构型的意义。

那么，是什么在压覆着乡下人的心，使他在寻找法的艰难苦楚的等待中饱受煎熬，却仿佛都无法抵消心中的隐痛？

一定也是精神层面的吧？

还记得"自由"是一种价值现象吗？

自由——既然作为一种价值现象，就一定载有价值的重量。更何况，自由本身就可以成为价值的内核。

自由，重负，自由的重负，自由是一种沉重的负担。

自由——是一种沉重的负担。

它给你空间、时间，臆想的元素，方式的任意尝试，不满足感，随时的、永不枯竭的动力……

只是，唯独不能给你的是，结论。

规定性与定论，还有温吞吞的思想，是自由的对立面，是天敌。

所谓自由，就始终意味着善恶并存，悲喜交加，冷暖相伴，苦乐自知。

还有，选择，你可以选择善，自然也可以选择恶；可以选择益，也可选择损；可以痛哭流涕、改过自新，但不见得以后你还会记得那一刻的情感交织与升华，不见得不会重蹈覆辙；

今天的冷血心肠、狰狞狂傲，不排斥日后的柔弱谦和、卑微明智。

想想吧，这一切的根底是什么？

自由是一种过程，一种保障，也是意义，关于生命的意义。

如果没有自由，恶永远是恶，善永远是善，难道不可怕？

可是有了自由，恶就能变成善？恐怕不能这么说。善还有可能变成恶，对不对？

即便是这个过程本身，也是自由的，并没有历史规律可循，否则，何来创造？

很清楚，自由的两重内涵：永远的未完成性；创造的可能性。

所以，乡下人还去找什么"法"，还要为它终末一生？

除非，他了解，并赞同我们上面的意见，而甘愿选择如此。

那样的话，这个找"法"的过程，其意义可就深刻得多了。

别忘了，"法"的光是提示过他的，并且借守门人之口说过，门就是为他一个人而开的。

守门人，乡下人可曾了解守门人？

他是一条路，他在展示，示范，解释。他在诠释我们在上面说的话。

他，守门人，自由人。

自由人？

他为何要守"法"的门，可曾有谁了解，又有谁交待过？

没有。

那么，他有没有可能知道"法"的真相？他为何要在这里等待乡下人——因为门只为乡下人而开嘛，乡下人死后他关闭了法门又将身去何处，如果说他已经知道了一切又为何不直截了当地告诉乡下人其中的内涵？！

请让我大胆地猜猜看。但是我说了，是猜猜看。

我不否定，守门人有可能曾经就是这位乡下人。他现在知道了，知道许多事情，了解许多道理，他虽然叫做守门人，可是我们不能当然地相信，不能被轻而易举地唬住，他的真实身份应该不会只是守门人这么简单，真的，不会仅仅是守门人。

他是牧羊人。

不相信吗？

有几次他的话就快要说漏了，说透了，他暗示乡下人可以试着闯进门去看看，可是又告诉乡下人里边的情况比这里还要复杂，还要困难；他还说，收乡下人的礼物只是为了使他不觉得若有所失。

他如果没有进去了解过，怎知里面困难重重？

既然清楚了被乡下人奉为神圣的法，他为何还要在这里把守法的门？要知道，法的意义在乡下人的眼中和他的生命形态中几乎被视作唯一性。

还有，他劝乡下人不要以为若有所失。

这些究竟是什么意思？

含义太明显了，不是吗？

经历过"法"的人，选择了守门这样一种过程，而且并不感到若有所失，那么，这过程代表什么？

重复一遍，自由，未完成性，创造的可能性。

他泰然自若，把这奥义展示给乡下人看，而乡下人，看了，却不明白，听了，却不懂。

所以他说，乡下人，太贪婪了。

他尊重乡下人，也尊重自由，他只想让乡下人自由地理解，理解奥义，了悟其中的秘密。

自由既是出发点，又与落脚点有关。

守门人展示了未完成性与创造性吗？

我想，乡下人，随时，应该加上"如果"，就是说，如果可能，乡下人随时都会明白其中的一些道理。

守门人的苦心代表着爱，很特别，不是吗？

乡下人，守门人，法，多么奇特的关系。

特别吗？

更特别的是，仿佛可以听见 kafka 的心声，轻声细语又沉重凝练地说，那书里面也记载了这样一种奇特的关联，也有乡下人，守门人，还有法……

上篇

20 贴近烈日的心

教皇是个自恋者，有很强的自恋癖。他说，他是光明在此世的代理人。凡是有信心的人，都要先信赖于他，由他决定人们是否能有真正的"爱"的信心。

各种严苛的仪式、制度，人们不堪重负，何堪信心？

赎罪券，是他邪恶的极致。他要用此世的罪污遮蔽彼世的光明，用肉身的安可，替换灵魂的正直。用必定腐朽的，污秽永恒不渝的。

* * *

路德愤怒地说，我要自由地相信，而不要做任何权威的奴隶。

* * *

据古书记载，那人死去的那一刻，帷幕由上而下断为两半。喻为：自此，人可以直接与爱相通，而无须借助任何形式，更无须任何此世的代理人。

* * *

路德定深谙此意，所以他从容地向教皇和他的群魔挑战。

* * *

1520 年，路德仿佛时时能够感受到火刑柱上灼烈的痛苦和心志的分裂。

但是，这一年，他却写出了最优秀的文字。

路德用最深邃、充满灵性的语言说：

他们是全然自由的众人之主，不受任何人辖管；

他们是全然忠顺的众人之仆，受所有人辖管。

这是何意？

为主之人，怎么还能为仆？众人之仆，为何不受任何人辖管？

* * *

奥义就在于，路德所说的，经历过信心的人才能明白。

* * *

信心的出发点是一种灵魂的啜泣。

* * *

灵魂的悲感、苦痛、哀伤，引发懊丧；罪的难以平复；心灵的颠簸、战栗、惊惧；颤抖与痛悔；困厄中的悲愤；挣扎与固执；偏行于己路；失落、迷茫；在软弱无力中突临一种平静；空广与坦诚；思维豁达，无法集中，无法凝练；意识凝滞并无形地消散于感动之中；无力思索，只能感受；争逐化为忏悔，福杯因痛患而满溢；生命被倒空，因而不再欲求；萦绕于光明之中；依偎在圣爱脚旁；满有力量，却不想攫取；压覆于罹难，却只在爱中释然；感受从世界中分离，"我"的意识，既超感又沉重；生命因而是欢畅的，因为他不源于"我"，完全是一种全新的感动，神秘又曼妙，奇幻又真实，由瞬间的飞跃达到永恒的更新。

* * *

不安的灵魂栖息在脚边，沐浴在光明之下，在光和感动的世界中飞翔，自由与宁静。

自然，处于这个世界的伤痛无法企达如此深邃的灵魂生命之中；罪的烧灼感，不能洞穿来自于心灵最深层的忏悔与期盼；这颗灵魂从此与真理奥义的灵魂相融合；这道路，是良人曾用赤裸的双脚所走过的荆棘之路；所进的门，是刻有良人生命印记的窄门。

这样的人，心意更新的人，能受何人辖管？又怎么能在意是仆人还是主人？

21 日头既照耀义人也照耀歹人
——沐浴光芒与掩面塞听：承领之意

据说，卡尔·巴特是从否定性出发来构筑他的思想体系的。承领超感也是要从否定出发，是要经常喊出那句激情饱满的"不（Nein）"。而肯定性的"是（Ja）"却永远只是超感自己，他可以临在人，也可以相反……这，是他的自由……人所面对的是来自于超感的启示，它临在人，人处在承领当中。诚然，也可以抗拒。承领或抗拒，二者必居其一。这一切也可以默会地发生，即是说可以是隐秘的承领或抗拒，并不为人所察知的承领或抗拒，然而这一切又无法为我们所清晰地辨明……

这为纯正的信念奠定了一个坚固的基石：任何宣讲只要离开超感，就必须还以一个坚定的"Nein"！所以，它向更加宽容的奥义敞开怀抱，后者可以在这里任意抒发自己的"信"，只要它不宣称自己是唯一的"Ja"——因为一切都处在承领当中。由否定—承领开启了一片广阔的神秘空间，一个永远处在动态的过程，各宗法派可以在这里共同承领并见证超感……

举例说明：因信称义与行为称义

路德（Luther）在论及这个命题时，说道："好行为并无助于不信的人，不够使他称义，也不能救他。反之，恶行为不能使人恶，也不能定他的罪，乃是使人、使树坏的不信，行坏的与应该定罪的事。因此人的善与不善，不是由于行为，乃是由于信与不信。"（《马丁·路德文选》）这是路德的信纲，是他博学的中心。他一生中各种优美的文字都是在传达这个信息，他很令我们钦佩地做到了这一点。他区分信与行为（这是沿着使徒圣·保罗的路向前迈进），是想最终弃绝这样一些学思观点：①有善的行为，可以弥补内心匮乏的信之生命；②人可能会存在一种状态，有信但是无善功（或善的行为），这样倒不如将善功摆在前面，惠及他人了。

看来，我们可以继续将这个问题略作区分。可能会有以下几种情况（当然这只是预设）：①既有信，也有善的行为；②有信，但无善行；③有善行，无信；④既无信，也无善行。

第一种情况和最后一种情况没有讨论的必要，因为第二和第三种情况能够下一个判断，它们也就自然明了了。

现在，让我们来看看第二和第三种情况。在承领超感看来，信和善行既有别又有同。它们相区别的地方，在路德学思当中已经被探讨得极为精深与细致，对此我们要感谢路德。而它们相同的地方，我们就要给予一些必要的关注了。这可以从两个角度来观察：首先，从信与行为的一般含义来看，也就是从当下时空环境中，人们大致对它的使用上来看，信与行为均用以传达，人的积极肯定的动向。信，即内心感动，有信靠，有盼望，有爱；行为，人有行善的表现，在人们认为恰当的时机分担了别人的忧伤与悲苦，舍弃了自身的往往是美好的愿望。在这里，信与行为的表达，是从人自身的视角出发，肯定人的义。是人主动寻求并信靠超感，或是人主动积极行善。我们应当怎样来评价这种人的信或人的善行呢？依据承领超感的一般原理，既然称为"承领"，那么就必定不是以人的主动性为中心，而是以给予者或临到者为关键之关键或核心之核心。他是开端，因为任何人处在承领状态，都需要有一个环境，而这个环境需要一个创造者；他又是终端，因为处在环境当中的承领者不是环境的创造者，所以环境的生成与延续不在承领者手中，这样，终也就自然指涉环境的创造者了。回到前述问题，如果站在给予者、临到者或环境的创造者自身的角度或立场，那势必要在震怒中回击这种人之义一个响亮的"不"。[这样一来，我们的视角就已经发生了根本性的转变，从人之主动性，转到超感的主动性上来了] 给予者、临到者、创造环境者永远不同于承领者！自己创造自己、自己给予并自己承领，这永远都是赤裸裸的欺骗、蛮横与蒙昧！是权力欲望攻心，是想从承领者变为创造者，进而满足僭越与权力的恶念。

但是，创造者却仍然是创造者，就像打破画像却丝毫无损于被画者本人一样。承领不会变成创造与给予。承领者也无法全然理解创造者或给予者。一个巨大的"不"字横亘在承领者与创造者中间，这是给予者向承领者发出的警告。

观察信与行为的相同点的第二个视角因此而被打开。在超感面前，也就是在创造者或给予者面前，信与行为处在同一个点上，这就是：创造者创造并给予了信与行为，信与行为均来自于这位创造并给予者。作为承领者，只能处在承领的空间与环境，承领信与行为。这是另一种肯定，是超感自身的肯定，是创造者并给予者的肯定。也就是，超感的主动性。

这就是，承领超感的一以贯之的视角——超感既真实又神秘。

既然信与行为均来源于超感自身，来源于超感的给予，那么作为承领者，能够如何呢？简单地讲，承领者能够做的，就是承领或拒绝！二者必居其一。承领，可以是显明的承领，也可以是默会的承领。前者往往被称之为宗教与信徒；后者，统一叫做"一个好人"。这说明，超感对于每一个人，都有平等的给予，给予每个人信与善良的行为。在初始阶段（人未被超感所呼召），人称呼这种由超感给予的信与善良为公平感、正义感以及良心，等等。作为被给予者的人，也不被叫做承领者，而是称为"一个好人"。直到超感向每一个人的个体生命发出呼召，将每个人都处在承领当中，处在这个由创造者创造并给予的环境当中，这一真实的状态向人的个体生命所显明。从隐走向明。人的良心、公平感、正义感……才被称之为信与善良的行为，而人自身才由"一个好人"转而被称为信徒与承领者。但是请注意，我们说的是"转为""称之"。

最糟糕的情形，是人面对呼召、面对启示、面对自身所处环境由隐向明的转变，选择的不是承领，而是拒绝。这是人的自由权，是亚当夏娃的自由权，是亚当夏娃和他们的后嗣子孙在滥用自由权。人的罪行由此而来，由人向呼召所发出的"不"而来，由人不向自身的狂妄发出"不"而来，人用错了这个唯一的"不"，把自己推向了死亡，不得不面对超感在震怒中作出的"不"。

这是怎样的一种悲哀？是恩典、救赎与福分摆在你面前，不用任何代价去换取，只需要你不拒绝就可以白白地得来。而你却偏偏选择了拒绝……这，就是悲哀，就是罪的整个含义。

也或许，"不拒绝"本身也是一种代价？

信与行为的第二和第三种情形，即：有信，但无善行；有善行，无信。可以在上述脉络中辨明。我认为，有信但无善行和有善行但无信，这两个命题均是伪命题。因为考察信与行为的标准不在于肯定性的"信"和"行为"自身（这有倒向人的主动性之嫌），信与善行均来自于超感，来源于给予，我们是承领者，处在承领的状态。考察与评判的标准应当是作为承领者的我们，是否狂妄地向作为福音的信与善行发出了不知羞耻的"不"。在呼召前，对于我们默默承领的良心（信）和助人（善行）以及"一个好人"的名声，我们没有发出"不"，没有拒绝；在呼召时，对于启示、对于自身所处环境由隐向明的转变，也就是对于信与善行源自超感的恩典这样一种灵魂的清醒，以及对于信徒与承领者的身份，我们没有发出"不"，没有拒绝。那么，我们就是符合一切信与善行了！反之，在任何一点上，无论是在呼召前还是呼召时，无论是在信还是在行为上，只要

上篇

我们发出了"不",那就是违背一切信与善行了!就是罪!
这就是承领超感中的因信称义与行为称义。
问题是:呼召何时来?

22 记忆与虚无

记忆是一种负担，它需要以价值、意义来衡量和诠释。

* * *

时间：1849年12月22日，黎明。

地点：沙皇尼古拉一世统治下的俄国，死刑行刑地谢苗洛夫校场。

事件：陀思妥耶夫斯基，费奥多尔·米哈伊洛维奇……由于参与彼得拉舍夫斯基小组……密谋反对最高政权……判处死刑，立即枪决。

陀思妥耶夫斯基——世界文豪，莎士比亚？狄更斯？歌德？雨果……不！对于我们的过去和未来，他比他们都重要！他像是一座巅峰，不是在书本上，而是屹立在人们的心中……

三个人已经被绑在行刑柱上，陀思妥耶夫斯基站在下一组，离死亡只剩下几分钟了……最多不会超过五分钟……他微笑着跟身边的人握了握手，用平静、洁白的目光安慰了几颗充满恐惧与颤栗的心灵……差不多只剩下两分钟……他迅速地回忆了自己仅仅二十七年的一生……

命运没有辜负他，他还没有完成在人世间的使命，苦难——才刚刚开始……应该活下去……在千钧一发的时刻，沙皇，宣布了新的判决，免除了死刑，他被判处在鄂木斯克囚堡服苦役四年，然后在西伯利亚服兵役，也是四年。

他，复活了。

* * *

以前的他已经死了，随着谢苗洛夫校场的柱子一并湮灭在天地之间。他许下志愿,要用余下的生命探索人的奥秘,他曾经说过,人是一个谜,即使你用全部的生命来揭示这个谜底,也不要说你浪费了时间……

他做到了,从《被侮辱与被损害的人》开始,《地下室手记》《罪与罚》《白痴》《群魔》《少年》,一直到去世前的巅峰之作《卡拉马佐夫兄弟》,每一部都在揭示人的奥秘,人生的价值与意义,苦难、彷徨、罪恶、自由、拯救、信仰……

他终于明白了那句最深刻的话,他把它题在了《卡拉马佐夫兄弟》的扉页上,人们则把这句话镌刻在他的墓碑上:

我实实在在地告诉你们,一粒麦子若不落在地里死了,仍旧是一粒;若是死了,就结出许多籽粒来。

* * *

1849年12月22日的那个事件,对于我来说,最希望明白的是:在最后的两分钟里,他究竟记起了什么?他怎样评价这些记忆?依据什么来评价?记忆与意义是什么关系?

人的奥义,从根本上讲,也是记忆的奥义。如果说人生是一个谜,那记忆也同样是一个谜,因为记忆就是人生的缩影;人以什么样的理由生活,就同样以什么样的理由去记忆。人生像是穿越一片黑暗的隧道,充满了困顿、迷茫、苦难与哀伤,如果,穿越幽暗的人生隧道需要一只释放奥义之光的火把,那么,记忆也是一样的……而且,人生的意义与价值,大多数的时候,只能通过衡量记忆予以验证。

* * *

20世纪,出现了另外一种对待记忆的方式——虚无的荒诞主义。

刘小枫在《拯救与逍遥》一书中,这样来形容荒诞:

荒诞人的信念可以这样来概括:生活世界由荒诞构成,没有意义,在其中生活的人本身也没有意义,即便反抗生活世界的无意义也没有意义，任何价值信念都无法勾销荒诞的事实；荒诞既来自人，也来自世界，荒诞正是这两者之间的唯一联系。因此，放弃希望、弃绝任何价值情怀就必须而且应该成为精神生活的准则，从中会涌现出动人心魄的激情——荒诞的激情。

* * *

在荒诞人的记忆中，对于一切，都无所驻心。

* * *

古希腊神话中的西西弗斯，被判罚永远推着一块巨石上山、下山，他的生活没有任何意义，只是重复着同一件事情。

也可以说，这就是荒诞人的原型，他代表着人生的虚无，每天推石头上山、下山与每天睁眼、闭眼岂不是一样吗？

法国文豪加缪自称从中读出了一个庄重的道理，他说：

"我感兴趣的正是在回程时稍事休息中的西西弗斯。如此贴近石头的一张苦脸已经是石头本身了。我注意到此公再次下山时，迈着沉重而均匀的步伐，走向他不知尽头的苦海……他超越了自己的命运，他比他推的石头更坚强。"

令人不解的是，此后许许多多的人都被荒诞人的信念所征服——直到今天。然而，寻找记忆的火光却正在逐渐地黯淡，陀思妥耶夫斯基的故事只有少数人还在传讲，他的书也只是不多的人还在读……

可以理解。

毕竟荒诞信念赋予人的担子要轻省得多——既然寻找意义的道路如此艰难，索性就停下来，干脆不要去探求什么价值与意义，大家彼此打着气，享受眼前的一切岂不更好！给生活挑刺的人哪里比得上生活为你担挑重负的人；掌握生活航向的人远不如生活掌握航向的人。

没办法。

维特根斯坦说，为眼睛近视者指路是一件很费力的事，因为你很难对他说——看见远处的……吗？朝这个方向走……

* * *

荒诞的路好走，然而生命的门是窄的。

或隐或明——书札与随札

23 无名篇什

  这仅仅是虚无思想的一种讲法，暂时我们可以给它起个名字，叫做彻底的虚无主义。在人生的偶然与偶发性面前，它（这思想本身）感到生命的支离破碎、无意义、没有任何期待与盼望；消解了时间的未来性，而能被我们所认识、理解的只有当下、现在和正在体验、感知的眼前。走一步算一步，这就是生活指给我们看的最高意义。

  可在世界当中，尽管都经历患难与疾苦、同样感受到生活与命运的无常、磨难时时加诸于己身，却也有另一种拖着沉重的铁链步履艰难的苦苦尝试在破碎中拼凑出一种可期待的价值信条与指望的人与其思想。在思想历程中，拉斯科尔尼科夫的身影频频闪烁……

24 从来都不会太迟

——没有底线的底线
——否定一切又肯定一切
——随俗浮沉

这种完善内心的生活对每个人来说和什么东西相像呢？这该由每个人去发现：即使个人可以希望他周围其他人理解和赞同他的选择，集体回答的时代已经过去。但是已经可以说，为了达到这种美，或者达到这种明智，并不需要写作或阅读书籍，不需要绘画或者观看画作，他以前没有，现在也不会更需要祈祷上帝，跪拜偶像，建造理想国，和他的敌人打斗。人们可以在审视头上的满天繁星或者心中的道德伦理法则时，发挥他的智慧力量或者全心全意对待他的亲人们，耕作他的园子或者建造一堵坚实的墙，准备晚餐或者和一个孩子玩耍的同时做到这点。

——托多罗夫《走向绝对》

壹· 无目的、无欲求和无为是世界和心灵的底色，在此背景下，我可以自由地打破任何僵硬的意志科律和行为壁垒，沉潜并觉悟于当下和现在所是……

贰· 无所不为、任意而为和灵性感动自为亦是世界和心灵的底色，在此背景下，我可以自由地施展创造力，涂上个性的色彩，求索于任何价值……

无目的、无欲求、无为和
无所不为、任意而为、灵性感动自为，
　　是世界和心灵的底色，
在此背景下，我可以
　　自由地打破任何僵硬的意志科律和
行为壁垒，
　　沉潜
并觉悟于
　　当下和现在所是……
亦可以，
　　自由地施展创造力，
涂上个性的色彩，
　　求索于
任何价值……

上篇

25 鸟——

三月十三
　　阴雨连绵的
　　　　夜

壹·书摘：

除了荒诞诗人，又有多少人能够担当荒唐、背负虚无前行？那需要一种什么样的邪恶心智？内心中没有丝毫生存意义的感觉，没有信仰、祈求和爱意，有意义的生活怎么可能？担当荒诞必不可少的冷漠除了会给本来冷漠的世界增添冷漠，还能增添什么？

——《拯救与逍遥》

贰·思语：

不是同路人，走不到一起去。这是在人与自己、与他人、与世界的关系当中，需要非常清晰明了的一个道理。

自己是什么样的人，就需要去走什么样的路，走错路就要调转回头，因为别的路对于你来说等于"没有路"，再怎么走下去也必然是死胡同一条。

人和人，各有各的生命轨迹，各有各的路，各有各的担子和追求……不是同路人，就不要并肩同行，否则，不是你把他/她带入死胡同，就是他/她把你带进阴霾……尽管这并非你的故意，更非他/她之所愿……

小小的常识判断，却隐含着深刻的道理和原因（甚至更是一种大多数情况下并不轻易被"有志之士"所坦诚的情怀）：并不是"没有路"，而是人偏偏要自作主张朝着没有路的方向去走——妄图去改变什么……不论人有多大的雄心壮志、孤胆豪情，都无济于事，其结果只能是——永远都走不出路来。

所谓"路"，也就是命运和禀赋，该是什么就是什么，并不因同行的人多或坚持不懈就形成了路，与数量和时间无关，而与真真切切的人生选择有关，与价值求索和思想情怀息息相关……

你是什么样的人，需要走什么样的路，只有你的内心和你信仰、盼望、祈告的超感之灵能够回答和告诉你……

  "白马非马"是逻辑和技术
   "指鹿为马"更像是一种情怀
    我看着像"马"
     你看着像"鹿"
      我依着你认"马"，我就没了"鹿"
      你依着我认"鹿"，你就没有了"马"
      你我同时依着对方，互换"马"和"鹿"
     你也没了"马"，我也没了"鹿"
    我就说是"马"，而你就说是"鹿"
   要么，"马"和"鹿"生成"马鹿"
  要么，你牵着"马"走，而我领着"鹿"归

叁·书摘：
当你们拿出自己的财产时，你们的施与微不足道，
当你们奉献自己时，才是真正的施与。
你们常说："我会解囊，但只为值得之人。"
你们园中的树木不会这样说，
因为奉献，它们才会生存，而拒绝只会带来灭亡。

一个配得到自己白昼与黑夜的人，无疑配从你们这里获得其他一切。

　　一个配从生命之海中取饮的人，也配从你们的小溪里汲满水杯。

　　什么样的美德能超过接受的勇气、信任，甚至慈悲？

　　你是谁，值得人们撕开胸膛、摘下自尊的面纱，让你看到他们赤裸的价值和他们无愧的尊严？

　　先审视一下自己是否配做一个馈赠者，一件施与的工具。

　　因为一切都是生命对生命的馈赠——而你，将自己视为施主的你，不过是一个见证。

——纪伯伦《先知/施与》

肆·思语：

　　"区分"和"自我"的观念形成了一切的屏障，乌云阻隔了太阳的光芒，长时间笼罩在乌云之下的人们，迷茫和慌乱于昼夜的交替。

　　求索于价值之光的人，就像笼罩在乌云之下查数昼夜轮转并期待阳光的可怜虫，除了自我加冕，无以能慰藉焦灼、干渴的内心，填塞扭曲的空灵……

　　几番轮回，"放弃对太阳的梦幻"像一个深沉的问号，盘旋在抑郁、碎裂的孤魂之上，仿似一棵救命的稻草，被当作一种高于一切的价值，尊放在困厄、求索之漫漫长路的尽头天边，它发出的朦胧之光，晃耀着求索者风干等待的双眼，于是，求索之人颤抖地摘下了加冕的花冠，将它慢慢地、慢慢地伸向远方……

伍·书摘：

　　同情发生在两个个体生命在上帝救恩中的相遇，是种神圣的爱在两个身体中的共显，个体生命的存在通过同情显发为在上帝手中的共在感，我奉献于他人与我领承于他人，都是上帝救恩的纯粹爱意的结果（……）同情的意向活动把人的感觉状态转化为温柔、感恩、领承、祝福的心意，人不再是漂泊于自然状态中的孤身只影。说到底，爱不植根于人，人才植根于爱，这就是基督教精神的基本品质。

这个承负的共在世界并非只是我与你的共在，而是我与你同上帝的共在。上帝与我和你同时处身于现世，这就是爱的承负的共感。一方面，我与你的承负共感是上帝救恩行动的显现，我与你共同领承上帝的救恩，从而突破了现存世界的暧昧；另一方面，我与你承纳了上帝爱的赎情，通体浸润爱的上帝便惠临我们的生存，与我们共在，我们的生存世界不再受现世恶的伤害，尽管我们仍然会遭遇种种自然的残酷。

（……）爱感意向为忧心所缠绕，所忧者是爱的驻足、灵魂的救赎和新生、整个世界的黑暗或光明。

——《拯救与逍遥》

陆·思语：

在读到别尔嘉耶夫《人的奴役与自由》时，同样对爱有着如此凝练的总结，即向上超升的爱和向下惠顾的爱，向下临惠的爱本身基于、含带着向上超升的爱。

柒·祈告诗：

我美丽的超感之灵
　　愿我内心的恐惧、懊丧、罪感都能融化
在您超然宁静与光明祥和的圣灵感动之中
　　每一天，在这世界的苦旅行程

>我都惧怕
>>和躲避您如炬的双目
>我合十的双手，沾染着触犯诫命的污浊秽腻、尘垢
>秕糠
>>我内心空虚匮乏，疲惫不堪
>深夜
>>我无以告慰一天的彷徨迷茫
>清晨
>>又为重蹈深夜的覆辙埋下了伏笔
>>……
>>又是不堪的深夜里
>>我祈告，我真诚地祈祷
>>明日初升的太阳，既照耀歹人也照耀义人
>>唯愿在阳光下，我是配得领承之人
>>在生命的活水源泉中，能无愧地取饮
>>世界的劳苦重担也不伤害于我
>>更不会蒙蔽我心灵之窗
>>在逼压下亦不抛弃诫命的遵从
>>……
>>唯愿坚实与信义的双手呵护我
>>使压伤的芦苇不折断
>>将残的灯火永不熄灭
>>……
>信
>>所望之事的实底
>>未见之事的确据
>爱
>>爱是恒久忍耐，又有恩慈。爱是不嫉妒，爱是

不自夸，不张狂，不做害羞的事，不求自己的益处，不轻易发怒，不计算人的恶，不喜欢不义，只喜欢真理；凡事包容，凡事相信，凡事盼望，凡事忍耐。爱是永不止息。

上篇

26 深扎泥土中爱的联结

壹·书摘：

假如你们毫无热情地焙制面包，那么你们烤出的面包将会变苦，只能使人半饱。

假如你们勉为其难地压榨葡萄，那么你们的愤懑就在葡萄酒中滴入了毒液。

假如你们纵能如天使般歌唱却并不爱歌唱，那么你们就堵塞了人们聆听日夜之声的耳朵。

——《纪伯伦散文诗选》

爱，是我提供给他人来补充他生命的东西，但要按照他想要的方式，而不是像我自己想象的那样。反之亦然，爱是他人提供给我来补充我生命的东西，但是用我的方式。

——以马内利修女《活着，为了什么？》

贰·思语：

人，生在一个充满关系的世界当中。
生命的核心价值，即是爱；
爱的本质，是牺牲。
在爱的关系中，联合；
爱塑造了我们的灵魂，赋予我们内在的生命，使它：

```
            丰沛
            充盈
灵动     爱     欢快
            安然
            清直
            通明
```

叁·华彩：

  爱，光明赋予它自由的羽翼

    超越与升华

  爱，大地沁润它敦厚的生命与毅力

    深锁与顽强

  中保是爱的根基，使爱稳固和持衡……

    没有中保的爱，难免会

     迷失，惶恐

      甚至，因爱生恨，因爱生恶

27 曾　经

一切坚固的东西
　　现在　都烟消云散了

壹·一阵狂风肆虐之后
　　蜗牛
　　　　被抛入到了一个崭新的世界
贰·它伸手摸摸
　　　　背脊上的房子不见了
叁·只是
　　　　触角还在
肆·这是它　带给新世界　的
　　　　唯一礼物
伍·又是
　　　　新、旧世界交替中　唯一没有变换形式的载体
　　　　是它存在的根据　心灵　凭据触角汲取光和热
　　　　是根据存在的理由　触角存在的使命是感知　存在
　　　　是理由根据存在　存在是理由的　理由
陆·所以，触角，似乎
　　　　变得——更加敏锐起来
　　　　　　　　　　灵动　深沉……
柒·以往　碰触到任何物质　经历了险象
　　　　　　它就缩回到房子里去……
捌·那房子，是封存的记忆

记忆　是迟开的花朵
　　花朵　是微微荡漾的湖泊
　　湖泊　是暴风骤雨凝结的泪珠
　　泪珠　是思绪万千的唏嘘之气
　　　　又是魂灵啜泣的鬼魅之音……

玖·尽管这样，那房子
　　　随着它生命由来的印记
　粘滞光阴穿行的沉疴
　　　含蕴着它来到这个世界时　第一次被抛断的啼哭
　困厄　朦胧　怅惘　与求索

壹拾·在无数　深夜
　　梦中　萦回……
　　　干裂、布满淡淡血痕的　唇
　　魂灵　在颠簸……

壹拾壹·如春蚕吐丝般——
　"第一封信：悸动的心——诗体
　我的超感之灵
　我的啜泣之魂
　请听我言
　勿向我关闭心灵之耳
　也勿向我掩面
　不要闭合您那如炬的双眼
　　　　看哪！那个人
　　　　穿越重重迷瘴与雾霭
　　　　撩开鬼魅的面纱
　　　　又经过漫漫的苍茫的荒芜
　　　　是那个人，看哪！
　　　　他在暴风雪裹挟的冰山雪岭之巅

上篇

    他那渺渺的身躯就在隐约之间
在山巅
无人能知，那是他
他似乎很久很久以前就长眠于此
又像是，他刚刚到达
可预知，他将永久地永久地将他的肉和灵
深埋于此……
    他将永远永远，离开他那柔软的床
    和他甜美的梦乡……
    风雨飘摇、天寒地冻之中，将不会
    再有一扇融融温暖的门为他长留，并
    不会再有一双厚重的坚实的手
    为他揩拭
    模糊的双眼
    与泪水！

壹拾贰·新世界给了它一些——
  细腻　因为失去了房子的它　只好细腻　还有
些许的　现实　和遗忘
  它带给新世界的——
  是　柔软　它的生命内质　是柔弱　与苦楚
  除了　它的房子

壹拾叁·嘘！
  听……
  "我不知道……我什么都不知道……不理解、不意识……我知道我不知道吗……不知道、不确定……我知道　我不知道、不确定　我知道我不知道吗……什么是　知道，而什

又是　不知道呢……什么是什么　根据什么
是什么呢……为什么　根据什么是什么又不
是什么呢……"

壹拾肆·几度分裂　几度逃离现场　又几度回归原址
新旧世界的穿梭往复之间　并没有
路——
更没有　哆啦A梦
和它的　任意门

壹拾伍·所以，看！
它在　写——

"世界是一具吞噬人的恶魔网络，
玩弄着生生死死、来来去去的游
戏。哪天，即便是你偶然逃脱了，
那么，你马上又会发现，这（原址）
竟是自己理想的境界……
＊＊＊
这恶魔难道不能超越又无法超越？
越是思索着……被魔性所侵染得越
深、缠绕得越重……索性，我不去
惹它了……但它却奇异般地从我身
边溜走了，它投降了？！惊魂失魄
的我，难于理解……
原来，这个不倒翁惧怕的是两极，
要么在堕落沉沦中虚无！——随着
它的魔性缠缠绵绵，缓缓绕绕、悠
悠荡荡……直至将自己风干为一具
恶心的尸体！？
要么，就在升华中永恒吧……灵魂

的永生。

至于我，在爱中等待着超迈的诗降临……"

壹拾陆·又：

"没有路。一切都没有路。以前，不曾有路；现在，没有路；将来，也不会有路。向前走，没有路；向后退，没有路；动，是虚妄；停亦是虚妄；抬头，没有天；脚下，无根基。活着，或者死去，都无关紧要；这一刻活着，下一刻可能死去；不想活着，就想要死去；想着死去了，却又开始惦念活着；活着，不能是死；死了，又不能是活；活着，仿若死去一样；以为是死去了，却还活着；无穷无尽，没因没果。为何要活着，又为何要死去？为何死去了，却又感觉活着？活活死死，死死又活活；活不得活，死不得死。昏昏噩噩，混混沌沌；都是虚空，都是捕风。

心本是跳动的，却如铅块般沉重，满了痛苦与罪孽；心是红的，溢出言语来，却被视为黑的；索性变为黑的心收回来，却也当然还是黑的；可又遇见了红的，分不清哪是黑的或红的；哪儿当初是红的，变为了黑的；或也当初就是黑的，误为红的；抹了抹，又变成红的，或者黑的；又或者不红不黑的，但又透出红的，或者黑的……

当太阳不在黑暗中升起
时间走到了尽头
一切都堕入了混沌的深渊

　　　　等待的双眼留下血色泪痕

　　　　他在黑暗中怒睁黑色的眼睛

　　　　拖着沉重的肉身

　　　　趟过魑魅魍魉的躯体

　　　　口中呢喃着

　　　　"人本是泥做的，还能要求什么？"

　　　　于是，紧紧拥抱不再发光的太阳

　　　　因为他觉得那时的它

　　　　更加明亮

壹拾柒·它在新世界中

　　　一切　爱的联结

　　　　　深深扎入泥土

　　　在黑夜中　相逢　相逢　中等待

　　　　　　透剔出柔弱生命的　肌理

　　　苦楚深暗的逻辑

　　　　　……

壹拾捌·欢快清朗中的一丝　隐痛　痛患倾轧下的少许　慰藉

壹拾玖·他说　他痛惜

　　　他又说　他明朗

　　　他把一切

　　　　区分为　白　和　昼

贰　拾·他想　与风交谈

　　　　向黑夜讨教光明

　　　　　跟流离失所之人了解　餍足

贰拾壹·他说　他想求助于　另一颗魂灵

　　　哪怕这魂灵　仍是　在迷途中的　羔羊……

贰拾贰·他是使命呼召下的　通道与器皿

　　　残缺的金瓯　露在暮光幽暗之下　才

　　　　　　深邃　溢美……
贰拾叁·他说
　　　　　　活着，或者死去，已无区别……
贰拾肆·活着，企盼——普世的和解
　　　　　　而，死去，无非是为了　留住活着时的　企盼
贰拾伍·一只蜗牛
贰拾陆·　慢慢地
贰拾柒·　　慢慢地
贰拾捌·　　　向上爬
贰拾玖·　　　　……
叁　拾·　　　从它那——魂灵中的　暗堡
叁拾壹·　　　　藉着那　以先的　末后的
叁拾贰·　　　　　　成为——
叁拾叁·　　　　　　　　此在、即是

　　　　　　"或者……如果还有　或者……又或者没有如果……也没有或者……又如果　有或者……又或者　没有又如果……然而还是没有如果　或者　或者……可或者没有然而……也没有　再然而　和又然而……或者……还是有或者……然而……再如果……然而……仍然没有或者……或者……然而……如果……然而……或者……"

28 无　题

壹·在东方的曙光中
　　承受现世苦难、存在的偶发罹恶、生命的裂伤与欠
　　然⋯⋯
　　　　　　其"道"与"理"显象为
　　融入　和　空寂
　　　　　　对于大义超然的求索与困厄并非必然，与统摄
　　更非　当下之是　的选择与判准⋯⋯
　　而，当下即是　就是　全部之是
　　　　　　自然而然⋯⋯刹那之间　即为　永恒的创生⋯⋯

贰·西方的雾霭　超然信仰的力量是：
　　　　　　接受一切，包括恶与裂伤，并
　　祝福、施与爱的洗礼⋯⋯
　　　　　　倾然　的　交托　与信靠、魂灵的啜泣与重生，
　　刹那之间，即为　永恒的创生⋯⋯

叁·从　启始，无中生有　滥觞　空　色
　　　　　　于　启始，有中窥无　启示　与呼召
　　起点殊途
　　　　　　看似判然有别　发轫两极　实则殊途同归
　　两极之极　是偶遇　与相逢
　　　　　　本是冥冥与太虚
　　　　　　　　　相别即是相逢

上篇

相争即是相解

微末……微末　微末之间

或隐或明——书札与随札

29 如一颗流星划过沉寂的夜空

万籁俱寂的夜晚，夜空中星云密布，仿若残局中的棋盘。虽表面杂乱无章，却每一枚棋子均错落有序，自有其背后的玄机与规则，有其结构与意义。而流星体，却并不遵从这规则的约束，也似不固守这法则的引导，我行我素，自由不羁。惯有的经验一时间难以测度，何去何从无以晓得。它打破静寂，闯入僵化的世界。当经验（历史）和规则（律法的默会先导）短暂失灵时，人们的内心亦会焦躁，困惑，疑虑。可换个角度看，谓之流星者，自有其自身的历史经验与运行法则，自有其始因与落向。此中，只存在此经验与彼经验、此法则与彼法则之分。而所谓"怪异"或排斥与嘲讽（比如"白痴"），也仅在"此"与"彼"的视域前设下才会存在。在价值维度上，具有同等值、同序列的精神指向。简单地说，在精神存在层面，两种文化积累或文化进化，具有一样的存在性、实存性或现实感。两种面貌的相遇与碰撞，是其背后文化底蕴的短兵相接或不期而遇。这种接触蕴含着并孕育着创造性的力量。

30 围栏人的后代

无可否认的是,地下人的形象无论在过去还是在将来都会存在,而且他们就在我们身旁,甚至就是我们不曾意识到的自己的另一面。

* * *

生活时常预示着一个具有威权的主体。独裁者?多数独裁者?宣布一条不可质疑的道理/真理?供我们去适用?或者说,我们需要他/她/们 [这个君临四方者] 为我们立一个围栏,围栏本身不能被质疑,人就是围栏中的人,生活就是围栏中的生活,工作是围栏中的工作,婴儿是围栏中的婴儿,坟冢是围栏中的坟冢……

* * *

不知道从何种意义上来说,我们都是围栏人的后代,我们的喜怒哀乐受到其他围栏人的影响,善恶美丑也追随着围栏人的变化而变化。知识,当然也只是围栏人所认可的知识。有时候,我们也常去围栏边走走,围栏外的空气偶尔也牵引着我们的目光投向"那边世界","喏,那边或许也会有天空与河流吧?"一个围栏人说,"这清脆的声音是不是那边的鸟儿在歌唱呢?那边也会有工作和生活吗?谁知道!或许不对!不是说,只有围栏中才有这一切吗?人出生在围栏当中,学习早已经为你准备好的书本,然后去工作,组建家庭,养育后代,最后进入到那个在出生时就已经预定好的"坟墓当中"……年长的人不是说这是谁也改变不了的"规律"吗?这就是人全部的意义呀!尽管我看出来说这些话的人不经意地流露出一种悲凉与怨气,但这气息马上就又消失了。隐藏了?像泥鳅一样深深地扎进经年累月当中干裂的心。"现实,对了,这就是现实",要知道围栏人的心可踏实多了。他想到了很多事情,当然也想到了那件事,那是一件很可怕的事情,这些年来总是被不断地回想,忘也忘不掉,说不定什么时候在不经意间钻进脑子里来。那是另外一个围栏人的悲剧——至少在其他围栏人的眼中是这样的。这个围栏人,曾经多么地不可一世啊,又有多少人仰慕他的才华,羡慕这华贵的面容,潇洒端庄的仪表。他的技能,一度是那个领域的专家;他的爱情与家庭,也足以被称之为典范;他拥有富足[甚至多少有一点奢华]的物质享受……当别人问到他为何如此"成功"时,他总是不以为然地说"这,其实……没什么"。请注意,他可不是刻意的谦虚,更多的是真实内心感受的流露——他经常感到空虚。有时候,他想象着自己的那方"矮矮的坟墓",不禁疑惑(其实是伤感),"别人都向我投来羡慕的眼光,可是他们谁也没有告诉我,他们认为这样优秀的人是否也要进入到这里——坟墓"?"可是,如果真是这样,那婴儿出生时的啼哭声与临终时的奄奄一息对于每一个人来说都是一样的平等,那么,人生仅仅是一生,还要分什么善恶美丑,贵贱等级之分呢?忠孝礼仪、道德伦理又有何存在的道理呢?"殚精竭虑——是他留给其他围栏人的印象。他分裂了,是那种自我分裂,长期的苦苦思索而却又得不到任何答案,他再也无法忍受;"就这样吧,该有个了结了。"是的,总该定下个结论吧,令人关心的结论是什么?"人,没有什么不可以做。"他终于把这句话说出口了,"既然从婴孩到坟冢是宿命,那:人,没有什么不可以做。"荒淫无度——堕落了。他整日酗酒,赌博,纸醉金迷的生活,妻离子散,家业败落,沿街乞讨……围栏人把唾沫吐到他的脸上,咒骂着他,而他却从来不生气,心里依然念叨着"既然……人,没有什么不可以做"……一天,

上篇

或隐或明——书札与随札

衣衫褴褛、蓬头垢面的他，拖沓着疮痛的身体，来到围栏前，呼吸着这里的空气，瞥视着围栏那边。突然，他面伏于地倒了下去，失去了知觉……在梦中，他感觉到自己在围栏的另一边，不知为何心中从来没有过的平静，围栏外的空间没有围栏，宁静与自由的飞翔；好多熟悉的面容，好奇怪呀，他、她……曾经在墓碑旁撒下的那把土？……他醒了，醒来后奔走呼告，他要告诉他们——那些围栏人，他要把这秘密说给他们听，可是他又不知道怎么说，写，写那些没有人懂得的文字……他耗尽了自己最后的一份气力——他死了。曾经折磨他的那个问题，终于要有答案了，他马上就会知道，人们是不是把他也抬进那个早已预定的坟墓。但是不知为什么，他脸上的遗容分明在宣告，他已经完全不在意这个问题了……回想到这儿，围栏人再也想不下去了，心中的疑问一再叫醒他，"大家都说这个人咎由自取，可是他到底明白了什么？围栏外究竟有什么令他这个罪人在死前露出了婴孩般的笑容……""不，不，这太荒唐，太可怕了！"他飞也似的跑离了围栏……

* * *

围栏人中的异者，一类不得不面对的人；悸动不安的心灵，是需要认真对待的真实事件。在广泛的生活世界，这类异者与其他人分享着这个世界，他们真实地存在着，只不过被称之为异者与非主流。他们像一类路标，经常被多数人所忽略，却在最关键的时候告诉其他人，"您走错路了。"诚然，认识这类异者并不容易，他们的心灵常常处于两极，严寒与烈火在内中交织着，足以毁坏一切，又能令最寒冷的冰雪融化。中庸之人对此似乎很难理解。但是，面对我们无法理解的事物难道不应该给予充分的尊重吗？难道只是我们看得见、摸得着、听得懂、想得通的事物我们才亲近吗？反之，我们不明白的人、事件、道理……就都要判为异端，嗤之以鼻吗？任何时候，包容他者都是人最宝贵的品格。

* * *

地下室人，经常令我挥之不去的情感寄托。他们的身上总是渗透出质朴与真实。有的时候也像得了一种疾病，可是在病痛过后却会有新的生命到来。他们也像一面镜子，丑陋的、可憎的面孔逃避与其对视，坦然的人却能在这里找到安慰。围栏中的异者各有形态，不过我认为，他们有通向真理的一面，也有堕落萎靡的可能，这其中的标准全然在于——寻找真理的路径不是真理本身。地下室时代，确实是个体人生命遭遇中的真实事件——虽然有些人一直不敢正视它。正身处地下室当中的人，似乎在生命的十字路口，如果迟迟不能在潮湿、晦暗的环境当中找到光明的火种，那么留给他的只能是无尽的悲凉与苦难——即便是这样，他们对于真理与永恒的追求，对于乌托邦的渴念都是寻找那永恒光明的一条必由之路……

上篇

31 存在与负担

人从其出生，便走向死亡。这注定了人的悲剧性质。人的思想、欲念相比较于人的身体和所拥有的物质能力是无限的，这又进一步加深了人的悲剧存在过程。

人，饿了，就必须要寻求饱足；困了，就要休息；在这之余，还要满足精神需求，还要工作和寻找刺激，既要名，也要利。

可同时，人还要忍受这一切的需求、寻求和索取所带来的负担。吃饱了，就要承担胃胀所带来的不适；睡足了，反而会腰肌乏力；一个名、利双收的功成之人，背后有多少辛酸与愧泪？每个将军的身后，会有多少枉死的枯骨。

每个人都在负担当中体现着存在，既为自己的存在承负着，也为他人的存在承负着。

模糊的未来

先听个故事，普鲁塔克讲述。一天，皮洛士正在制订征服计划。他说："我们首先要征服希腊。"齐纳斯问道："然后呢？""我们将征服非洲。""征服非洲以后呢？""我们将征战亚洲，征服小亚细亚和阿拉伯。""然后呢？""我们将远征印度。""那征服印度以后呢？"皮洛士说："啊，那我就休息了。"于是齐纳斯便说："那为什么不现在就休息呢？"（《模糊性的道德》）。

大爱与小爱

今何在笔下的玄奘舍生取义杀身成仁，心心念念的是舍己为众生，自诩为大爱。段姑娘也舍己，为爱舍己，但她萌生的并非玄奘意义上的大爱，她为爱舍生的也不是众生，她爱玄奘，为玄奘而死，玄奘是否普度了众生难以评述，而她，却为了救玄奘而舍了性命，只不过，玄奘乃立志为众人而死，阿段未曾盟誓，却真实地舍己为人，为她所爱的人；这就是他们的区别，或者用玄奘的话说是大爱与小爱。阿段死前说了一段话，"我真希望，我们的生命有一万年，可以慢慢去爱……可是一万年太久了……我等不到你爱我的那一天……"（《西游·降魔篇》）。

　　这两个故事说的是未来与当下的问题。从故事表面来看，正反隐喻都有些许道理。难道去做波澜壮阔的事情不好吗？这是一种理想，一种期盼，一种描述起来倍感幸福的状态。可问题是，理想真的会达成吗？又有多少理想能真正地照进现实呢？这或许是一种常识，它的另一种表达方式是：人生存在非常多的不确定性。有多少现实与理想背道而驰的故事，恐怕不能用一般的计数方式去衡量吧。这是一种状态的描述，这种不确定性、偶然性，正是真实的人的存在。谚语说，世事无常，多少讲的也是这个意思。

　　约伯说："因我所恐惧的临到我身，我所惧怕的迎我而来，我不得安逸，不得平静，也不得安息，却有患难来到。唯愿我的烦恼称一称，我一切的灾害放在天平里，现今都比海沙更重……"

　　* * *

　　没有大爱的倾注，就没有小爱的持衡与澄明；

　　没有小爱的悱恻缠绵，所谓大爱，不过是死寂、瞑漠……

偶在性

　　不确定性的一种表现形式是否定性，否定性与愿望相悖。萨特曾讲过，如果我到一家咖啡馆去找朋友，可惜他不在，那么这种失望对我来讲就是一种存在状态，朋友的不在场与其他不相干人的在场共同构成了我的存在状态。

　　正因如此，偶然性、不确定性参与了人的存在，表明人在本质上是一种有限的存在。就是说，他有愿望，但不一定能够实现；他有道德良知，却不能时时遵守；他在欢喜时却难以忘却悲伤；他在悲伤时也无法彻底绝望；就连绝望也有限度，也会过去，也无法永远绝望。

古谚语说，祸兮福所倚，福兮祸所伏。

* * *

这样看来，前面所讲的故事，无论做哪种选择都有存在的道理，亦不能用一种统摄的标准去评判，甚至价值判断也只能在特殊化的主体思域中去考虑。而且，这种思考从其机理上是不能共通的，就是说，只有其个体思绪才能达到某种深邃的程度。

这很令人诧异，不是吗？

* * *

人之际遇无常，人的性情同样无法持衡。有时候，性情的嬗变令人讶异，这一秒钟决绝的人下一秒钟可能变得猥琐，就像耿直的人也难免欺罔，良善之人也会有冷酷之面一样。

精神欲念的美与崇高，还是虚空与捕风？

地下人开宗明义，他首先是一个具有浪漫主义情愫之人。按照他的说法，深深地被"美与崇高"、被席勒所吸引，将美与浪漫情怀奉为圭臬。

* * *

"你要让必胜的真理在你心灵的端庄宁静之中培育起来，要用美把必胜的真理从你心中展现出来。"（《审美教育书简》）

这话是席勒说的，乍看之下优美且自然，但仔细推敲却疑惑重重。

第一项：何为真理？

第二项：什么是美？

第三项：真理和美有怎样的关系？

对于真理和美，无法正面回答，想通过文字来定义任谁也做不到。不是说不能定义，而是说，谁都可以定义。所以，谁的定义都无效。就是，失去其意义。

我们可以换个通俗易懂的词来继续聊聊。

在我们的语境中，真理，好像是讲理性的问题，或者，是"律"，又或者是"道德"。

美，好比是感性，是激情，是纯真，是良善。

那么，真理和美的关系，就可以比做理性和感性的关系。

这样看来，席勒所言，看似自然，但却宏大，宏大得让人生疑。

他，席勒，要统一理性和感性。

不过想来，从基础意义上来说，也不是不可理解。

不过是：在激情澎湃的时候秉持克己，在逻辑下含情脉脉。对吗？这是最基本的理解了。

但问题是，这段诗文，这条哲思，这句辞藻，是放在真空的思维当中呈现出来，而却要抛入真实的生活世界，人之世间，来付诸实施。

这就可怕了，也令人疑惑了，为什么？

因为人在人世间的存在状态极为复杂，人于人世间是处于一个深渊般的境域，至少，把人世间比做阳春白雪光芒万丈的人是不多的。而，成年人的经验告诉我们，能把理性和感性达致统一，能处于动情之时不狂放，能在条件成就时不选择趋利避害，这样的人能有多少？

* * *

虚空的虚空，虚空的虚空，凡事都是虚空。人一切的劳碌，就是他在日光之下的劳碌，有什么益处呢？一代过去，一代又来，地却永远长存……万事令人厌烦，人不能说尽。眼看，看不饱；耳听，听不足。已有的事，后必再有；已行的事，后必再行。日光之下,并无新事……在我们以前的世代,早已有了。已过的世代,无人记念;将来的世代,后来的人也不记念。

我见日光之下所做的一切事,都是虚空,都是捕风。(《传道书》)

* * *

这种对人之存在的撕心裂肺,是不是比席勒让人觉得更深刻,更耐人寻味?

明朗的,或是复杂与矛盾的,亦或方法与技术的

大概记得,鲁迅先生评价陀思妥耶夫斯基时讲到,陀氏能从人光鲜的表面透视出其内在幽暗,又能从其黑暗中拷问出"白"来。我想也是的,陀氏从不给人下任何结论,只是一再地、反复地从各个角度试探人,甚至折磨人,由生到死、从天堂到地狱、从光明到黑暗又返回白昼、极致的极致……人在其中燃烧……

* * *

陀氏达至了——人性复杂与矛盾的最深处。

* * *

方法论的先决要素:

行动的重要性,行优于思,先行而后思,在行动中反思;

自由的可贵;

心性与信仰的引导。

* * *

解释:

方法技巧对于人生是极其重要的;精神追求与价值理念要通过一定的合理方式去表达;二者仿似脑与手之关联,非经脑之判断其肢体动作乃是无厘头,没有肢体外观的思维等于没有思维;所以,合法性来源于思想与方法的正当,但很多时候会存在二者相悖的情形。

如果说，思想正确而方法错误，这是不可原谅的，因为不是别人原谅与否的问题，而是因为你很可能会因此而损伤生活的机会；又如果，思想错误而方法没有跟着错误或者不正当，那么至少当前是不危险的，因为思想可以调整，还存续着生活过程；甚至说，这种生命品质反而映射出它的深刻来，正因很多思想没有合适方式予以表达，才体现出思想本身之苦涩与隐忍之美。

"生命诚可贵，爱情价更高，若为自由故，两者皆可抛。"若非拥有自由何谈理想与创造、生活工作与家庭？没有自由去试探尝试如何去了解社会、了解他人以及了解自己？没有机会去做去接触去犯错就没有成长与进步。

自由的两个极端是很有意思的现象，它会变为不自由。斯塔夫罗金尝试了自身所有的品性，开放了所有的思维，所有他能做的事情他都走到了尽头，最后就连生命也亲手了结。由于本稿无力精确地复制他的内心世界，所以我们征引他本人的话，他在给达莎的一封信中说到了自己的一点心声：

"我曾经到处尝试过我的力量。这是您劝我的，'以便了解自己'。在这类为了我自己、也为了显示我自己而做的尝试中，就像过去我在我的一生中所做过的同类尝试一样，我的力量是无限的。我曾当着您的面挨了令兄的一记耳光，但是我忍了；我还曾公开承认我结过婚。但是运用这力量又何苦呢——过去我从来没有看到这样做有什么好处，现在也看不出，虽然您在瑞士的时候曾对此予以鼓励，我也相信了您的鼓励。我依然像素来那样：可以希望做好事，并由此感到高兴，与此同时，我也可以希望做坏事，也照样感到高兴。但是这两种感情像过去一样永远浅薄得很，从来不十分强烈。我的愿望太不足道了；它不足以支配我的行动。抱住一根原木可以泅渡过河，可是抓住一根劈柴却过不了河。（……）对于一切都可以无休止地争论下去，可是从我心中流出的只有否定，谈不到任何舍己为人，也谈不到任何力量。甚至连否定也流不出来。一切永远是浅薄和萎靡不振。（……）我知道我应该自杀，把自己跟个等而下之的虫豸一样从地球上消灭掉；但是我害怕自杀，因为我害怕表现出舍己为人。我知道这又是一个骗局——是无尽无休的骗局中的最后一个骗局。仅仅为了表现舍己为人而自欺欺人，这有什么好处呢？我身上永远不会出现愤怒之情和羞耻之心；因此，我也不会绝望。"（《群魔》）

好人梅诗金公爵身上具有我们所追求的一切完美品质：优雅、率真、纯善、谦谨、和蔼、虚己以及聪慧等等。但他唯一的缺陷是太光明了，光明到只有光明，也就等于无所谓光明，也就无所谓黑暗。他的光明无法照亮雾霭的现实世界，他以智力严重受损被归为白痴而收场。最后，他无法判断，无法识别，谁……他都不认识了……

* * *

变化，变化，还是变化

自由与内心都需要向导。

* * *

可是，一旦有了明确的目标与追求，马上又会陷入被动，因为现实的变化从不顺从我们的规划。

* * *

去规划，去设计，去追求，而不独断，不固执，不全涉。这话真费解。

* * *

生活开始于动态之中，结束于动态之中；思维的创造性也存续于动态之中。

* * *

最稳固、最持恒的不是静止，而是运动，是变化；最确定无疑的、最能把握住的，是不确定。接受变化，从变化中再寻求变化，从不确定中认识和把握不确定。

* * *

这是人生的境界，也是生命的境界，是自由的境界。

* * *

如何去认识和把握不确定的事态？这就是修为问题也是人生的大问题，也是能体现人之差异的问题。其一，人都有其向导也有模仿与学习的能力；其二，人都有思考与尝试方法的能力。

32 逆——林荫下斑驳的影子：断片补遗

32.1 反　矛盾律
看来，"矛盾律"这支消解剂给我们（人类）带来了太大的负面影响，它不只消解了我们性灵中的诗意、神性与崇高感，也使未知的尊严（请不要忘记人类自身更多的还是未知物吧！）破灭！换来的却是当代自然科学的发展与一堆以钢筋水泥和形式逻辑凝固住的所谓主义……

在一些领域里必须要破除矛盾律，因为它与我们品性中的包容感截然对立……

32.2 古拉格谜象
索尔仁尼琴用他非凡的天才之笔，写出了人类历史上最最悲惨的悲剧（它是永远难以抚平的魔鬼印迹）——古拉格群岛——它无法照亮我们的灵魂，但它却能衬托出我们灵魂里的光亮……

32.3 壹与壹
他们似乎不想往前进一步，这本来没有的界限，却被划分的泾渭分明。

追求事物的表面是很荒谬的，毋宁说，隐而不显的才是美好。

32.4 逆
工作与生活。有些人在工作，有些人在生活；对于工作，被视为最有效率的是机械，所以，工作的人仿佛在慢慢地机械化；而生活，要求人们具有诗意的浪漫；对于生活中的人们，他／她的工作也是他／她的生活；而工作中的人，他／她的生活也就成了他／她的工作。

32.5 碎
只有心被撕裂，生命的清泉才会涌入其中。

32.6 极
罪是人的特征——暗沌、迷狂与深渊，是与光明、超感的相对；宽容——是人的价值，生命的品格，也是人吸纳两极的神性。

32.7 非
自我与他人。我是／我在——自我中的本真自我；他人中的自我并非本真自我中的我是／我在；自我 [我是／我在] 中的他人也非他人自在自为自我分裂冲突中的本真他人；自我与他人之间的鸿沟能否弥补？无可想象，更无法论证，在此，逻辑律黯然失色；了解他人，始于自我 [我是／我在／自我分裂] 中的他人，否则，失去自我、也失去了他人；但失去自我、也失去了他人也正是了解自我与了解他人之统一的起点；能够统一吗？不能！但也能！不能在能之中，能也在不能之内；在灵魂中能！在此在与肉身中不能！维度不同罢了！在灵魂中真的能吗？不能！除非他人是自我 [灵魂之本真] 中的他人。

32.8 埋
人，用双手毁灭的事物，在心灵的最高统一当中将它寻回！

32.9 泣

novalis，返观心灵的大师，超迈的诗意，梦境般的童话，追寻心灵中的光芒。曙光的照耀，善良，美丽，梦想……显透着无比的纯真。超感与圣言，梦境中，孩子般的童贞心灵大过一切。novalis定深谙此言，一生寻求超越，纯真的梦幻与诗意之境幻化为天堂宝钥，童贞信慕回到生生之境怀抱，聆听混沌初开圣言，"……要有光，于是有了光……"另一位降生寒极之中开启一生苦难征程的陀思妥耶夫斯基。无论其自身的生命历程，还是作品中主人公的悲惨命运，陀展示给我们的是生存中真切的人，更是他／她内心中晦暗的深渊，深不可测，拥有吞噬一切的黑暗力量。但是，就在悲哀、绝望当中，他要拷问出那隐藏至深的性灵中的火苗，它的光芒如此的微弱，仿佛经不起一丝丝唏嘘，但它却升腾直上，冲破黑暗与肉身的藩篱，来到真言面前，感受圣与光……Novalis，陀思妥耶夫斯基，心灵在此中璧合——超越……一个从灵与光突临的爱中走向家园，一个是陪伴身受碟刑的悲苦与复活、向死而生回归光与灵的感动……

32.10 慕

好比一个人身陷沼泽之中，越是妄自舞动就越是向下深沉，只有安静下来，默默地等待那股向上的超拔力量临到……

32.11 露

有的时候，从笑话当中也能够洞见到真理；而我们自认为是真理的东西，也可能只不过是一记笑谈。

32.12 幻
换个角度看，会有不一样的人生；精彩的人生，经历得住环境与视角的转变。

32.13 慢
在这片大地上，你所踩下的每一个脚印，都会带起一片空虚混沌的迷沙。

32.14 徙
人总是会倾向于认为，他眼前的这座桥将会是最长的，也将会是最难于通过的。

32.15 隐
深渊文学似乎像一种召唤，把我们心底早已忘记或未曾感知的生命意识翻转出来，历历在目，让我们感到一种痛，和深沉的爱。

32.16 熔
陀思妥耶夫斯基曾说过，人是一个谜，即使你用全部的生命试图揭开这个谜底，也不要说你浪费了时间。陀这话分量不轻，仔细掂量掂量就知道这话既是谜面也是谜底，谜面里边同时隐藏着谜底。陀思妥耶夫斯基对人的探索是残酷的，他关于人性的报告是可怕的。他的作品仿佛是疯狂的地狱之火，把一切都吞灭了。在陀思妥耶夫斯基的精神之巅行走，我们的一切都将不复存在：关于善与恶的观念、关于自由、关于爱、关于宗教和信仰、关于上帝、关于美、关于金钱、关于革命……一切的一切，最后归结为关于人的观念，所有使我们成为人并区别于其他生物的特有的价值，在陀思妥耶夫斯基的精神探索之路上一项项的发生扭曲，时而面目可憎、凶神毕露，时而又可怜楚楚、柔情脉脉，然后不断的模糊，最后灰飞烟灭……

走出陀思妥耶夫斯基的精神熔炉，我们满心疲惫，被一种莫名的沉痛感深深地压覆着。但是，就在最底下，在最隐秘的地方，仍然有一丝丝柔弱的光亮，有一颗微小的火种，我们总是能感觉到，仿佛在顷刻间它就会冲破黑暗喷薄而发……

陀其实并不残忍，他想要告诉我们的终归是我们自己，是人，是灵与肉的人，是上帝与魔鬼争斗的人，是善与恶、罪与罚并存的人，是伟大与渺小、高尚与卑劣融合的人，是真实的人，是永远都不会被完全测透的人，谜一般的人，这谜里饱含着我们的尊严，谁也无法盖棺定论的尊严，哪怕是拉斯科尔尼科夫眼中的虫豸……

说真的，在我心中，陀思妥耶夫斯基也是一个谜，我也想在他身上用尽我全部的生命和时间，想跟着他一起学习，学习怎样了解一个人，怎样了解自己，了解信仰，了解生活的秘密，了解人生的意义……

32.17 神秘与新生

伴随着高亢悠扬的乐章，一个新鲜的生命降临在并不很安静的世界，但他仍然获得了早已预定的、跟别人同样的、为每个初露生命的人而准备的悠扬与高亢。然而，也正是它——悠扬与高亢——推动了他生命之中的第一步；只是他尚不能明白，这一步，不只是英雄气概般的超迈，同时也是唯唯诺诺的悲凉。一切事物都是那样的鲜亮，到处充满了新奇与神秘……

经不住日头的几番回转，仍然是悠扬与高亢，只是疑惑冲破了悠扬、平淡抑制住了高亢；反复的困扰、迟疑与求索，平静之中潜藏着激烈的奋争，恢宏的场面却经不住一声婴孩的啼哭……然而，这一切却只是因为无法面对内心中的疑惑，苦苦思索得不到解答的问式：我/是……

焦躁、沉闷、压抑，却不窒息；平静、安宁中渐渐凸显出裂痕；舒缓、明朗夹杂着矛盾，复杂的心境在不断积蓄的忧虑中爆发，呐喊撕破夜空，铁马金戈踏碎了儿时的梦境……只是惊恐中充满着神秘的力量，冲破缰绳在旷野中奔腾的野马，在寻找着一种自由的秩序……

或悲壮凄凉，或荣美华贵，归来的战士静静的依偎在山冈；再度聆听儿时的悠扬与高亢，发现它已不再是空泛与迷茫，坦诚与淡定充塞其中；这是一曲真正的生命的乐章，一切融贯在和谐与美妙当中；还是那股神秘的力量，赐给他新生！

32.18 美

壹·

美的本质属性——是眺望
　　无限、对无限的直感……

贰·

美的过程——是偶然、
　　偶发与碎裂、无常
非确定性、非定规式
　　自由与非强制
非对称主义的
　　超时间与空间的
突临　唤召
　　深沉的　啜泣

叁·
无目的性、无欲求、弃逻辑
　　灵动……梦幻与灭寂
　　　　灭寂中的梦幻

32.19 自由
自由、创造与变化中的
　　　　　　人的品格……
变化、寂灭灭寂与幻化化幻、
　　梦幻、迷影……
象征、情怀、气象……
　　超迈、信慕……信、望、爱
[爱是：
爱是恒久忍耐，又有恩慈；爱是不嫉妒，爱是不自夸，不张狂，不做害羞的事，不求自己的益处，不轻易发怒，不计算人的恶，不喜欢不义，只喜欢真理；凡事包容，凡事相信，凡事盼望，凡事忍耐；爱是永不止息。

信是：
所望之事的实底
未见之事的确据]
　　　个性、逆、独特、非对称主义、
留白、间、卑污、执念与空寂……
　　　虚己、柔弱、苦楚、怜、超越与创生
飞升光明的爱；渊深微寒的怜、爱与拯救、主仆同体……
超越：方之圆、黑之白……非单一选择之融会；反
　　　强制、反矛盾律之兼容并蓄……

　　　　直感与啜泣　魂灵之颤栗……
　　个殊　与共相、诗与术、
　　　　两极之极：偶遇和相逢、
　　微末之间的争执……
　　　　无目的性、非逻辑中心主义、
　　无为无不为、灵动自为……
　　自然而然
　　　　——我之所是
　　　　　无欲之刚
　　　　　或隐或明
　　　　　如露如电、如梦如幻
　　我们现在还　担　当　不　了
　　　　　　没　有　路……
　　自由　就是悖反式的生存
　　　　　有限与无限、渊深与超迈
　　　　　融会一体

32.20 默

想想吧
一些文字，它
同时
　　兼具任何形式
又
　　否弃任何形式
但
　　创造任何形式

32.21 密不透风……

死亡

　　已　渗入到生命中的每一分、每一秒……

　　从　实质上说，我们已经在生命中体尝着死亡之感，只是
　　　　从生命的形式上，尚还活着……

死、音、感

　　欲求之空无与虚妄

　　心灵的孤独与寂灭

32.22 璧……

人的心灵意象和精神品质

像是被打碎的图版

它的一部分散落在西方——向上追寻着"有"的定式

　　　　　　　　　　　　"光"与"一"的澄明

而另一部分

　　　　则落在了东方——向下探入着深渊

　　　　"无""寂""虚""空"

融会——交会

　　　　"自由"与"完整"的

　　　　灵光与魅影

32.23 墙墙……

在生命中建造一堵堵的墙，

只会形成更多的冲撞，而不是

避免伤害……

只有"空"，才会让生命——

穿经而过……

32.24 事件

事情、情况或事件像呼吸一样时时刻刻发生着、伴随着……
区分、评价是事件的调味剂
制造出：冲突、烦扰和苦痛
即便是，施与肯定的评价甚或自鸣得意
也无非，或多或少的在操纵情绪
或刻意以及下意识非意识地掩藏着苦闷
区分和评价是迷离和彷徨的造因
但

 感受、感觉的变化
    却比事件还要多，
 可以在没有任何外部情形下，突临而至……
    一份美好的寄托和期盼
 可能从未结出理想中的果实
    一种高贵的价值情愫
 许是未曾绽放出娇艳的花朵
    遽已失却了脚下的尘土与根基
 空灵 或许是唯一的秘密
 流经 是记忆的方法、表达的情怀、魔幻中期待的田园
 与牧歌
 水 静静地流淌 逶迤 蜿蜒
 风 微微地穿越……
 灵 幽冥 渊深 虚空寂寥

32.25 共相

哈耶克如此令我们满意，在社会整体运行中合理地令人信服地排斥了"目的性"，把"自由"由个人心灵扩展至群体共生当中。

32.26 即
人生没有彩排，人生也没有倒带
活在当下
　　望着心灵深处的真情实感——尽心尽情尽意、无怨无悔

32.27 若
如果说
　　人是谜　而人生像是迷雾
那或许是在说　人　最难于了解的　就是自己
　　像是在一片漆黑的房间里　什么也看不见
我们就用手去摸用脚去探　去感知　靠着这些直感
　　尽量区分开　方向　位置　空间　以及危险
或者　人　了解自己也是这样
　　一直在不断的碰撞　挫折　困厄　求索中……
期待　磨砺　与感知

32.28 非对称主义写作
一些文字　至少应包括：
　　有体系　无体系
有逻辑　无逻辑
　　有目的　无目的
有矛盾　有碎裂
　　断片　精论
诗　与象征
　　无厘头
宏大叙事
　　术　与　灵
其他……

32.29 如果说……

一个人的朝圣是死路……是身体的契合……灵魂的歌者，精神皈依，完整，全面……身体的欲壑要么激越魂灵、要么挞垮精神……得到灵魂在身体的释放中被逼仄、升华的感觉……笃信和温良：所欲，不解、不同，但信，情怀和品格，不阻、且容……拯救是理念观念的传递……不是属于任何一个人的……应该是歌唱灵魂的歌者……唱给所有人听……非 系统分析，或知识体系，而是灵动闪现和朗润渗透式的突临与啜泣……精神意义疗法，"陪伴"亦是"突临"？……真正意义的现实主义，或脚踏实地，存在于，精神和心灵中……最高意义的现实主义……难道，在生命中，所发生的事，就只是漂浮、沉迷、执迷……而不是，现实吗……一场病，灵魂的疾病，痛哭失声……信心垮了，怎么生活下去呢……现在，是否还有活下去的意义和价值呢？还有活的必要吗？……怀念，期待的那个夏天……付出，爱的激励……那个夏天……在强大的精神拯救力量和爱的交融温暖中度过最美好的回忆……一生中最美的一瞬……而，亏欠一生的幸福生活……回忆是美好的、感动的、恸彻的……只不过是，没有未来了……有一种爱和教育叫痛悔……要相信……一切……都在超迈的预视当中……只不过是：手中的器皿和通道……通过和造就，通过和造就……通过思维和愿望去评断作为是幼稚的……关键是，信仰人生，能否理解……那样撕心裂肺，那么深沉厚重，那么不顾一切……绝对的入世，万难忍受的……怎么可能平等？……就是要臣服于伟岸的……有缘再见吧……到真正明白的那一天……永远都等不到那一天了……达不到心灵的期盼……直到现在，也没认识到过去对生命的损伤是致命的，只有真诚的悔改和重生……彻底的亲吻肮脏的大地……重新站起来……灵魂的洗礼……不说了，就这样，祝福……这样的灵魂歌者，也不会遇到第二个了……不用害怕……就当是一场噩梦吧……这次，就是一种象征……罪被涤除净尽……希望的灵魂亦成为新造的人……旧事已过，都成为新的了……在生命中，担负起重生的过程……希望自身能独立完整，重生并强大，对人生和灵魂以及信慕能有超然的精神高度，否则，并肩走，就难……没有风的日子里，一个人游荡……就是，童年的美好愿望……让灵魂自由前行，一切让路……一生所爱，抛断一切，牺牲一切，敬仰、信慕……生活重新开始了……拥有了极大的自由和无限的创造力……同时，也被巨大的虚无黑洞吞噬着恐吓着……要过非正常生活了……知道了、也明白了……最终决定，尊重，灵魂之爱全心付出无悔辜负了伤害了满心悔恨终成了主角全心体尝到了灵魂撕裂的最高境界真心实意的觉得人生之光燃尽了真的应该向着头戴裤筒的诗人结局但是又没有这勇气和超然的毅力很惨是辜负的代价不用担心与挂念唯一的希望是能尽快走出来幸福一生按照应该有的幸福过正常的人生再不要听一生所爱了它应该属于而本不应该属于从远古时代一直幻想能弄明白一生所爱所隐含的真意现在明白了却后悔明白了人的一生明白太多参透太多不一定就是好事过正常生活吧一生所爱永远属于但认识却是祸，因此，痛苦折磨……无处安放灵魂……一切知识、智慧、学问、情感、苦难与痛患……最后……终究……是超感的表达与显象……当挚爱……感到……茫然若失痛心疾首无奈压抑苦闷委屈像个孩子手足无措在成长的路上心在滴血然而这就是生命这就是联合就是以爱人的心为心以眼为眼……关于拯救这件事……过程本身就是一种展示，就注定了结果……不是要有确定的因素显现在眼前……本是僧侣却踏入红尘，沉入人世纠葛……本是俗家，却在内心深处践行着朝圣之旅……聚融，无数人格聚合融会一体，又分裂……对于爱情来说没有什么原则和立场能在寒冷的雨夜挂念并留门守候就是最有原则和立场从根本上来说是错了因为昨天摔倒了今天就不敢出门是愚蠢或者看见别人摔倒就想当然认为这个人还会摔倒也是愚蠢应该尽力扶起来爱情的就归爱情只应适用第一条一定要记住爱情可能会出现短暂的波折但既然已经选定了无论发生什么就要咬住牙坚持到最后无条件的相信对方依赖对方只有这样才是爱情才会幸福美好如果互不信任或者都不敢再去信任那任何时候就只有一种结局一点点溃烂只要有一方信任到底就仍然还有彼此之间的继续……

32.30 圣子到……

放空心灵

　　　　能看到一切看不到的……

一切　变得更真实

　　　一切　变得更清晰

一切　不请自来（而不是 追求一切）

　　　一切　都是感动的

一切　都是新鲜的

　　　一切　都是真诚的

一切　都是一切

　　　愿一切　都是一切……

32.31 虚己……

虚己：放弃　自我　我、我思

上篇

须　排解　欲望和幻想

观照：当下即是

当下即是就是全部所是

以此　出发、行动、收归

自由与拯救、文明与复兴：梅诗金

克里希那穆提：放弃概念、区分、头脑和欲望……自由、爱、真实与观照、

自由与真实（当下即是）

自由与拯救：求索

自由与真实：观照（当下即是）

求索：在最高价值情怀（超迈之灵、超感之魂）耀照中、荆棘之冠、赤足与血印、背负痛患与愧泪、魂灵的啜泣、现在担当不了

观照：超脱于"我"的意识之外的"空"，"察看"与"朗润"着

"我和我的世界"，当下即是的 "真实" 不请自来、突临而至……

32.32 满足，与不满足感……

不满足，

　　是一种问题、冲突或逃避

而，满足

　　是一种更为肤浅的逃避

与 "心魔"（所有的满足与不满足）在一起，不区分而相融，深入观照

　　直，真实

突临而至的真实与宁静

32.33 气……
并非滞留在事物的表面，随头脑、意识和判断而为
在头脑停止的地方，感知心灵和真实的突临而至，并追其所行

32.34 两种……
让苦难、痛患，穿经而过……
悲痛与罹厄、罪与痛悔，成为信慕与渴求的力量……

32.35 锐……
埃斯沃斯·托黑向彼得·吉丁最后阐释的无与伦比的统治与权力（《源泉》）
[宗教大法官的宏论（《卡拉马佐夫兄弟》）]
霍华德·洛克的最后陈词（《源泉》）
[别尔嘉耶夫关于个体人格的恢弘价值图景（《人的奴役与自由》）]
克里希那穆提的宁静与真实（《生命的注释》）
[极相（虚无者）：伊波利特（《白痴》）；斯塔夫罗金（《群魔》）]
信慕者的感伤：梅诗金（《白痴》）
　　在静寂的头脑和心灵中……
　　　某种价值感和创造力可能突临而至，
　　　但切勿妄图去尝试留住它……
　　　　因为那就是它飞逝而过的原因。
[从遥远的过去指向遥不可及的未来……别尔嘉耶夫关于陀思妥耶夫斯基自由精神的诗旨言说（《陀思妥耶夫斯基的世界观》）
[梅列日科夫斯基的永恒分裂与象征性统一（灵肉合一）：《托尔斯泰与陀思妥耶夫斯基》]

32.36 种子……

信慕不朽和奇迹（打破"必然"与"自然"法则）是最终的落脚点

（《卡拉马佐夫兄弟》的意义）

佐西马的救赎、拯救与重生　魂灵的重生

米卡、阿廖沙的重生、格鲁申卡的重生

（《白痴》的后续完结篇：该重生的都得到了拯救与重生。梅诗金碎裂的灵魂化做散落微光照亮了每一条重生之路。纳斯塔西娅在格鲁申卡的灵魂中重生……最后，时间不再存在了……，"不再有时日了"——永生与不朽。梅诗金在发作癫痫病后，向罗戈金描述那平静、快乐、和谐的一瞬，并认为自己已经真切的感悟、理解了那句话——"不再有时日了！"……重生、复活：是灵命意义上的，而不是自然法则、物理规律所定义的逻辑实用效力。）

32.37 保罗……

信与爱乃一体两面：

　　无信即无爱

　　　　无爱即无信

　　无信的爱即虚妄

　　　　无爱的信是幻象与欺骗

信与自由仍系一体两面：

　　无信仰的自由是虚无

　　无自由的信仰是强制

32.38 精神品格的谱系

几题

虚无（死亡、虚空的虚空与捕风）：觉醒的开端

空寂（无我与真实）：重估一切的基调、基点

求索（价值）：灵与肉之隙的存在感与精神现象（灵，爱、啜泣、慕信、罹厄、自由与创造力、不朽与奇迹；肉，机械力、物质与面包、唯理性、权术、体恤肉身、行不愿行的恶、二二得四与唯理性利己主义）；灵肉之合，存在之罹厄的精神辩难与呢喃谵妄踟躅前行中的慕信祈告（超感：超越自然力、超越惯性机械力、超越必死）……

谱系

灵性札记　谱系前提评注　铺置人物与精神品格，有血肉、灵气（性格、期待、情怀与精神气质……）

虚空的虚空

斯维德里盖洛夫——《罪与罚》

瓦尔科夫斯基公爵——《被侮辱与被损害的人》

偶然、偶发与碎裂、无常

　　　　个性、逆、独特、非对称主义

　　　　　　卑污、执念与空寂……

伊波利特——《白痴》

成长中的灵、恶交战

拉斯科尔尼科夫——《罪与罚》

米佳——《卡拉马佐夫兄弟》

阿尔卡季——《少年》

拉斯科尔尼科夫：

两种自由：第一种自由，选择的自由（善与恶）；第二种自由，慕信中的自由（自由的选择善，过渡到终极自由）。

敌自由：自由的选择恶；强制选择善。

自由永远与"未知"相联系——它内在的美。带来无限希望、欢愉、激动……在真正体验自由的一瞬间，灵魂与饥渴慕义融会……书里，拉斯科尔尼科夫重生的时刻，从未有过的平静与清宁、圣洁与慕爱融贯全身，真实与意义向他的心灵敞开，他，进入了另一重光明之中……但这仅仅是一种反复……

闪回：马美拉多夫的死触发了拉斯科尔尼科夫灵魂中的善良感动，他又能感受到别人的心灵疾苦，他从自己的傲慢世界中走出来……拉斯科尔尼科夫恢复了爱的能力。已经闭塞的心和仰望天空的灵随着世界重新豁朗敞开，他让波莲卡为他祈告，"还有您的仆人罗季昂"……

穿梭："你会走到这样的界限，不跨过去会不幸；跨过去呢——也许会更不幸……"

虚己、柔弱、苦楚、怜　超越与创造

飞升光芒的爱；渊深微寒的怜　爱与拯救

主仆同位；

啜泣、慕信、罹厄、自由、不朽、奇迹

呢喃谵妄踯躅前行中的慕信祈告

直感　与啜泣　魂灵的颤栗……

超感：超越自然力、超越惯性机械力、超越必死与虚空、超越恶与罪戾……

个体人格的恢弘价值图景

索尼娅——《罪与罚》

梅诗金——《白痴》

佐西马——《卡拉马佐夫兄弟》

阿廖沙——《卡拉马佐夫兄弟》

马卡尔——《少年》

《诗篇》《箴言》《传道书》《罗马书》《圣经历史哲学》

别尔嘉耶夫——《陀思妥耶夫斯基的世界观》

《人的奴役与自由》

路德——《论基督徒的自由》（《路德文集》）

《根除惯性》《道德、上帝与人》《我探索人生奥秘》《拯救与逍遥》《托尔斯泰与陀思妥耶夫斯基》

……一粒麦子若不落在地里死了，仍旧是一粒；死了，就结出许多仔粒来……

专论：佐西马——《卡拉马佐夫兄弟》

佐西马长老：

佐西马长老出生在俄国北方的一个小城，父亲是贵族。他有一个哥哥，但不幸英年早逝，母亲把佐西马抚养长大。青年时代，佐西马是在军队中度过的，那时的他意气风发，频频出入社交界，而且对人对己脾气都很暴躁，他曾经动手打过自己的勤务兵，又因为争风吃醋与别人决斗。后来，由于一次顿悟，佐西马决定做一名云游四方的苦行修士。经过了精神的锤炼和洗礼，命运最终把他安定在一家著名的修道院，他在这里做长老，用思想哺育他的孩子们，直到人生的舞台最终落下帷幕。

佐西马长老为后人留下了一些宝贵的精神遗产。他的弟子，小修士阿辽沙用他的笔记录下了佐西马长老的谈话。这些谈话包括佐西马长老的生平记事和他对于精神信仰方面的启示、开示。对于我们来说，希望了解的是，关于佐西马长老对于"自我"与"他人"这种精神现象的看法和主要观点。

在一些谈话中，佐西马长老提到，那种所谓的个人主义，把每一个人只当作一个孤立的小世界，封闭在一处思想的庭院之中，这种观点该会是多么可悲。确实，每个人都应该有他自己的小世界、小宇宙，他应该独立，有自己的思想，会思考，有理解事物的独特视角和能力。但是，仅有这些，他永远也不可能进入另一种状态——至福或天堂的状态。因为，这些独立的思考，精神上的操练，应该最终把人引向无法定义的神秘联系之中。

在人与人的关系当中，有一种神秘的联系：每个人和每个人之间都有一种神秘的联系，特别是在人犯了错误的时候，其他人非但没有资格作别人的法官，反而应当对于过错共同承担责任。

"孩子们，千万不要气馁！能拯救自己的只有一条：要自爱自重，要为整个人类的罪孽承担责任。朋友，要知道，的确是这样的，因为只要你真心诚意地为一切人和一切事承担责任，你就会立刻看到，事情的确是这样的，你对一切人和一切事都负有罪责。"（《卡拉马佐夫兄弟》）

每个人对于自身之外的人均负有责任，当你触动任一点时，你所不知道、不了解的世界的另一边也会随之发生变化。

在佐西马长老的性格中，有一个问题值得我们进一步追问下去：是什么力量支撑他，给他勇气去承负别人的罪恶？

我们不得不再次查找小修士阿辽沙的笔记。

在笔记的最后一部分，佐西马长老谈到了一些关于他的信仰的话题。我们把这些谈话的题目整理在一起，摘录在下面，分析一下其中的线索：

关于俄罗斯修士及其可能起到的作用的二三言；

论主与仆以及主仆间能否在精神上相互成为兄弟的二三言；

论祷告，论爱，论与彼岸世界彼此相通的问题；

能否做同类人的法官？论信仰到底；

论地狱和地狱之火，神秘的议论。

俄罗斯修士，代表着一种心灵的高度。他们的存在本身就意味着探寻真理的道路，他们为百姓指引着信仰的方向。

他们以自身的苦修，在艰苦环境当中锲而不舍的灵性历练，感染着仍然没有离弃信仰的俄国百姓，他们是精神信仰的路标，百姓心灵的守护者。

主人、仆人，不过是一种表面上的偏见，"外邦人有君王为主治理他们，有大臣操权管束他们。只是在你们中间不可这样。你们中间谁愿意为大，就必作你们的佣人。谁愿意为首，就必作你们的仆人"。

同时，我们不能做任何人的法官，因为审判者只有一位，而我们每个人都有太多的过犯和亏欠。我们只有坦诚自己的罪，并感受、承担别人的罪，才能真正通过磨炼找到内心的平静。

佐西马长老一向认为，这些深刻的道理，包括承负一切人的罪，为首的必降为卑，等等，都不是属于这个世界上的知识，这些真理来自于彼岸世界，他们在这个世界上只是一颗脆弱的种子，一个微小的火种，但是却与彼岸世界相通，与真理的源泉相连，这是人类唯一的希望与力量。这些力量会转化成爱，真挚的爱，非功利的，毫无保留的爱。这种爱不是源于被爱，而是在彼岸世界中的精神光芒指引下的爱的联合。祈告便是与彼岸世界的相通。

这样一来，问题就已经看得很清楚了。佐西马长老正是通过彼岸之光的象征找到自己生命的意义，了解"自我"和"他人"，懂得怎样处理"自我"与"他人"的关系。因为光明之子就是在全然无罪的情形下，承担所有人的罪，代所有人受死。

发现黑暗之中的光明，发现最堕落的人身上仍保留彼岸象征形象；教导爱人，并尊重人的自由。

"这种内在的震颤发生时，疲惫的灵魂突然感到一股强烈的、几乎是非人间的情感振奋起来，'个体对生命的感觉和自我意识几乎增加了十倍，他的智慧和心灵都照耀着不寻常的光亮；他的一切激动、一切疑惑、一切不安，一下子都平复了，融化成一种高度的宁静，在这种宁静里充满明朗、和谐的快乐和希望，充满理性和真正的原因。"（《拯救与逍遥》）

时间消失了……

吞下恶之事实的硬骨头

  以牙还牙、以血还血

以眼还眼 进而 冷眼旁观、讥善嘲弱

  歃血为盟 到嗜血魔舞

终极：骨仙、血魔 噬灵者

  （虚空的虚空：自我灭迹；吞灵魔：歃他血……）

伊凡——《卡拉马佐夫兄弟》

彼得·韦尔霍文斯基——《群魔》

希加廖夫——《群魔》

鲁迅——《野草》

终极噬灵者：宗教大法官——《卡拉马佐夫兄弟》

离经叛道、心猿意马

  灵性平和宁静的反例

拉基京——《卡拉马佐夫兄弟》

无目的性、无欲求、弃逻辑

  灵动……梦幻 与灭寂

灭寂 中的梦幻

  寂灭灭寂 与幻化化幻、

   梦幻、迷影……

   无我 与真实

放弃概念、区分、头脑和欲望……自由、爱、真实与观照、"当下即是"的"真实"，"突临而至"……

> 无为无不为、灵动自为……
> 自然而然
> ——我之所是
> 无欲之刚
> 或隐或明
> 如露如电
> 如梦如幻

顾城——《生生之境》

克里希那穆提——《生命的注释》

智慧与觉醒的否定性品格：

"我们必须找出什么是最高的思考形式，不然就会产生混乱……"

"难道最高形式的思考不是否定的吗？所有的知识不是一个定义、结论和肯定性声明的集合吗？肯定的思想是以经验为基础的，它总是过去的结果，这样的思想永远不能发现新事物"。

"肯定的思考根本就不是思考；它只是那些已经被思考过的问题的变相延续。它的外形可能时时改变，这取决于愿望和压力，但肯定思考的核心总是传统。肯定的思考是一个顺从的过程，顺从的头脑不可能处于发现的状态"。

"我们不是在攻击知识或者为它辩护，而是试着了解整个问题。知识只是生活的一部分，不是全部。当局部自认为是最重要的，就像它现在扬言要做的一样，生活就变成肤浅的，变成一条单调乏味的、具有灾难性后果的途径，人们可以借此以各种形式的转移和迷信来逃避。光有知识，无论多么广泛地和聪明地放在一起，都不能解决我们人类的问题。认为知识能解决问题，这将会招致挫折和不幸。我们需要某种更深刻的东西。一个人可能知道仇恨是徒劳无

益的，但要摆脱仇恨却完全是另一回事。爱不是一个知识的问题"。《生命的注释》

知识的限度：

"知识是重要的，因为没有它，我们就必须重新开始经历我们存在的某些领域。这是相当简单清楚的。但是积累的知识，不管多么多，可以帮助我们领悟真实吗？"

"真实必须是新鲜的、生动的（……）它不是可以被重复的经验；它没有延续性，是一种不受时间限制的状态"。《生命的注释》

社会意识形态中的"去目的性"

  反强制、崇自由

哈耶克——《自由宪章》

    《法律、立法与自由》

    《科学的反革命》

    《哈耶克论文集》

埃斯沃斯·托黑向彼得·吉丁最后阐释的无与伦比的统治与权力

霍华德.洛克的最后陈词——坚定到底的个体价值

托黑——《源泉》

洛克——《源泉》

风中摇曳的芦苇、无个性的人

  拜金、追逐名利

市井之徒、庸俗鄙陋

  平庸之恶、乏善可陈、胸无点墨，

没有多少好心眼，又坏不到哪去……

  酒足饭饱的市侩无赖！

加尼亚——《白痴》

彼得·吉丁——《源泉》

霍赫拉柯娃太太（在这等人的脑子里，竟也钻出了信仰的

鬼念头）——《卡拉马佐夫兄弟》

给老底嘉的信

"我知道你的行为，你也不冷也不热，我巴不得你或冷或热，所以我必从我口中把你吐出去"。

专论：斯塔夫罗金——《群魔》

斯塔夫罗金尝试了自身所有的品性、开放了所有的思维，所有他能做的事情他都走到了尽头，最后就连生命也亲手了结。由于本稿无力精确的复制他的内心世界，所以我们征引他本人的话，他在给达莎的一封信中说到了自己的一点心声：

"我曾经到处尝试过我的力量。这是您劝我的，'以便了解自己'。在这类为了我自己，也为了显示我自己而做的尝试中，就像过去我在我的一生中所做过的同类尝试一样，我的力量是无限的。我曾当着您的面挨了令兄的一记耳光，但是我忍了；我还曾公开承认我结过婚。但是运用这力量又何苦呢——过去我从来没有看到这样做有什么好处，现在也看不出，虽然您在瑞士的时候曾对此予以鼓励，我也相信了您的鼓励。我依然像素来那样：可以希望做好事，并由此感到高兴，与此同时，我也可以希望做坏事，也照样感到高兴。但是这两种感情像过去一样永远浅薄得很，从来不十分强烈。我的愿望太不足道了；它不足以支配我的行动。抱住一根原木可以泅渡过河，可是抓住一根劈柴却过不了河。（……）对于一切都可以无休止地争论下去，可是从我心中流出的只有否定，谈不到任何舍己为人，也谈不到任何力量。甚至连否定也流不出来。一切永远是浅薄和萎靡不振。（……）我知道我应该自杀，把自己跟个等而下之的虫豸一样从地球上消灭掉；但是我害怕自杀，因为我害怕表现出舍己为人。我知道这又是一个骗局——

是无尽无休的骗局中的最后一个骗局。仅仅为了表现舍己为人而自欺欺人，这有什么好处呢？我身上永远不会出现愤怒之情和羞耻之心：因此，我也不会绝望。"（《群魔》）

昏暗、混乱的夜，黎明前萌生着曙光的雾霭。

斯塔夫罗金"由个性诞生的、由个性释放的混乱的疯狂中精疲力竭，消耗殆尽"。

作为一个从"渊深"中发轫思想的伟大精神先贤，别尔嘉耶夫非常喜爱斯塔夫罗金的精神象征，并寄予深沉的厚望……

"我们与陀思妥耶夫斯基一起将期待着尼古拉·斯塔夫罗金的新生——一个美男子，一个有力的、充满魅力的、天才创造者（……）他枯竭的、堕落的、很难不恨又不能不爱的个性将会重新被塑造。无限的愿望与渴望必定会在神圣的维度中被充实和实现。世间的生活葬送掉了一切无限的东西。无限现在还不能被实现。但弥赛亚的盛宴将会来临，斯塔夫罗金将会出现在这盛宴上，在那里他将会满足自己无限的饥渴和无限的欲望"。

但是目前，在这个混乱的无休止的雨夜，在无限黑暗中……

斯塔夫罗金"没有自己的出口，而只有来自于他的、正在消耗他的释放物。他没有保持住、没有聚集自己的个性。只有走出自身到另一个人中去，与之实现真正的结合，才可以造就个性、巩固个性。如果不能在爱、认识或行动的创造性的行为中走出自身，而只在自己的释放物中消耗，这只能诱惑个性、瓦解个性（……）疯狂取代创造——这就是《群魔》的主题"。（《陀思妥耶夫斯基的世界观》）

吉洪，相遇斯塔夫罗金——向斯塔夫罗金透露的"心意更新"法则：

"假如您相信您能够自己宽恕自己，而且您在现世界就能得到这种宽恕，那您就在相信一切了（……）即使您没有做到自我和解和自我宽恕，他也会因为您想要这样做和因为您受了大的痛苦而宽恕您的……因为在人类语言中还没有这样的词和思想足以表达羔羊的所有道路和缘由，'直到他的路向我们明明白白地敞开为止'。谁能拥抱辽阔无垠的他，谁就能懂得无穷无尽的一切！"（《群魔》）

斯塔夫罗金——公爵和雄鹰；猥琐、萎缩的人格；（头朝下面向深渊和向上仰望星空……）极端中的极致……

发起决斗，却犹疑放枪，打向天空、也可以射穿对手的心脏、还奢望饮弹身亡……又恐惧、却兴奋、还狡狯。

众目睽睽之下忍受住了沙托夫的耳光；蔟身鲜花丛中，却在众心捧月的神圣殿堂里，逃向野火焚烧、淤泥裹体的"瘸腿女人"……

永远的二元论者，善与恶、癫狂毁灭与柔弱苦楚、杀戮暴虐与逆来顺受、爱到极致与机械僵死、狂笑狰狞与默默低垂……永恒的创造力与未完成性，爱中带恨与恨中带爱、罪恶中的祈告与光辉形象下的一丝狡狯狞笑、扣动扳机前一秒钟的相拥与拥吻喜泣后下一秒钟的噬咬、光芒灼耀的太阳中显现的黑子与晦暗昏愦的潮湿地下室里的烛光和诵读福音书的妓女及其手中紧紧攥住的沾染良心血渍的杀人犯颤抖的手指……

灯油耗尽，却未照亮前行的路……

但，毕竟，曾经燃起过光芒

只不过，至死，未悟醒：

灭与生

尽头是再生的起点

复生的力量

韦尔西洛夫——《少年》

斯捷潘.特罗菲莫维奇——《群魔》

专论：韦尔西洛夫和斯捷潘·特罗菲莫维奇

淡 出这世界 淡化代表这世间的标志
　　　金　权　欲

拯 救灵魂 分担苦弱 向这个世界展示带有彼岸之光的生命品格、情怀和气质……
然 需要通过什么方式 和途径呢？

人 生有三件事不能不重视
信仰　创造力　审美

灵 性生命 其"信"远重于"行和果"
俗世生命 因"行和果"才"信"
这完全就是两重世界中的人

有 一种人，整天刚愎自用、自大自负自利、完全听取不了任何人的意见、完全固执……只想要别人完全为他付出、言听计从，还要完全皈依于他的精神世界、什么拯救啦信仰啦等等，并因此无条件崇拜他无限敬仰他……别人有一点点小错误在他那都会被无穷放大，而他自己有再大的错误，也要在精神层面的幌子下无限缩小，并义正严辞的要求对他施与无穷无尽的宽谅……他无论做什么，都是高尚的、牺牲的、超脱的、精神层面的，而别人无论做什么都是恶俗的、市侩的、不值一提的……对于物质，差一点他都难受，但同时，他还得极度蔑视、嘲笑和贬低它……从正面来说，他是可以做出正常人难以达到的所谓的好和高度，但那是在必须满足他上述条件的前提下，而且耐性短暂、随时随地可能心血来潮激情澎湃，也可能把正常的事情败乱的一塌糊涂、昏天黑地……离他远了不行、离他近了也经常容易被打击摧毁……而且，这些复杂的性情随时处在反复繁复的嬗变当中……同样的物事，在他眼里两级跳跃、颠三倒四……这可能是极其罕见的一种人格分裂，或者干脆就说，具有重大人格障碍……极有可能，教训惨痛、害及无辜……他自己活着尚可，与他相处的人，难了……可是，在他的世界里，他就是"信"这一切是最高意义……不光他"信"，冥冥之中也有他之所"信"的……

这些人，最要命了，似乎有一些小聪明，不甘于、也不属于平乏无脑的蝼蚁一族；可是却又贻害无穷，甚至贻笑大方……向上，灵命不通，怎么都不通……向下，鄙夷不屑……

抓着一根火柴棒，却想泅浮渡河：救命/要命的火柴棒——实证分析、矛盾律。

矛盾律：眼见为实（真），不见为虚（假）。

用手触摸钉痕的多马。

若：认定其一为真，与之相反的其二就必须为假。

如：黑与白、方与圆。此为黑，就不能为白；彼为方，就不能为圆。黑的白，或方的圆，即是违反矛盾律。

可是，

  这些黑与白、方与圆、相同与相反、矛盾与统一……
又是从何而来？

  观察、定义、经验与累积……

这要命了：凭经验，以前没有的，以后就一定不会有吗？若以后才有的，拿到现在来说，是虚假？违反矛盾律！？从以前到以后，一直有的人说有、有的人说没有，怎么办？眼见为实，指的是谁的眼？耳听为虚，说的是谁的耳？

而，心灵的眼睛、灵魂之音……，又是什么呢？

问题仿佛好多……好多……

矛盾律、实证分析，其名称，应该叫做"睁一眼、闭一眼"，似乎更显得诚实一些……

专论：斯梅尔佳科夫——《卡拉马佐夫兄弟》

上篇

199

关于移山，是隐喻与奇迹的灵性语言。而斯梅尔佳科夫用的却是实证逻辑，它不适宜来表达灵性的事情，而这样做的结果就是完全不在同一维度的自说自话。因为从实证逻辑的"矛盾律"来看，会陷入两难境地：律法说，不得试探……，而一旦萌发移山的意念就难免触及此律（因为移山退敌系出自于我们的头脑与愿望，即以我们的意愿是否达成来探知超然之存有）。结果是：意念之有无或表达与不表达都是错（不表达，说明信仰不坚、犹疑……）。结论：实证分析、逻辑矛盾律，是比较形而下的思想和语言，完全不适宜用其探索和显像灵魂韵律。

这就是我们人类发展至今，给自己挖下的陷阱；更可悲的是：自吞苦果而不自知……

斯梅尔佳科夫（和他的老师伊凡）的反判，从思想史上审查都是从约伯的生命无辜罹难而来。

约伯事件应该从什么维度入手来做精神现象的思想抛入？

人生有的时候就像在玩拼图游戏，生活呈现给我们的景象是一块块被打乱了的小图版；开始的时候，我们每一次都拿起一块来看一看、想一想，翻转一下，对着上面的图像，不知该从何入手，也不知道在最终图像上它会代表什么意义；小图版看多了，也模模糊糊的记住了一些它的样子、形状，就自然懂得把它们进行比较和分类，再尝试着往一起拼一拼；有的刚好拼上了，但不见得对；有的干脆就分错了类别，就把它扔在了一旁，但这也可能不是绝对的；直到手头有了很多的类别，可以有很多图像一起来甄选，也就意味着形成了一套有效的方法和（价值）判断标准；但是，下面这个问题会非常坚决的把我们因初露成功而导致的偏见甚至是有些傲慢的心——给予重重地撞击——重新又拉回到起点（但请注意，虽然重新来过在某种意义上都可以算作是起点，但是此时的起点却决然不同于开始时的那个起点）：可能突然间因为一小块图版而打破已经拼好的一大片布局……

可是说到底，人生终究不是在玩拼图游戏；一般的拼图游戏在开始前就已经把最终的图样告诉了我们；即便是不告诉我们，我们也知道最终会拼成一幅作品……；可是，人生就不同了，如果你随意问问身边的人，"人生有目的吗？等待我们的最终景象会是什么呢？会有最终的景象吗？还是本来就是一场虚无与梦境呢？……"，没等你问完，对方已经如坠五里雾中了；又比如，拼图游戏的一般规则是已经定好了的，是随着这项游戏的概念而捆绑在一起的；每一小块图版不是我们的目的，它是残缺不全的，而我们最终要达到的目标是要把这一块块的小图片拼织成一幅完整的图画或图像；可是人生就又不同了，由于没有见到最终的图像，也不知道生活的本质属性（比如问这样一个问题，生活本来就是残缺的吗？像小图版一样？），更没有一套先定的固有法则（由小图变成大图？）让我们不假思索的去克己遵守；你也可能会说，总归要生活吧！可是，只要我们静下心来稍稍的思考一下，恐怕又要迷茫了；什么是生？什么又是死？我们都没有死过，那又怎么会懂得死？没有死，又何来的生？什么是生活？什么又是人生？皇帝是不是在生活？乞丐过的日子又算不算是人生？这些问题我们应该回答吗？又应该根据什么来回答？即便是答上了，我们回答的对吗？何谓对，又何谓错呢？判断的标准在哪里？衡量的尺度又是怎样的呢？当标准和尺度不一样的时候，又应该以谁的为准呢？而这又是为什么呢？用以衡量标准的标准又在哪里呢？……由于我们没有经历过最终的图景，也不知道恒定的法则，所以难免要四处撞壁，虚无缥缈，

上篇

浑浑噩噩，喜怒无常；最可悲的，是没有了对于美好图景的信念，对于乌托邦的渴望；各种异端就席卷而来了：有时候，我们抱守着一小块残缺的图版，自认为是找到了最终的景象，也因此故步自封、停滞不前，直到慢慢的摸清了小图版边缘的缺口，才会去想象也可能有其他的图片与它相连吗？有的时候，我们干脆就把对最终图像的追求给取消了，而等待我们的将是对一块块小图版的扭曲，对自身心灵的轻薄与践踏；甚至干脆就终结了整个游戏，把图版扔在一旁，当然我们不能把生活也像图版一样随手丢弃，除非自杀或者疯掉，屈原选择了前者，而尼采选择了后者。

显然，在约伯的事件当中，我们的关注点或者切入点，是约伯的无辜受难。然而，谁也无法说明，这最终的图形是什么，包括当约伯最后恢复了原有境况后，我们也无法切身了解或预测约伯的日子和身心的真实处境（特别是精神断裂后的深层现象）……因为，只有一位，据说能够并且已经看到过全幅图景。所以，信，是我们与这一渊深的灵命沟通的唯一方式，也是我们盼望最终图景的唯一方式。一切爱和盼望就是从这"信"中而来。放弃了信，或者靠在了别的什么东西上，就像天摇地动的时候脚下踩着一根稻草一样，没有根基，浮萍漂泊本无根……一切也就消散了。

毕希纳说："您看，这是一个美丽、牢固、灰色的天空；有的人可能会觉得有趣，先把一根木橛子揳到天上去，然后在那上面上吊，仅仅是因为他的思想在是与不是之间打架。人啊，自然一点吧！本来是用灰尘、沙子和泥土制造出来的，你还想成为比灰尘、沙子和泥土更多的东西吗？"

你的眼睛所能望见的视阈本是有限的，怎能测度那无限的事物呢？

世人凭自己的智慧，不认识这灵性的知……所以，灵知，

就乐意用人所当作愚拙的道理拯救那新的人（……）《林前》［罗戈仁说梅诗金会成为一个愚拙的人，灵知者，爱你这样的人……］

补：移山填海，指的是我们的经验观察吗？就像拿起一只水杯放在别处一样？是以我们的头脑、概念以及理解对效果所作的定义吗？移山退敌，是出自于我们的头脑、来源于我们的愿望……以我们的头脑、愿望或标准来品评一种现象，其结果自然也不会超出我们的头脑与思维……以我们的头脑为依凭所得出的所谓结论，能说明问题吗……我们的思想，来源于过去、经验累积和想象以及所设定的区别和区分……它能够、可以代表"真"吗？排除我们的头脑与思想以及品评，剩下的是什么？能够剩下什么吗？如果有，把它放在约伯的灵魂天平上称量一下，再与移山填海的事关联起来，能得到一种精神现象？……

荒漠中即将枯萎的"太阳花"（又：异域的光）

专论：霍赫拉柯娃太太——《卡拉马佐夫兄弟》

佐西马长老劝慰一位信仰犹疑的霍赫拉柯娃太太：

"用积极的爱的经验。您要努力，去积极地、不倦地爱您周围的人。您在爱中取得多大成绩，您就会随即逐渐确信上帝的存在和您的灵魂的不死。如果您能在对他人的爱中做到完全忘我和克己，那时候您就会坚信不疑，甚至任何怀疑都进不了您的心灵……"（《卡拉马佐夫兄弟》）

霍赫拉柯娃的精神现实主义报告（爱，行在幻象中，种子种在现世的荆棘丛……）：

"积极的爱？但是问题又来了（……）您瞧，我非常爱人，您相信吗，有时候我真想撇下一切，撇下我所有的一切，撇下 lise，去当仁慈小姐（护士）。我闭上眼睛，琢磨呀，幻想呀，在这样的时刻，我真感觉到自己身上有一种遏制不住的力量。任何伤口，任何溃烂的脓疮都不能把我吓退。我一定要亲手替他们包扎和清洗，我一定要做那些伤员的看护妇，我情愿去亲吻这些脓疮（……）但是过这样的生活我又能坚持多久呢？（……）我闭上眼睛，扪心自问：我走这条路能长久坚持下去吗？假如一个病人，你常常给他清洗脓疮，他非但不立刻对你表示感谢，反而对你横挑鼻子竖挑眼，不珍视，甚至对你仁爱的服务熟视无睹，冲你嚷嚷，对你提出无理的要求，甚至还向某位上司告你的状（就像有些重伤员常常发生这种事情那样）——那时候怎么办呢？你的爱还能不能够坚持下去呢？就这样，您瞧，这事我已经不寒而栗地决定了：如果有什么东西能使我对人类的'积极'的爱立刻冷却的话，那，唯有忘恩负义。一句话，我做事需要回报，我要立刻得到回报，即对自己的夸奖和用爱来答谢爱。否则我没法爱任何人！"（《卡拉马佐夫兄弟》）

佐西马长老讲了另外一位先生的心灵供诉，对霍赫拉柯娃太太的说法间接感同……

"'我爱人类，但是我对自己感到奇怪：我越是爱整个人类，就越不爱个别的人，即彼此分开的、单独的人。'他说，我在幻想中常常非常热切地想为人类服务，为了人，我会当真走上十字架也说不定，如果鬼使神差，突然之间有这个需要的话，可是我凭经验知道，如果我跟任何人同住一个房间，连两天也住不下去。只要他离我稍微近一点，他这人就会压迫我的自尊心，束缚我的自由。一昼夜内我甚至会对一个最好的人产生恨：恨这个人是因为他吃饭慢，恨那个人是因为他得了感冒，老擤鼻涕。他说：只要有人稍稍碰我一下，我就会成为这人的仇敌。然而又常常会发生这样的事：我越是恨个别的人，我对整个人类的爱就变

得越强烈。"《卡拉马佐夫兄弟》

爱远处的人容易，而爱近处的、身边的人却存在着许多障碍和实际困难。这就像经常发生的那样，发表一些宏图大志的议论，却厌烦身边的事情。

当身临其境的时候，总是会或多或少失去一些判断力、耐心和热忱。

情景：怀揣着热爱人类、为疾苦的人奉献毕生的梦想，却对路边忍受冻馁的乞讨者视而不见……

其实：这种精神现象往往和对待生命的意义与价值的看法有关。

首先是这样的，对于人的存在状态、生命的深度有一定的了解，信仰纯洁而坚定，对于苦难和痛患具有敏锐感，心灵常存爱的感动。

其次，它不在某个遥远的地方或期盼中的未来，而就是脚下的道路和身边的人与事。

能在身边的事情中体会出新的意义，并以这种观念参与其中吗？

爱近处的人，反象：彼此隔绝。

"'什么彼此隔绝？'我问他。'也就是现在到处占统治地位的彼此隔绝，尤其在当代，但是它还没有全部结束，它的末日还没有降临。因为现在每个人都极力使自己突出于众人之上，想要充分享受生活的乐趣，结果适得其反，他们绞尽脑汁，非但没有充分享受到生活的乐趣，反而形同彻头彻尾的自杀，因为他们非但没有确立人之所以为人的东西，反而陷入彻头彻尾的与人隔绝的状态。因为在当代，所有的人都彼此分离，成为一个单独的人，每个人都钻进自己的洞里，与外界隔绝，每个人都对别人敬而远之，躲着别人，有什么东西就藏起来，弄到后来，非但他们自己与别人疏远了，甚至也不让别人去接近他们。'（……）"（《卡拉马佐夫兄弟》）佐西马长老的最后旨论：

"（……）在您做了这样的坦白之后，我相信您是真诚的。而且您的心也是好的。即使您得不到幸福，也要永远记住，您这样做走的是正路，千万不要离开这条路（……）对人对己不要求全责备：您觉得自己内心有可憎的东西，只要您注意到了，就等于把它洗净了（……）永远不要害怕在达到爱的历程中您自己表现出的畏缩不前，同时也不必太畏惧您这样做的时候难免会出现不良行为。遗憾的是，我对您说不出任何足以使您感到宽慰的话（……）而积极的爱，乃是一件持之以恒的工作，对于有些人这也许是门大学问。我敢对您预言，甚至在这样的时刻，当您惊骇地发现，不管您怎样努力，您不仅达不到目的，甚至好像离开您要达到的目标更远了——就在这样的时刻，我敢对您预言，您会突然感到柳暗花明，达到了目的，清楚地看到君临您之上的主创造奇迹的力量；您会清楚地看到，主一直在爱您，主一直在冥冥中指导您（……）"（《卡拉马佐夫兄弟》）

［现在，问题倒置：异域的光，与荒漠中即将枯萎的"太阳花"……

  信与爱乃一体两面：
   无信即无爱
    无爱即无信
   无信的爱即虚妄
    无爱的信是幻象与欺骗
  信与自由仍系一体两面：
   无信仰的自由是虚无
   无自由的信仰是强制］

附：几种态度

陀思妥耶夫斯基在信中写道：即使在小范围内为人表率，那也是一件极为有益的事情，因为这影响到数十个甚至数百个人。不说谎和老老实实过日子的强烈愿望会使您周围那些轻率的人感到羞愧，并且对他们产生影响。这就是您的功劳。在这方面可以大有作为。

韦尔西洛夫："我忽然意识到，我之为思想而奋斗，绝没有解除我作为一个有道德、有理性的人应尽的义务，我有责任在我的有生之年，至少让一个人得到实际的幸福（……）因此，必须务实，身体力行，必须至少使一个具体而又现实的人得到幸福，这样才会真的改变一切，才会使这个有心为善的人面目一新，焕发出精神与活力。"

韦尔西洛夫甚至把上述说法称之为任何一个智力发达的人必须遵守的金科玉律。而所谓"智力发达"，似乎应是"灵命的清直与通坦……"

伊波利特在《我的必要的说明》里也写过："一个个人之接近另一个个人，在被接近的这个人的命运中将会具有怎样的意义呢？……要知道，这是整个生命之树以及我们看不见、摸不着，无从知晓的多得不可胜数的分杈（……）您投下您的一颗种子，投下您的一份'施舍'，以及您不论用什么形式做的一件好事，也就是向别人献出了您身上的一部分，并把他人身上的一部分化为己有。"（《白痴》）

32.39 萌芽

人来到这个世界上他的真正的生命是从认识事物懂得道理开始的这个过程的起点以打开既往思想史的书籍为标志我们总是从他人的想法和观念中学习认识事物的方法和了解其中蕴含着的道理慢慢的思想增量到某种程度观念突进到

一定的阶段我们就不会局限于模仿倾听先贤的思想反而会有自己的意识这种转变我们称之为自主性或独立性地下室手记是这种转变的代表性作品在坚持自我的观念和原则这条道路上处于极限的就是布朗德主义而突破这极限到达新的层次就是拉斯科尔尼科夫的生命更新过程新世界的来临从他打开福音书的那一刻起拉斯科尔尼科夫的形象化为梅诗金公爵心智也由拿破仑转变为白痴拥有一颗白痴的心灵仿佛要比做一名拿破仑皇帝困难许多梅诗金的灵魂慢慢体悟到与神秘奥义相连佐西马的信仰可以作为这一切生命过程的总结宗教大法官的传说指明了生命的意义自由与信仰可是我们仍然能在内心中感受到梅诗金公爵的爱与痛这些作品代表着一种真正的人生高度和有意义的生命过程地下室手记罪与罚白痴卡拉马佐夫兄弟

32.40 放弃

放弃是一门隐微的学问精彩的人生往往是由放弃开始的这话你信吗在我们这个时代和我们的社会放弃这个词多多少少带有一些不太光彩的含义也就是说多少有些贬义有时候人们自觉或不自觉地将它与退缩缺乏勇气或不勇敢没骨气联系在一起的确在一些人和一些事情上放弃的做法显露出了它的草率和软弱性比如一个缺乏主见的少年仅因家人的意见放弃了一段美好的爱恋我们会认为他的做法我们并不太赞同也有一些人他们整天嘴里念叨着要放弃可是并不了解什么是放弃也从未打算上升到一种决断的高度以至于真正的要去放弃我们的社会上不乏有这样的人现有的环境令他们厌烦比如工作时间太长没完没了的加班机关算尽的人群对所从事的工作完全没有兴趣乏味又有损于健康的应酬等等所以他们整天嚷嚷着要辞职要离开这个环境要去寻找

自己的梦想可是话音未落又满脸堆笑的尾随在上司的身后点头哈腰的解释问题尤其是当他们在报纸上看到工作难找回家后听说小孩刚刚喝光了所有的奶粉他们就更不敢妄谈有关放弃的话题了甚至还会自我批评控告嘲讽一番并立意痛改前非彻底打消不该有的念头其实不知道你有没有发现针对放弃的放弃竟然也是一种放弃这样一来问题就复杂了我们所谈论的放弃究竟是什么意思呢回答这个问题可以从衡量问题的标准谈起简单地说就是为了什么而放弃什么我想首先把我的想法说出来按照我的理解如果为了一个较高的目标而放弃一个相对次级的目标可参考的依据也比较明确它的结果是根据功利等级原则推导出来的那么这就不能叫做放弃比如公务员为了有一个高等级职位的机会而离开了现有环境就不能叫做放弃而是一种逻辑上的对比选择关系相反如果为了一个相对不确定模糊带有精神理念和臆想色彩的事物或目标而放弃现有的相对比较确定更为成熟的环境才趋近于我们所说的放弃的概念人们常说为了理想而放弃现实就多少是这个意思

下 篇

存在与术艺
　　——随札：律师的杂艺

　　　　　　生命的维度与巧度
　　一种联结
　　　两个空间的通道

哈耶克

为了生存，人必须有所动作；为了有所动作，人必须做出选择；为了做出选择，人必须明确价值规范；为了明确价值规范，人必须知道他是谁以及他在何处，即他必须知道自己的本质（包括他获取知识的方式）以及他所生活的世界的本质，再确切说，他需要形而上学、认识论、伦理，也就是说，他需要哲学理念。他无法摆脱这样的需求；他唯一可以决定的是自己选择引导他的理念还是任凭机会安排。

——安兰德

　　王尔德曾经说过两句话，挺耐人寻味：
　　当一朵红玫瑰希望成为一朵红玫瑰时并非自私自利，只有当它让白玫瑰也变红时，才是利己主义自私自利；
　　利他主义在于让别人过他们的生活，不掺合进去。

下篇

35 律师的杂艺

35.1 传统平面化的业务发现过程

> 分配与等待
> 社交与游离
> 网络媒体
> 客户衍生
> 产品推介
> 自组织

35.2 平面化还是立体化？

复杂现象论 跑得快不见得赢得比赛；好人不一定得到赞誉；能力强不一定挣得资本；经营优质期的客户不见得需要你的工作，危局中的公司对于专业人士的锻炼锤造使其能力得到激发与潜力的巨大提升，但不见得能赢取收入；面包是需要的，专业技能更令人欣喜，利用思维智慧与专业技能去创造价值使人激动和向往……但现象背后的精神思维是冲突与矛盾的，手拿面包的人想以最少的面包获取你创造的价值，而你却想以最适当的付出赚取更多的面包……过去，是头脑的经验累积；未来是勾划与想象；当下，是包含着诸多不满的真实；过多的关注未来，容易跌倒在当下的路上并质疑过去的存储与收获；一直陶冶在过去的回味中，就损伤了通往未来的当下机遇（拿着芝麻绿豆反复把玩，就像告诉一个眼睛近视的人：快看，十米之外的……）；追求结果，却被追求绊倒；幻想着光芒，却被光芒灼伤了双眼……发现当下的"真实"，是觉醒力的开端……头脑的区分、概念、逻辑……只适用于简单现象。在矛盾冲突对立的复杂现象里，自由演进、持恒变化和创造与割舍自身利益的诉求……变得值得玩味。

马太效应 壹 已有的，还要加倍给他，使他有余；没有的，连他所有的也要拿走。我们的大自然经常喜爱胡闹：乌云飘过干旱的田野，却在大海上空下起了倾盆大雨。

马太效应 贰 林肯：你不能通过削弱强者来增强弱者……你不能通过摧毁富人去赈济穷人——你不能不断通过包揽一切来帮助那些自己能够做到、也应该做到的人。哈耶克："的确，在文明的社会中，个人之所以有能力追求更多的目的，而不只是满足他最为紧迫的物质需求，与其说是因为他能够获得更多的知识，还不如说是因为他能够从其他人所掌握的知识那里获得更多的益处。的确，一个'文明的'人可能极为无知，甚至比许多野蛮人更无知，但是他仍然可以从他所在的文明中获得极大的益处"。继续：一个整齐划一的行业或社会不真实、也不存在；它也是最没有吸引力、更是不值得去经历的"浪费生命"的幼稚想法……马太效应中，前一级的人为其他的人打开了空间和高度；这是一个互动秩序，前一级的人总是更替存在，就像后一级的人更替存在一样……谁也不会因为电灯不是自己发明的就拒绝使用……可也没有因为生活在有人发明了电灯的时代而感到欣慰，反而或许还心存狡狯……

平台效应 退而结网、退而结网、退而结网……通过（法律服务）自身为平台，以平台的资源流量产生交易，从而使得平台参与主体实现共赢，平台自身收获交易收益和业务收益之双赢。

35.3 立体化 贰

初逢

  准备　付出

    充裕的时间

    宣传推介

    展示品质

  判断　获取

    行业范畴

    在其行业所处层次

    预设交集圈与范围

    财务能力

    道德层次、品性与基本性格分析

　　　　　分析与解决思路或方案之初步展示
　　　　　　侧重性
　　　　　　点面结合与度
　　　　费用
　　　　　　分层理论
　　　　　　根据时间核算成本
　　　　　　整体长期式

35.4 立体化 叁

承办
　　锁定事实
　　厘清关系
　　制作图表
　　　　争端：请求权基础
　　　　商务：交易结构
　　以笔带脑
　　内部讨论
　　外部咨询
　　锁定人员

35.5 立体化 肆

维护

35.6 立体化 伍

蜘蛛网

下篇

35.7 立体化 陆

产品=？
创造思维：
 通过已有发掘潜在
  做事的姿态
   解决问题的思路和方法
    帮助资源拓展资源
 方法产品=综合：法律要素社会民间规则层次、顺序
 有形产品=文字产品？形象产品：仪；礼；态；象
 谈话沟通能力=语言的逻辑性、准确性、凝练、深广、技巧、诙谐
 EBM（education based marketing）指导式推介
 能力，思维 沟通 文字
 心态，时间配置 多思路 多声部 多套路
 面对，语境 环境 矛盾

35.8 语言、书写与职业

语 言和书写伴随我们一生，尤其在我们的职业生涯中，反复甚至繁复的使用概念、逻辑与分析论证方法。但，语言和书写的内质并不在于直达或通达"明境"与"洞穿"。

而 在于"观演"与"面戏"……

从 法律职业上来说，对于所有的商务法律事务、对于所有的纷争处置，均来源于从"直感"到"直感"的"启示"过程……从开始，就已有"感觉""方向"和"预设"。法律文书、司法过程……技术之艺，不过是加强直感的

　　　　"随附""外显""显象"与"现象"……

言　有尽　而意无穷
　　法之理　在法外
　　法是言，是形式与显象；
　　理是意，如梦如幻，无形无体、似有非有似无非无、无尽亦无穷
　　有限是无限的局部显象与现象
　　商务法律事务和司法过程的果效，无非是错综复杂的世界中部分"显象"和"现象"。

　　　　　　　　可求、可索、可论，但
　　　　　　　　更真实的——是偶遇。

35.9 理论的意义

理　论，分为对于职业向度、价值的哲学和法理及法哲学
　　　理论的涉足，是职业感和职业技术能力的深层积淀，
　　　深刻把握职业内涵、洞悉人与事的显象背后之深层
　　　的蕴含、灵活适用浮显的条文、规则、程序……

35.10 文本能力

信　真实　有的放矢
达　准确　逻辑清晰
雅　美观　舒心
透　穿越　揭示　默会规则——未被文字表达
　　　　　　　　　　深涵在思想与行为准则中

35.11 契约法律人

35.11.1 弁言

题记
王泽鉴教授在其系列论著《债法原理》中曾有一款提到名为"契约法律人"的篇什：

概念
该文脚注中记："所谓契约法律人，乃德文 Vertragejurist 的迻译，指从事磋商、规划、订立契约"的法律工作人士。

风格
"契约法的教学研究或实务，多涉及法律的适用、契约的解释，乃在解决争议"，"此等争议的案例，契约当事人必须再行磋商，提交仲裁，或诉诸法院，不但耗费成本资源，而且造成对立，影响交易关系"。"传统的法学教育偏重于训练处理此类争议案件的所谓'司法法律人'。预防争议于前，胜于处理纠纷于后，引进预防争议的法学教育，培养法律人形成契约的能力，应有重视的必要"。

要求
"契约是一种计划。契约形成乃在从事契约的设计和规划，运用法律所提供手段的可能性，就契约上的危险做必要的合理的分配，以确保或实现契约所要达成的目的。"

能力
"能将法律的规定（如关于支付价金、交付移转标的物的义务）更近一步地加以具体化。应考虑如何排除或变更法律所设的任意规定（如关于瑕疵担保责任），增订法律未明定的事项，以适应未来可能发生的情况。"

35.11.2 原理与实操

原理（以一名律师实务人的经验观察和思维角度下的札记）
原理=经验累积（硬件）+思维方法（软件）

硬件部分

合同交易过程三段式和合同法规范旨要三段式的抽象框架

合同交易过程三段式

商约→缔约→履约（履约　变约　违约　止约）

规范要旨对应

商约	缔约	履约
要约与承诺规则	合同的成立与生效	履行抗辩权
缔约责任	附条件与附期限	涉他履行和履行辅助人
合同解释规则	无效和可撤销合同	合同变更
	围绕给付具体操作	违约责任
	的非通用规范	合同终止
	合同转让	合同争议处理

合同交易文本的通识结构（24 项）

  扉页
  目录
  标题
  主体时间地点
  前言（"鉴于"条款）
  正文
    正文核心交易条款
    标的
    价格
    给付（具体操作条款）
  正文通用条款
    术语定义
    先决条件
    陈述和保证
    生效和终止
    保密责任
    违约责任
    不可抗力
    争议的解决
    法律适用
    变更
    通知
    可分割性
    语言
    文本签约份数
  签署页
  附件

合同交易文本通识结构的三段式
首部与尾部
  首：扉页
    目录
    标题
    主体时间地点
    前言（"鉴于"条款）
  尾：签署页
    附件
正文核心交易条款
  标的
  价格
  给付（具体操作条款）
正文通用条款
  术语定义
  先决条件
  陈述和保证
  生效和终止
  保密责任
  违约责任
  不可抗力
  争议的解决
  法律适用
  变更
  通知
  可分割性
  语言
  文本签约份数

下篇

交易过程分段式与合同交易文本通识结构的分段式对位

商约　　　　　缔约　　　　　　　　履约

首部与尾部　　正文核心交易条款　　正文通用条款

软件部分

探寻"法律效果"基础理论

契约制作与解决争端思维核心之不同

解决争端的思考逻辑：
谁得向谁，依据什么规范或合同条款并对位哪些实事证据，求得相关法律效果

契约制作的思考逻辑：
谁得向谁，依据相关规范及拟制作的本合同条款并组合既定的事实证据，求得什么法律效果

两个"什么"的位置不同，寻求的目标不同，一为"找法、找依据、找证据"；一为"据法、据事实"而找拟做成的"法律效果"。

更进一步地说，从工作内容的角度，两者有着趋同的或重合的工作部分，即："找法、找依据、找证据"在契约制作与解决争端两项工作中均有涉猎。在解决争端中，"找法、找依据、找证据"成为其核心工作之重，因"相关法

律效果"系其工作伊始于内心给定的工作目标；而于契约制作当中，"找法、找依据、找证据"却成为其前提性准备工作，寻找所参定的法律、法规、规范性文件、商务惯例、合同经验模版、本例事实基础以及必要的尽职调查工作（……）仅作为前提性准备工作，据此（法、事实、商务诉求）做成哪些"法律效果"才是其核心工作，探寻法律效果及保障该法律效果的组构要件元素并将其转化为合同部件为核心工作之重。

探寻"法律效果"之例证：
一如所有关于给付的条款设计（价金及支付、所有权转移及登记等），均是要做成法律变动之法律效果（比如房屋买卖）。
二如股权转让合同中的"陈述与保证""披露事项""过渡期"等相关条款，即是要做成出卖方关于标的之瑕疵担保的法律效果。
三如房屋租赁合同中关于"安全使用""修缮""不得转租"等，即是对出租方作为所有权人其在法律上的物之所有权的保护法律效果。

探寻法律效果之"范围"：
法律规范中法律效果的识别（可形成体系）及保障该法律效果的法律要件（拆分组构为合同条款）［如最高法最新意见里边关于通知与送达的规定根据条文做成法律效果］
合同之诉的案例中
商业交易的经验与惯例中（如我们通过了解银行开立股权价款支付的资金监管账户的开立、使用等过程将其立即转化为合同"给付"条款中的具体操作部件）

35.11.3 散记

逆向思维：根据规范和商业交易的目的寻找法律效果，再根据法律效果的构成要件和该种交易的风险经验及商业惯例构思核心交易条款的布局。

本稿法律效果的定义：根据法律规则、符合法律规则并被法律规则所认可的事实与行为的变动。合同文本追寻的是法律效果。

写作的艺术之美，关于扉页、目录、格式及全稿设计可以以及应当蕴含写作之艺术。

一例新的 case 之制作思路：通用框架、通用条款、通用文美，加上个案变量，核心变量就在于"给付"条款中，也就是具体操作条款当中，以法律效果探寻的思维方式拟制具体操作条款，探寻法律效果及保障该法律效果的组构要件元素并将其转化为合同核心部件。

应该形成并积淀这样一种体系，把法律效果转化为合同部件，也就是应该有一个法律科目，即被转化为合同语言的所谓"法律契约化"，但由于这部分工作不具备也不可能或不应当具备强制性，所以它是参照性的、非统一的、开放的、富有创造性的、只存在于教学和实践中而不在立法当中。

35.12 法律职业与法律事务工作
深度研究纲目

35.12.1 弁言性书摘

……立基于上述理路而建构的"国家与社会"框架所具有

的解释力，还只是在一般层面上而言的，而在中国动态发展的我所谓的"文化非同质"的格局中，此一框架尚缺乏更为具体的解释力。（……）这种整体性概念的核心特征便是它会把一种同质性或实体性强加给它所欲图揭示的对象；正是这种概念的同质性或实体性特征，不仅遮蔽了中国的国家和社会各自内部的非同质性特征——尤其是在中国当下"放权让利"改革进程中国家部门利益化、中央与地方政府以及社会精英与大众的权益分化特征，而且还无力探及国家与社会之间相同质的那个灰色部分。这在某种程度上也就决定了在建构中国社会分析的"国家与社会"框架的过程中，还需要认真追究如何解决或打通一般性解释与具体性解释间关系的问题，也就是如何避免用"逻辑的事物"替代"事物的逻辑"的问题……
（邓正来《学术自主与中国深度研究——邓正来自选集》，更近一步的问题开放参阅邓正来："'生存性智慧'与中国发展研究论纲"）

35.12.2 案件深度研究与精品制造

案件或项目　调查
　　　　主体　法律关系解析图
　　　　形成过程与成因（背景）
　　　　现状与证据
文献检索
　　　　成文法
　　　　判例
　　　　学说论文与书籍　注重对立观点的相互辨析

解读与论证
  对事实的解读
    常识性解释
    科技与物性解释
    推论性解释
  对法律文献的解释
    文义解释
    体系解释
    扩张与限缩
    目的解释
    漏洞与填补
    法益衡量
    ……
  事实与法律的涵摄与整全性解释论证
    三段论式技术性论证
    涵摄：生活事实与法律规范间
      关系的思维过程往复穿梭，
      个殊化事件与法律规范昭示
      的事实条件之契合度，
      从而达致法律结果"预测"
    请求权基础
    历史方法
    道德伦理检视
    政治与意识形态
    经济分析
    文化、哲学解释
    社会学分析
    地方性知识

关系性视角与地方性工作
　　　　　　　　渗透力
撰文
外交工作
　　　　　　　　沟通
　　　　　　　　出席

35.12.3 远方的云、门前的雪、谜雾

舶来的法典、制度
时、空性和背景差异
地方性与支配的较力
忽略个人生存体验
专业定位的虚伪表征

> 西方的知识分工是解释性的、解释西方的自由市场、民主政治与法律繁复演化生成的结果，而绝非自始就被规定与预设的。误读——把事后解释当成事前规划……
>
> 人的境遇的偶然性、个体生命发展轨迹的差异性、个殊化区别极大……如果能事先确定、按部就班，还有什么价值可言，相对于每个个体，未知之局限是终生性的……
>
> 需要极其重视差异化、个殊性、地方性……"关系性视角""熟人网络""亲缘交易"……是市场内在的特殊运作方式……基于这些前提和背景条件

所谓　专业　方向　……

可置换为：

　　　　成长经验
　　　　旨趣爱好
　　　　交往轨迹
　　　　偶然机遇
　　　　自发过程

最后一点说明

"普世主义"和"特殊主义"在变动不居的世界和属世生活中均是"相对的"和"相依存的"

也正因如此

才产生了　期待　色彩　和　滋味

35.13 场域、惯习、自主性

对于如何认识社会现象并对之进行解释，布迪厄向来态度鲜明的主张"要与常识决裂"。这里的"常识"所意指的是那些方法论上的一元论观点。比如，声称社会是具有"整体性、自调性和转换性"（皮亚杰 语）的结构/系统，并认定结构/系统具有先在性的结构主义；主张从互动过程中个体的符号使用为先决条件，心灵、自我和社会不是分离的结构，而是统合于人际符号互动当中的符号主义等等。华康德写道："所有方法论上的一元论，都声称要确立要么结构要么能动者，要么系统要么行动者、要么集合体要么个体人在本体论意义上的先在性"（《实践与反思——反思社会学导引》）布迪厄就是要否弃这种常识性的一元论进路，取而代之以一种"关系的首要地位"，从而使上述结构与能动、集合体与个体等对立模式由于失去了其前设性的判断而不再成为问题或失去了效力与意义。犹如维特根斯坦的生动表述："洞见或透识隐藏于深处的棘手问题是艰难的,因为如果只是把握这一棘手问题的表层,它就会维持原状,仍然得不到解决。因此,必须把它'连根拔起',使它彻底地暴露出来;这就要求我们开始以一种新的方式来思考……难以确立的正是这种新的思维方式。一旦新的思维方式得以确立,旧的问题就会消失;实际上人们会很难再意识到这些旧的问题。因为这些问题是与我们的表达方式相伴随的,一旦我们用一种新的形式来表达自己的观点,旧的问题就会连同旧的语言外套一起被抛弃。"(《札记》)所谓场域,是"由附着于某种权力(或资本)形式的各种位置间的一系列客观历史关系所构成"在布迪厄的视域中,一个分化了的社会,并不会像帕累托(Pareto)所认为的,是诸个庞然一体的集团。或者说,其"不是一个由各种系统功能、一套共享的文化、纵横交错的冲突或者一个君临四方的权威整合在一起的浑然一体的总体。"布迪厄认为,社会应该是"各个相对自主的'游戏'领域的聚合,这种聚合不可能被压制在一种普遍的社会总体逻辑下"。这就是说,存在于我们观念当中的社会并不是一个所有人固守一个价值范式、拥有唯一的道德判断、统合在一种权威之下、共享一套冲突整合模式的同质性社会。而是一种分化为知识、艺术、经济、政治、司法等等场域的,有着自己特色的、各不相同的秩序。场域有几项必不可少的特征:一是某种特定的吸引力,像磁场一样将这种力量强加在所有进入该场域的行动者身上,而这种力量的实质是一种关系体。场域的这个特征可以使我们知道,每个场域都有着自己的价值观和调控原则。在场域内的行动者都会遵守场域内的共有规则,并且把这种规则予以内化;二是在场域的空间限度内,每个加入场域的行动者会依凭自己的资本,根据自己在场域内所占据的位置进行着争夺。也可以把场域比喻为一个战场,"在这里,参与者彼此竞争,以确立对在场域内能发挥有效作用的种种资本的垄断——在艺术场域里是文化权威,在科学场域里是科学权威,在宗教场域里是司铎权威,如此等等——和对规定权力场域中各种权威形式间的等级序列及'换算比率'的权力的垄断"场域及其特征可以告诉我们现代社会分化的一个基本面貌,但是如果我们只将目光停留在场域的逻辑上,难免要走到宿命论、实证论的立场上去。换言之,既然每个人都是场域的屈从者,那么就无法反思甚至摆脱场域的机械性束缚,而终其一生。但是,这恰恰是布迪厄所要否弃的一元论观点。布迪厄的武器便是惯习观念。在布迪厄看来,惯习最为简单的表述似乎是:一种社会化了的主观性。惯习是"生成策略的原则,这种原则能使行动者应付各种未被预见、变动不居的情境……(就是)各种既持久存在而又可变更的性情倾向的一套系统,它通过将过去的各种经验结合在一起的方式,每时每刻都作为各种知觉、评判和行动的母体发挥其作用,从而有可能完成无限复杂多样的任务。"惯习观念的一项功能在于克服实证主义结构论。它突出了知识的观念构建品格,而不是消极被动的复制。惯习是与创造力和想象力相关联的性情倾向。如果没有惯习的认知、解释、预测、决策等功能,想必一个场域也是无法形成的。但是,惯习却不是随意性的创作,它是受到场域的结构限定,而生成于历史过程当中(个体历史与集体历史)。这就把问题导向了惯习与场域的关系上,只有在关系性的互动中,惯习和场域才能够发挥各自的作用。布迪厄在芝加哥研讨班上讨论到:"惯习和场域之间的关联有两种作用方式。一方面,这是种制约关系:场域型塑着惯习,惯习成了某个场域(或一系列彼此交织的场域,它们彼此交隔或歧异的程度,正是惯习的内在分离甚至是土崩瓦解的根源)固有的必然属性体现在身体上的产物。另一方面,这又是种知识的关系,或者说是认知建构的关系。惯习有助于把场域建构成一个充满意义的世界,一个被赋予了感觉和价值,值得你去投入、去尽力的世界。"(《实践与反思——反思社会学导引》)

律师职业有独特的运作机制和准入条件并且存在着对资本的争夺,是典型的律师场域。对一个场域进行研究:"从场域角度进行分析涉及三个必不可少并内在关联的环节。首先,必须分析与权力场域相对的场域位置……其次,必须勾画出行动者或机构所占据的位置之间的客观关系结构……必须分析行动者的惯习,亦即千差万别的性情倾向系统"。律师场域与权力场域间的关系——与政治场域、司法场域和经济场域的关系;律师场域内部的关系结构;律师场域内行动者的惯习。

律师场域与政治场域导致了一种标准和资本的转变,以独立知识判断和业务能力为评判标准和行业资本被悄然的否弃,而偷偷运送到律师场域中的却是各种来自政治场域的官僚逻辑。这种外部的本不属于律师场域的官僚逻辑渐渐成为了律师场域的评价标准和权力资本。在政治场域内的律师场域实实在在是被支配的一极。律师场域与司法场域,只要法官认定支持某一方,其总是能够在法律上给出一个逻辑自洽的判决来。这是最令律师难以龃龉的地方。长此以往,律师无法运用独立的知识预测案件的进程及结果。可以想见,与上述律师场域在政治场域中的情况殊途同归,一种外部逻辑侵入了律师场域。在律师场域的内部流露出一种以与法院关系的厚薄来评价实力的黑暗逻辑。这至少说明，司法逻辑已经或多或少成为了律师场域的评价标准。律师场域相对于司法场域而言，再次成为了被支配的一极。律师场域与经济场域，用布迪厄的角度来衡量，经济资本会转化为经济权力。难以对抗的正是这种经济权力，从取得案源的方式来看，律师掌握有法律资本，也即是转化后的法律权力，但是它远远达不到能与经济权力相对抗的程度。换言之，当事人的委托权对于律师来讲，是职业生命的源泉；而律师的法律业务对于当事人而言却不是唯一的需求。由于没有正确认识到律师场域与经济场域的区别，律师场域受到后者的侵袭、支配也就不足为奇了。

在布迪厄看来，一个场域内部充满了对资本（权力）的争夺。依照律师场域的固有逻辑，律师场域的行动者理应争夺的是法律资本，或者更直白的说是法学知识与业务能力。但是就现有的律师场域来看，情况并不尽如所想。场域内的律师事务所和律师将精力更多的放到了如何争夺案源以及如何对场外资本展开争夺并获得场外支援。这正如布迪厄曾经举出的一个恰如其分的例子：动物行为学家凯洛格在一次实验当中，将一群小猴子关在一个房间里面，把一串香蕉挂在它们无法够到的地方。小猴子们一拥而上，但谁都无法取到香蕉。其中有一只聪明的猴子将另一只猴子推到了香蕉的下面，迅速爬到了它的头上，抓过香蕉就吃。结果，所有的猴子都试图去模仿它，想伺机爬上伙伴的后背。"这个实验说明，其他所有的猴子最后都将'爬上去'这个手段当成了目的本身，而忘记了去够香蕉"。

应当说，在廓清律师场域与外部政治场域、司法场域和经济场域（可以统称为权力场域）的关系，并且厘定了律师场域内部位置间的关系结构，律师场域中行动者的惯习也相应的比较容易查见。因为惯习是一种历史性的性情倾向，它时刻受着场域的型塑。但是，当我们简单的对此套用，并下结论说律师场域的惯习就是对外部场域的支配逆来顺受的话，那么我们肯定会忽略了布迪厄构建惯习理论的真正意义。简言之，惯习虽然无时无刻不受到场域的型塑，但是在任何时候它都保有自己的创造性空间，也正因为如此，场域才会与惯习形成互动，前者也是通过后者才渐渐得以成型的。回到律师场域，我们正是要挖掘惯习在现今律师场域的形成过程中所起到的作用。一俟上文，律师场域遭受着多种外部场域的侵袭，而在其场域内部之中也出现了非场域内资本的争夺。我们没有考察的就是这种外部场域是通过何者而得以侵入到律师场域的内部之中？正是律师场域内行动者的惯习为其大开方便之门。换言之，外部场域从来就不是直接的侵入，而是通过作为行动者的律师与外部场域间的深深的"合谋"而达致的一种入侵。正是这种合谋关系，外部场域的逻辑得以顺利的进入到律师场域，并为与其合谋的律师提供着其自身立足于律师场域中的"合法性"。但是这种合法性却不是律师场域本身所承认的，而是其他场域对律师场域的支配。反过来，这种支配又因为律师场域中这些行动者的做法而得到了强化。举个最简单的例子，律师们总是希望用其所承办的案件标的额或收取律师费的多少，来证明律师的自身价值。这就是一种简单的经济场域的逻辑标准。

布迪厄在谈到社会科学自主性的问题时，曾说到："我就是这么一个绝对不肯让步的倡导者，坚定不移，顽固不化（有些人也许对此迷惑不解，不过我相信，我的社会学不至于被怀疑为迎合任何既有秩序）……社会科学只有拒绝迎合社会让它充当合法化或社会操纵工具的要求，才能构成其自身。社会学家只能借助自己研究的逻辑来确立自身的地位。"布氏的此一知识宣言，足以惊醒迷雾中的昏聩者。"对于这样一个复杂且需要进一步认识的问题，任何欲图'一步到位'的根本回答都是对这个问题所具有的内在逻辑及其赖以为基的各个场域间复杂关系的无视"；"对于中国社会科学研究者而言，更具实践意义的则是将关注视角首先转换到其自身的社会科学研究这个问题上来"（《研究与反思——关于中国社会科学自主性的思考》）。律师场域的拓深发展首先需要作为场域内行动者的律师们，对其自己的场域结构与边界有清醒的认识。律师职业与职业者个人的生活轨迹有着千丝万缕的关联，它既不是简单的谋生手段或工具，也不是全部的人生使命与担当；它仅仅是一种生命存在现象，是一种过程、一种志趣与旨趣、一种介入、一种创造与凝聚、一种价值范式、一种交互与融合、一种隐含微言的诠释……

35.14 法学的主观性及其方法论

认识法学，首先要了解它不是一种物理现象，不意味着我们要象去了解物理属性和物质结构那样去探究它。认识法学（或者更延伸开来的社会科学），是要从心理、观念的角度去认识和理解，只有从主观性上去把握它才有意义。这是社会科学素材的主观性，它不同于物质主义的物理学。对此，哈耶克曾举过一个恰当的例子：
"只要我的活动是在与我自己同样的人当中展开的，那么我就极可能根据银行支票或左轮手枪所具有的物理特性而得出结论说，对于持有者来说，它们是货币或是武器。当我看到一个拿着一个贝壳或一根细长管子的土著人的时候，这件东西的物理特性很可能无法告诉我任何东西。但是，当有关的观察告诉我贝壳之于他是货币、而细长管子之于他则是武器的时候，这就会使这个客体明确地显现出来——如果我对这些货币观念或武器观念不熟悉的话，那么对于我来讲，类似的观察很难使这些客体较为明确地表现出来。正是在认识这些东西的过程中，我开始理解这些人的行为。我之所以能够理解并适应一种'有意义'的行动方案，就是因为我渐渐地不再把它视作是一种具有某些物理特征的东西，而是把它视作一种与我自己有目的的行动之模式相符合的东西"（《哈耶克读本》）

用哈耶克的话说，"我们唯有通过理解那些指向其他人并受其预期行为所指导的个人行动，方能达致对社会现象的理解"。（《哈耶克读本》）

"显而易见，这里存在着一个知识分工的问题；这个问题不仅与劳动分工问题颇为相似，而且至少与劳动分工问题一样重要。"

这段话写于 1936 年，是哈耶克在伦敦经济学俱乐部所作的主席就职演讲。它标志着哈耶克正式提出其原创性理论观点——知识分工问题。

斯密提出"劳动分工"，解释了人们分工合作的社会现象。哈耶克在人类精神层面提出知识分工的概念，从而解释了人们的知识结构以及知识生产的问题。

在纷繁复杂的社会生活中，每个人所处环境不同、接触的事物不同；思维方式与兴趣爱好各异；所接受的教育不一样；眼界和阅历也有着很大的差异……这就导致每个人头脑中的知识必定不会相同。人们根据各自的生活经验形成了关于周遭事物的一般认识，更为主要的是关于自己如何在不同的环境中生活的一般性知识。如果从反面来看，正是由于人们的经验有限，对于超出经验范围的事物就不可能只凭自身而形成一种确切的认识，"即每个人对于大多数决定着各个社会成员的行动的特定事实，都处于一种必然的且无从救济的无知状态之中。"举个例子，一个居住在北京的A对于从未见过面的上海的B仅凭自身而言就不可能知道B所处于的生活环境是怎样的，B的知识范围和他的思想能力与创造力又如何，A可能根本就不会知道世界上存在着B这样一个人。当然，反之B对于A也是一样的。这就是A或B在经验上的必然的无知性，由于A和B代表着一种人类的共性，是一种普遍现象，所以我们也可以说这种现象是人类自身的局限性。

因为局限性的存在，说明了计划的不可能性，A如何为毫不知晓的B制订计划呢？"如果一个设计师或工程师要把物质材料组织起来以产生所意图的结果，那么他就需要掌握所有相关的资料并拥有足够的力量以控制或操纵这些物质材料。但是，在社会中，行动的成功却取决于远比任何人所能够知道的多得多的特定事实。"（《法律、立法与自由》）"我们没有能力把深嵌于社会秩序之中的所有资料或数据都收集起来，并把它们拼凑成一个可探知的整体。所有因建构论唯理性主义这一知识进程中所产生的'如此井然有序、如此明晰可见、且如此易懂'的漂亮计划而被它们迷惑住的人们，实是前述'笼而统之的幻想'的牺牲品，而且他们也忘记了这样一个事实，即这些计划之所以具有表面上的准确性，实是这些计划的提出者根本无视那些他们不知道的事实所致。"（《法律、立法与自由》）

如果抛开计划问题不谈，假设A某天遇到了B，那么他们能否相互理解？

在一定程度上（当然不可能是完全）A、B是可以相互理解的。为什么？

道理在于人们的交往互动和知识的传播。由于知识的分散性质，每个人掌握的生活能力均不相同，但是通过与身边的人交流与沟通，单个人会习惯其他人的知识与经验，这些知识和经验又影响到他本人理解与对待自己的周遭环境。以此类推，整个社会如果处于一种无障碍性的互动状态（这里的障碍从历史上看主要是人为障碍），便会形成一种一般性的认识和理解。

所以我们才有把握的说，A和B可以相互理解。

与此相关，还有几个问题需要考虑。通过交流沟通传播知识的过程是明确的吗？比如A有意识的只向B学习某一种知识。哈耶克认为，知识的传播更多的时候是默会性质的，也就是只知道这样去做而并不明确为何如此。他举例说，一个小孩可以熟练的对话，但却并不知道所运用的语法规则是什么。这说明知识传播具有默会性质，并不因行为人是否有明确意识而改变。

既然知识的传播需要沟通与交流，也就是需要依赖于环境，那么什么样的环境才有利于知识的传播？

如果这个问题反过来理解的话，一个有秩序、有效率的环境至少要满足一项条件，"每个人都能够利用比任何一个人所能掌握的更多的知识"。

从目前人类社会的进程来看，在"大社会"或"开放社会"也就是千百万人都在发生互动的社会状态下，满足上述条件的环境才不断得到生成与发展，我们称之为"文明的社会"。哈耶克在其著作中所写下的一段话值得我们深刻的思考：

"的确，在文明社会中，个人之所以有能力追求更多的目的，而不只是满足他最为紧迫的物质需求，与其说是因为他能够获得更多的知识,还不如说是因为他能够从其他人所掌握的知识那里获得更多的益处。的确,一个'文明的'人可能极为无知,甚至比许多野蛮人更无知,但是他却仍然可以从他所在的文明中获得极大的益处。"(《法律、立法与自由》)

哈耶克在《法、立法与自由》第一卷中对社会"秩序"作出了一个定义,他说:"所谓'秩序',我们将一以贯之地意指这样一种事态,其间,无数且各种各样的要素之间的相互关系是极为密切的,所以我们可以从我们对整体中的某个空间部分或某个时间部分所作的了解中学会对其余部分作出正确的预期,或者至少是学会作出颇有希望被证明为正确的预期。"(《法律、立法与自由》)简单地说,一个开放、文明的社会不同于原始部落的地方,在于社会中人与人之间的关系能够形成一种"有序性",也就是受到秩序的调整,这种秩序的根本作用或功能是使人与人之间形成一种预期,为彼此的行为划定一个界限,使人们减少纷争,为文明与发展奠定基础。

但是,这种秩序是如何形成的呢?唯理性主义者或许会认为,一种被称为"社会秩序"的现象一定是基于人类自我行为所产生的,是由于某种意图审慎而刻意设计出来的。哈耶克明确反对这种观点,他认为存在于我们头脑当中的这种不是"自然的"就是"人为的"二分法观念,严重的阻碍了对于社会现象的正确理解。把事物区分成"自然的"与"人为的"观念来源于古希腊,据哈耶克的思想史考辨,当时的希腊智者把"自然的"理解为"依本性形成的",把"人为的"理解为"根据约定"或"审慎刻意的决定"。然而,混乱也正是从那时起就种下了根源,此后的两千多年中,人们一直受到这方面的困扰,因为按照上述二分法无法解释这样一种现象：由于人们的广泛活动而形成的，但却不是人们刻意设计出来的社会秩序。如果按照古希腊的二分法，一些人肯定会认为，这种现象当中显然有人的参与，而且每个人参与社会活动都带有个人的目的与追求，所以这不是一种"自然的"现象，而是一种"人为的"现象；而另一些人又会说，直观地看，虽然这种现象的参与者都带有个人的目的，但从整体上所形成的结果却并非是任何人所预先设计出来的，所以这是一种"自然的"现象。哈耶克认为，之所以会产生这种混乱，是因为人们用来理解社会秩序的思想工具过于简单，无法正确解释社会秩序的成因。其实，人类社会秩序既不是"自然的"也不是"人为的"，而是一种融合自然与人为的第三范畴，它是"人之行为但非设计"的结果。换句话说，由于人们大量的社会活动，逐渐的形成了一种稳定的社会形态，但是这种社会形态在一开始并不为人所知晓，也并不是任何人刻意设计的。这就是"自生自发的社会秩序"。

哈耶克并非是"自生自发社会秩序"的最先发现者，较早的亚当·斯密、卡尔·门格尔、亚当·弗格森等人分别在经济学与社会学领域揭示了自发秩序对于社会与市场的整合功能，斯密更是以"看不见的手"的著名隐喻让人们了解到经济秩序与劳动分工的微妙关系，"形象地揭示了自生秩序的内在特征，即预期与市场的对应关系并不是完全按照人们的意图和目的来实现的，而是按照市场秩序所特有的抽象整合功能发生关联……之后的门格尔则进一步明确了斯密隐喻的蕴涵，首次提出了哈耶克所谓的第三种秩序，即人之行为而非人之设计的结果的自生社会秩序。"（《法律秩序与自由正义——哈耶克的法律与宪政思想》）

哈耶克提出了自发秩序的存在范围不仅限于经济学与社会

学领域，而是在更广泛的社会现象中都有它的存在并且起着十分关键的作用，比如道德、法律、货币、语言、书写等各种现象都是自发形成的结果。

自发秩序本身有显著的鉴别特征。首先，这种秩序的形成需要具备一定的规则条件，也即是要有稳定的为大家所共同遵守的规则。我们在前文中谈到，秩序是人与人之间的一种关系，因为有人的参与才会有自发的秩序，但是每个人在参与社会活动的时候都带着个人的目的与喜好，而且这些目的与喜好又各不相同，为了使每个人都能够得到很好的引导进而发挥出自身的独特作用，在满足自身追求时又在整体上增进社会其他人的福祉，就需要有一种规则为人们定纷止争，为每个人划分出应有的个人私域进行分界保护。在这些私人领域当中，人们可以发挥才智进行任意的创造，满足自己的同时也促进了社会的发展。

其次，自发的社会秩序是一种抽象的秩序，我们只能通过理论观念努力理解它，但却永远都无法阐释和把握它的全部细节。换言之，我们可以通过这种秩序所呈现出的一般样态去预测人们的行为和相应的结果，但却不能使这种预测达到唯一精确的程度，因为全部了解每一个细节是任何人或组织体都无法做到的。

最后，自发的秩序不为任何人或组织体的"目的"而服务。自发的秩序不是一种依附性的秩序，它是自我形成的秩序。虽然参与形成秩序的个人或组织体都追求着各自的目的，但是整体上的自发秩序却并不遵循任何特殊的目的。因为只有一种排除特殊目的的中立社会秩序，才能包容整合带有各种不同目的的单独个人或组织体，使它们的需求得到满足，并把它们效用发挥到最大化。从长远看，也只有这种中立的无目的性的社会秩序才能为人们的和平相处以及发展繁荣提供保障。

深度理解主观性，就要剖析科学的自明性与外化。

术语厘定与性质分析：科学、自然科学与社会科学。

甲：可否简略谈及你对科学一词的理解？

乙：一般而言，它是指对事物的明确解释。比如现在被你用作打字的电脑，它的构成材质是什么，它的工作原理即运行逻辑又是怎样的；又像你喝的茶，如何来认识它的化学元素……

正如乙所言，现存于一般人观念当中科学的意涵，更偏重于受过知识学训练的学人所称之为自然科学的范畴。在十八世纪以前，人们并非如此狭隘的去定义科学，而是更喜欢用哲学一词去指涉自己所研究的问题当中更具有一般性与抽象性的方面。哈耶克教授指出："我们甚至不时可以看到'自然哲学'与'道德科学'的对比"（《科学的反革命——理性滥用之研究》）。这使我们得知，科学 [或哲学] 在当时以及之前更多的时间当中，并不是单纯类似于自然科学，它也包括了对社会科学一般问题的讨论。

自然科学，它所试图回答的是这样一些问题，如何努力回到客观事实，对人类生存的外部世界怎样才能做到准确的符合其原本样态的描述。它所依赖的方法，主要是对自然界呈现于我们的现象进行系统的检测检验。自然科学的抱负，总是希望告诉我们外部世界的相互联系怎样不同于我们旧有观念中对它的认识。它是对存在于我们观念当中的世界图景以及使这些图景得以形成的规则的修正，以追求另一种普遍规律、规则。哈耶克教授指出：

[自然科学] 主要的任务成了在系统检验这些现象的基础上，修正和重建从日常经验中形成的观念，以便能更好地认识到特殊性只是普遍规则的实例。在这个过程中，不但

普遍采用的观念所提供的暂时性分类,而且对我们的感官传达给我们的不同知觉的初步划分,必须让位于我们对外部世界的事件进行梳理或分类的另一种全新的方式。《科学的反革命——理性滥用之研究》

这段文字提示我们注意一个细节,自然科学意欲修正的是我们感官对外部世界所发生的事件进行的分类。这个问题使我们接近哈耶克教授一系列问题的核心[心智地图、共同结构与一般行为规则],但要探讨这个繁复的问题也具有相当的难度。感官秩序得以形成所依靠的共同分类图式的问题,来源于哈耶克教授的一项重要研究及所形成的一部重要著作《感觉的秩序》。这是一部探讨理论心理学的力作,其试图考察和解答的核心问题是:人的心智秩序如何形成和进化?作为这个问题的前设,哈耶克教授区分了物理世界和心理世界或者说物理秩序与心理[心智]秩序。前者是对我们生活的外部世界中物质元素之间的关系的探究;而后者则是从前者止步的地方着手它的研究,它试图告诉我们物质元素对我们形成的刺激是如何被我们的感官以及心里模式进行类分的,它的发生机制又是怎样的。套用哈耶克教授的话来说,就是:"心理学必须从以物理术语加以定义的刺激入手,进而告诉我们,感官为什么以及如何将相似的物理刺激有时分类为相似,有时分类为不同,以及不同的物理刺激为什么有时显得相似,有时显得不同。"(《心智、知识与道德——哈耶克的道德哲学及其基础研究》)在区分了这两种秩序——物理秩序与心智秩序——之后,我们回到前述问题——即人的心智秩序如何形成和进化?哈耶克教授对这个问题的核心论辩,我们只能做一种简要的归纳,心智秩序的构成元素是感觉的质性(感觉质性是指感觉的各种属性,如声音、颜色、气味等,这些属

性是我们在对不同外物刺激的反应中加以区分的）

感觉质性的产生可归结为这样一种生理或神经过程：首先，外物刺激我们的感官，然后引起神经脉冲，神经脉冲通过神经纤维传导，并可能引起其他神经效应，同时这种效应可能"显现"为某种感觉的质性。这样产生的感觉质性与外物刺激之间不存在一一对应关系，因为感觉质性是由相应神经脉冲在整个神经系统中的位置决定的。即使外物刺激的物理性质相同，只要它们产生的神经脉冲的位置不同，那么它们就可能引起不同的神经效应，进而显现出不同的感觉质性。此外，这种位置是以神经脉冲之间的相互关系加以定义的，也就是说，决定感觉质性的是相应神经脉冲与其他脉冲之间的相互关系。

那么，神经脉冲的相互关系是如何来界定的呢？或者说神经系统是如何对神经脉冲进行分类的呢？在此，哈耶克教授引入了前感觉经验，[也就是感觉经验之前的经验]，前述机制得以形成——神经系统的分类以及感觉质性的演化成形——需要依赖于前感觉经验，后者起到了判断标准的作用。随着人经历的不断积累，前感觉经验不断增加，便形成了一种准恒定结构，哈耶克教授将其称为地图。地图有似于规则，个人心智秩序的形成依凭于地图对神经脉冲的选择。如果说地图记载着个人的经验，那么模式这一概念则是哈耶克教授用来意指个人在当下环境中"某一（或几）类外部事件之间的相互关系"，它受到地图所意味着的可能性的限制。地图、模式以及神经脉冲并非僵死的固定程式，它们之间是一种互动关系，这种互动关系呈现出来的动态过程即是关联过程。如果说"地图"代表着人们过去的人生经历，"模式"代表着其对当下环境的再现，而关联过程代表着未来的话，那么哈耶克实际上就是把过去、当下（或现在）和未来这三个维度同时串联了起来。而决定任一事件或脉冲所具有的功能性意义的，同时包括代表过去或历史的"地图"，代表当下或现在的"模式"，和代表未来的关联过程。（《心智、知识与道德——哈耶克的道德哲学及其基础研究》）

对于这一部分来说，我们可以了解到自然科学意图修正的我们感觉质性提供给我们的日常分类体系是什么意思。结合前文关于物理秩序与心智秩序的区分，我们可以想象，自然科学的工作似乎是在探究物理秩序 [或者说是外部世界之中物质之间的关系]。"它不断证明'事实'不同于'表象'"它"打破并取代我们的感觉质性所呈现的分类体系……它以这样的认识为起点：在我们看来相同的东西，并不总是以相同的方式运动；在我们看来不相同的东西，有时在所有其他方面都以相同的方式运动。它……用新的分类代替我们感官提供的事物分类，它不是把看上去相同的东西，而是把被证明在相同环境下以相同方式运动的东西，归为一类"而对这种事物进行分析，"唯一恰当的语言就是数学语言"（《科学的反革命——理性滥用之研究》）。自然科学在当代卓有成效的学科为数学、物理学、化学等门类。

社会科学，准确地说 [套用哈耶克教授的话] "它研究人的行为，它的目的是解释许多人的行为所带来的无意的或未经设计的结果。"（《科学的反革命——理性滥用之研究》）毋庸置疑，社会科学研究人类的观念，而不是对人类观念进行刺激的外物自身——物理世界和心智世界的区分。外物自然在物理世界中有其运行逻辑——准确地说，对外物这种运行方式的认识只能通过它们之间的关系来达成——但当它们刺激我们的感官时，我们会通过自己的分类模式，对它们可能具有的意义进行分类。而这种[我们自身对其进行的]分类，与其自身逻辑——物理意义上——却是皆然不同的。

然而，这种[我们自身对其进行]分类与物体世界中的运行逻辑[分类]同样具有客观属性。

一本摆在桌子上的书，如果单纯从物的角度来看，它的纸张、大小、薄厚、颜色等等可能与另一本相同或不同。即使我们说它们相同，那也是在一种相对程度上而言的，因为如果进一步进行区分比如纸张的纹路，那么它们又会呈现出不同的地方。当然，这仅仅是在某个方面[纸张的纹路]，而可以用于区分的观察点，是无以计数的。从这个角度来看，我们甚至可以说，没有完全相同的两本书。然而，我们又可以说纸张、大小、薄厚、颜色等等均不相同的两本书是相同的。这听起来有似绕口令，但确是千真万确的客观事实。这是因为我们在不同的意义上使用"相同"这一术语。回到这个命题[纸张、大小、薄厚、颜色等等均不相同的两本书是相同的]，当我们说它们"均不相同"时，我们是在自然科学、物理属性或者物与物的关系上进行判断的；随后，我们断定它们"相同"，是因为我们在社会科学、人与物或人与人的关系上作出的判断。我们或许基于这样的内心确信，虽然这两本书在纸张、大小、薄厚、颜色等等方面均不相同，但是它们都是探讨文学[……]方面的书，抑或是它们在书的意义上是相同的（换言之，它们都是书）。我们之所以有这种确信，更是因为我们认为别人[同学、同事、同乡人、外省人、乃至外国人]也会持有这样的内心确信。这几乎接近了问题的内核。"不是因为我们发现了两种物在与其他物的关系中有相同表现，而是因为它们在我们看来相同，我们才期待着它们在别人看来也相同（《科学的反革命——理性滥用之研究》）。"这种共同的确信，是我们探讨社会科学问题的起点，也是我们探讨社会科学的客观事实。自然科学尽管可以指出我们在社会科学意义上赋予一些不同意义的物体［比如冰和水］实际上是相同的物质，但是对于我们探讨社会科学问题来说意义微小，我们还是只能根据赋予它们的意义［共同的确信］进行相关的判断。自然科学完全可以断定一杯日常饮用水不会对人体有害，一般情况下其是有益的。但是，当一个产生误解［比如把它当成掺和了有毒物质的水］的人意图用它去杀人，那么我们同样要认定该人的行为是杀人未遂——尽管在结果上，被害人不过是消解了口渴。此时，一杯日常饮用水所代表的意义是掺和了有毒物质的毒水。这就是社会科学素材的主观性。

按照哈耶克教授的观点，社会科学素材主观性理论几乎可以适用于社会科学的各个学科。或者说，"它是狭义的社会科学的共同特点"。哈耶克教授甚至认为，"大概语言学除外，事实上可以合理地宣布它'对社会科学方法有着战略上的重要性'"（《科学的反革命——理性滥用之研究》）。他选取了一些精致的例子：

就拿"工具"或"仪器"这类概念，或锤子和气压计这类具体工具来说吧。很容易理解，这些概念不能被解释成表示"客观事实"，即与人们对它们的想法无关的东西。对些概念进行细致的逻辑分析即可证明，它们都表达着若干（至少是三个）方面之间的关系，一是行动或思维的人，二是某种可欲的或想象中的效用，其三才是一般意义上的物品。如果读者打算下个定义，他马上就会发现，不用"适合于"或"目的在于"，或另一些表示设计者指派给它们的用途的词句，他不可能得出这样的定义。普通的锤子与蒸汽锤，或无液气压计和水银气压计，除了人们认为它们可以用于相同的目的外，没有任何相同之处（《科学的反革命——理性滥用之研究》）。

在考古学：

他试图确定，看上去像一件石器的东西，确实是由人加工的呢，抑或只是在自然中偶然形成的。确定这一点的唯一办法，就是努力去理解史前期人类的精神活动，去理解他会如何去制造这样一件工具（《科学的反革命——理性滥用之研究》）。

在社会学家对待"罪行"和"惩罚"问题上：

有些社会学家异想天开地认为，他们可以把"罪行"定义为使一个人受到惩罚的行为，从而使它成为一个客观事实。这仅仅是使主观因素倒退了一步，但并没有消灭它。惩罚仍然是一种无法进行客观定义的主观现象。例如，如果我们看到每当一个人作出某种行为时，就有铁链套在他的脖子上，这并没有告诉我们这是表示奖励还是惩罚（《科学的反革命——理性滥用之研究》）。

在经济学当中：

不管是"商品"或"经济物品"，还是"食品"或"货币"，都不能从自然角度，而只能根据人们对事物的观点进行定义……任何具体商品的历史都表明，随着人类知识的变化，同样的物质可以代表非常不同的经济范畴（《科学的反革命——理性滥用之研究》）。

由于社会科学所具有的这种典型的主观性特征，所以就对它进行的研究来说，需要我们具备一种适合这项任务的方法。欲理解这些问题，首先需要认识社会科学研究所面临的特殊困难。在自然科学研究中，被研究的对象与研究者本人的观念是可以明显两分的。换言之，它是物与人的思维的一般性区分。但是在社会科学中，这种区分就不那么容易或明显了。社会科学的对象——即人的观念——是一种特殊的素材。一方面，它是社会得以形成的基本因素（哈耶克教授称之为构成性观念）；而另一方面，它又是作为研究者本人头脑中的观念[所思所想]。这似乎在预示着我们用自己的思维来思考自己的思维这样一个极度抽象的命题。其实，必须马上指出的是，这其中存在着两种必须截然分开的观念。当我们用与其他人相似的[共有的]思想观念来思考包括我们自己在内的这种与其他人相似的[共有的]思想观念的时候，作为我们思考对象的是一种观念[这种观念是社会现象的构成性因素]，而我们对这种观念的思考所产生的是另一种观念，即关于观念的观念（哈耶克教授称之为关于社会结构的理论）。举个例子，我们在海滩上拾起一只被海水冲上来的漂亮的贝壳，并同时远远的观察另一只制作精美的贝壳工艺品（而它的主人正在海里游泳或是在海边散步）。我们的前一个行为[套用上面的术语]是一种构成性观念的结果，而这种观念[与其他人所持守的相同或相似观念一起]是"无主物先占"这一法律规则（现象）的构成性因素；同理，支配我们后一个行为的观念是"所有权不容侵犯"之法律规则（现象）的构成性因素。但是，当我们随即去思考，为什么同样是贝壳，前一个我们可以占为己有而后一个却只能观望这样一个命题的时候，我们是在思考一种理论问题——而我们的这种思考（观念）则构成了关于社会结构的理论。

在社会科学中，必须区分出两种观念，其一是那些构成我们打算研究的现象的观念，其二是我们自己或我们打算解释其行为的那些人所持有的有关这些现象的观念，它们不是社会结构的成因，而是关于社会结构的理论（《科学的反革命——理性滥用之研究》)。

问题是,努力区分开这两种观念的意义为何呢?哪种观念才是社会科学研究并适用社会科学方法的素材呢?社会科学研究方法有何体现呢?

这个问式当中素材一词的意义,是这样一种观念,它被我们视为既定事实并被作为研究的起点。哈耶克教授指出:"作为我们研究对象的人,他们自身不但由各种观念产生动机,而且对于其行为的未经设计的结果,还有自己的想法——有关不同社会结构或形态的各种流行学说,我们与他们共享并且我们的研究必须予以修正和改进的学说。"(《科学的反革命——理性滥用之研究》)说明,作为社会现象成因的人之观念是社会科学的研究素材,而关于社会现象的研究或对于观念的观念(可以称之为理论)是需要我们的研究加以修正和改进的学说。这种理解确实深刻的洞见到了问题的实质,像社会与资本、主观性与客观性、唯物论与唯心论、民主与法治这样一些带有很强烈理论色彩的问题,需要我们经由努力研究加以批判性的修改,进而在知识上有所增量。但是,如果我们把这样一些观念的观念或理论研究当作不可变的事实或起点,那么社会科学也确实没有存在的必要了——我们的经验可以为我们提供一些例子,比如 [常见的] 很多人将资本主义与剥削、奴役甚至恶等判断相提并论,还确信为这是一个不可更改的 [更为重要的是] 毋庸探讨的事实,而且一些学者竟也这样来思考;另外一个例子,和睦被认为同样是无需探讨与辩驳的善或好。为了避免误解,我们必须马上对此例给出我们的判断。我们并不是认为持有上述观念的人不应该持有这样的观念,而改采取相反的观念——资本主义并非剥削与奴役,或和睦并非是善与好。我们毋宁是要指出,对于上述理论问题无论持有哪一种观念，其都不是唯一的或不可更改的，或者更直接的说，它都不是真理。而需要我们扎扎实实的对这些理论进行讨论与争辩，以求加以批判性的修改，并在知识上有所增量。

无论去理解任何一门学科或者对它所关注的现象进行研究，都需要去理解它给我们提供了哪些基本素材，而这些基本素材只能够作为研究的起点——这意味着它本身应该被研究者的内心所确信。社会科学与自然科学相比，二者所提供给研究者的基本素材是大不相同的。对于后者而言，比如我们欲解释[自然现象]一场飓风的自然特性，那么观察飓风肆虐的过程可能是比较好也是比较基本的切入点。然而，只要我们略微想象一下社会科学的问题，比如人们对合同之预期利益损害赔偿的认可问题，就无法像观察飓风那样有直观的把握。因为人们对合同之预期利益损害赔偿的认可问题不会以具体的形态呈现在我们的面前。我们手头上可以用作素材的只能是相关个人的观念，也就是说这些相似或部分相同的观念构成了这种现象。可是，全部了解具有相关性的每一个人的观念同样不可能。这是深深存在于我们观念当中的无知性[首先，如果我们承认对一种现象进行全涉性的解释，需要运用远比它复杂的模式。那么，我们欲完全理解我们自身即是不可能的。这是一种逻辑上的错误，一种心智不能够仅凭其自己而解释自己。其次，人之理性的生成植根于社会进程，文化传统是一种累积性的样态，而所谓的理性只是其中的一部分，它给我们不断探索的空间，但是我们却永远也不能知道每一个细节]。与我们不可能了解每一个人的观念相同，对于所有具有相关性的事实，也不可能做到全知全能。所以，对于社会现象，我们所能做到的只是在原理上对其进行解释。虽然，我们据以观察的是个人所持有的观念，但却不是仅仅去了解或挖掘单独个人的思维问题或心里成因问题——这无论如何也是心理学的研究领域。作为社会科学的研究者，我们的视角是个人性的，可需要解释的现象却是数不清的个人观念所形成的社会现象。这至少提供了一项信息，社会科学研究同样需要具有一种关系性的思考方式。这说明，我们要了解作为素材的个人及其观念，并不是原子式的个人，而是社会性的个人。这种特殊的方法论要求研究者认识、了解个人的观念是在与他人观念的关系当中被定义或界定，而在多数通念当中被认知的个人观念又是我们得以了解相似或部分相同的通念的钥匙。通过这些方法的体悟，可以尝试着去解释那种社会得以存续下去的自生自发秩序，以及秩序得以形成所依赖的规则。也正是人的并非预先设计的行为[其实是观念]在同样是非设计并且自我生成的规则的指引下，针对各种各样的具体、即时性的事实展现所作出的回应，构成了社会的基本形态——秩序。同时，它也就自然而然的成为了需要运用这种方法论去理解与解释的对象了。其实，这种自生自发秩序理论、规则认知理论和规则与秩序关系理论是社会科学方法论必不可少的前设。至此，我们已经充分探讨了主观性问题，接下去要展开方法论的探究。

哈耶克一般性原则不仅仅是形式的，而更是实质意义上的。哈耶克的法学方法论具有及其深厚的精神内质。就像他在论述市场秩序时主张"去道德化"论辩一样，法律秩序首先要摆脱强加于它身上的先定目的。

从微观的角度（从作品处理的各种细致的问题和所遵循的理路）来看，就《法律、立法与自由》一书而言，多处涉及到处理法学/法律问题的方法。第一卷有这样一段讨论：

"与大多数其他智识工作一样,法官的工作也不是从数量有限的前提中作逻辑推演,而是对他经由部分意识到的步骤而达致的假说进行检验。但是需要强调的是,尽管法官可以不知道究竟是什么东西促使他最初想到某种特定的判决是正确的,但是只有当他能够以理性的方式使他想到的判决经受住其他人对此提出的各种反对意见的时候,他才能作出或坚持他的这个判决。"(《法律、立法与自由》第一卷)再比如,第二卷第七章中"只有在某个给定的行为规则系统内才可能对行为规则作出有效的批判或改进"一节;第八章中"正当行为规则和检测它们正义与否的标准都是否定性的"一节,都预设了一种法学方法论的存在。

所以,在哈耶克教授的法学思想中,透视出一种可采行的法学方法论,是值得尝试的一项研究命题。

哈耶克法学方法论的技术层面,是伴随着其原创性的两种规则的划分而展开的。两种规则,分别指"内部规则"与"外部规则"。与我们广泛理解的"实体—程序"二分框架并不相同,"内部—外部规则"的划分并不是以是否涉及到权义调整或实现权义的步骤顺序为评价标准或分类模式。"内部—外部"的划分,更多的是从起源、功能与价值序位的意义上来说的。

从起源来看,内部规则的出现要远远的早于外部规则。外部规则的创生史不会早于人类可以明确的自主"立法"的时候。也就是说,外部规则从形式上看是立法出现以后的产物。而内部规则却是先于立法而出现的。"立法,即以审慎刻意的方式制定法律"。然而,"法律本身却从来不是像立法那样被'发明'出来的,因此与这种法律不同,立法的发明在人类历史上要相对晚出一些"。而外部规则完全是"立法"的产物(当然,现代意义上的立法,不仅包括外部规则，也包括内部规则）。为什么这么说呢？主要在于功能方面，二者是不同的。

内部规则是社会整合的调节剂，它使得人类共存这样一种艰难而又复杂的事态成为可能。我们把眼光稍稍拉回更久远的年代，尚在人类还未能以文字明确表达出共同遵守的规则之前，这些规则即已内化于个人的思维当中。每个与他人共存的人，都会经由相互之间因各种情势的变化而导致的交往（冲突、帮助等等）磨合出一种减少冲突对抗、增进效率、提高生存技能的一般性规则——即内部规则。这种规则经由亲身参与各种事件，因人类的习得本能，由一代人传于下一代人，这种习得的方式也可称作是"默会"的方式。"默会"的意思是，虽然我们未明确的将其表达出来，甚至也不意识到它的意义，但是我们却知道在各种情境下该如何去行动，这种规则在惯性的作用下被践履着。所以，作为"内部规则"的这种法律规则，完全是自我生成的，是自生自发的。它并不以我们是否能够对它进行阐释为判断标准，真实的情况恰恰相反，即便在立法活动空前浩大的当今世界，人类所能揭示出来的共存规则也是少数。尚未被我们发现、阐明的规则甚至会伴随着阐明的规则被阐释的过程而不断的增加。这句话也可以这样来说，"知道的越多，无知的范围也就越大"。

既然内部规则是人类生存的一般法则，那么反过来看，遵循规则的群体是否自由、文明的繁衍生息也就成为判断规则优劣的一项重要标准。

经由立法创建外部规则，是与一种事务的出现分不开的，它就是"组织体"。现代社会最大的组织体是政府，其次是各种大型企业集团。这些组织体具有特殊的属性：①组织体内部各部门通常是依据规则——法律或章程——而拥有明确的权限；②职务层级制，有一套明确制定的组织体内部上下级关系的制度；③有所需的物质设备与文书档案，即构成一个"办公室"或"营业所"；④专业化的职务活动通常都以彻底的专业训练为前提，并且会要求"官员"或"职员"全力投入，尽管办公时间是被明确规定的；⑤业务的执行必须遵照明确的组织体发布的规则来进行。（《支配社会学》）

外部规则就是为规范组织体权责、科层化与经分工的业务执行而刻意创设的规则制度。

"除了最为简单且最为原始的政府形式以外，政府本身也不能完全由统治者的特定命令加以操纵……随着这种组织变得越来越不同于那种含括了所有公民私人活动的更具包容性的社会，它也就要求拥有属于它自己的独特规则，并用它们来确定它自己的结构、目标和职能。"（《支配社会学》）

就这两种规则而言，从价值等级序列上来看，内部规则是优于外部规则的。内部规则关涉人类社会生存、繁荣与发展，与文明化的进程密不可分。外部规则只是围绕着单一的组织体而运行，但是无论组织体的欲求是什么，这种外部规则以及它所服务于的组织体都不可以超出内部规则的规制。否则，当内部规则衰败之时，整个社会就会陷入一种由外部规则操控的巨大的组织体，在内部规则保护下的每个人的自由领域也会缩减到只为组织的目的而服务。

适用内部规则的方法不同于适用外部规则的方法。

适用内部规则解决法律问题，首先需要寻找内部规则。这是方法论的第一步，可以把它称为内部规则的鉴别过程。邓正来教授认为，哈耶克意义上的内部规则有三个鉴别特征：①抽象性；②目的独立性；③否定性（《规则·秩序·无知——关于哈耶克自由主义的研究》）。

哈耶克意义上的抽象性，是不指涉具体细节的原理上的把握。与"细节控制"相反，内部法律规则取决于原理/原则上的把握。作为内部规则的法律并不指向特定的人或特定的事件应该如何评判，法律不是单独个人的家庭教师，不会为每个人量体裁衣、因材施教，法律也不会为分分秒秒都在发生的每一个具体事件单独提供一种解决方式。法律的宗旨是为社会中共同生活的所有人提供帮助，并且为已经发生的、正在发生的和将要发生的冲突以及非冲突事件提供评价标准。它不受制于任何单独的个人和单个的事件，成为一种抽象的与个人行为相关联的规范模式。也就是说，当单独的个人行为引起了单个的具体事件，只要与这种规范模式相结合，便会得出是非对错或者评断结果。这就是抽象的内部规则的抽象原理。

基于抽象的、不指涉任何单个人或组织体的内部规则，必然也不是服务于或依附于任何个人或组织体的确定的目的。这说明，内部规则的目的是独立性的，而不是依附性的。其中的意义在于，如果内部法律规则是服从于特定的个人或特定的组织体的特定目的，那么这种法律规则的工作方式必定是肯定性的事先规划：它会告诉每个人应当去做哪些特定的事情，不论这些事情是否符合个人的目的，也不论结果是否是个人的预期结果，而只要这些特定事情或行为是这种法律规则所服从的发布命令的特定权力主体所满意即可。但是，真正的内部法律规则却与此相反，它不服从于任何特定的个人或组织体的特定目的。所以，它的工作方式就不是肯定性的事先规划，而是"否定性"的禁令。它经由事后禁止一些有害于他人的特定个人的特定行为，而把事先规划与预期的权利留给每个人在其私性空间内自由的去构想与实行。它为每个人的自由空间提供保护，也把惩罚留给侵犯他人自由空间的个人行为。所以，真正的内部规则是通过自身的否定性为每个人创设了自由生活与良好预期的可能性。（肯定性——通过否定创造肯定）

"事实上，正当行为规则的作用就在于告知人们，在什么样的条件下，某一行动属于被许可的行动；但是这些规则却会把创建个人确获保障的领域的事情交由个人依照这些规则去完成。或者套用法律的话来说，这些规则并不赋予特定的个人以权利，而只是确立一些人们依据它们便可以获得这种权利的条件。每个人有可能获得的领域，部分取决于他的行动，部分则取决于他所无法控制的事实。这些规则的作用只是使每个人都能够从他所能确认的事实中推知他本人确受保护的领域的边界，而这些领域的界分则是他与其他人为他们自己确定的。"（《法律、立法与自由》第二、三卷）

内部法律规则的三项鉴别特征，也是方法论的第一个步骤。它相当于传统的法学方法论当中"法之发现"的一个最为宏观的视角。我们可以概观的考虑到，符合上述内部规则的部门法，有如民法和刑法这样的法律规则。

内部规则方法论的第二步，是在具体事件发生后确定不同（甚至相互冲突）的单个内部法律规则的适用问题。先来看这段话：

"一、在这些规则禁止而非要求采取某些特定种类的行动的意义上讲，它们几乎全都是否定性的规则；二、这些规则禁止而非要求采取某些特定种类的行动，其目的乃在于对可以确认的领域提供保护——在这些领域中，每个个人都可以自由地按照自己的选择行事；三、某项特定的规则是否具有这种特征，能够用一般化或普遍化的标准对其进行检测而获知。"（《法律、立法与自由》第二、三卷）

在这段引文中，前两点分别谈到了十分重要的内部规则所具有的否定性质以及分界保护的功能，而第三点正是我们将要谈到的方法论的第二个步骤——普遍化。为了不至于引起混淆，需要提前提示哈耶克教授关于内部规则的一项重要结论。它是《法律、立法与自由》一书第二卷第八章中的一节，标题就以结论命名，即"正当行为规则和检测它们正义与否的标准都是否定性的"。这说明，"否定性"除了是我们上文所交待的"内部规则的鉴别特征"之一，而且同样也是适用内部规则的一项重要方法。

当法律事件发生时，繁复庞杂的内部规则体系展现在我们的面前，需要我们作出能够适用于该案件的法律判断时，如何才能够做到准确的适用呢？以普遍化为标准，以否定性为方法。所谓"普遍化"，要求我们适用的法律规则不只是针对该特定案件发生效力，而是对该种类型的已经发生或将来发生的同类案件均适用，也就是"相同事件相同处理"。"否定性方法"又是什么？应将拟适用的单个规则带入整个规则体系当中，判断这项规则的适用是否与大多数已适用于本案或适用于本案的尚未阐明的规则相冲突，如果答案是肯定的，那么也就意味着在这个案件当中不应当适用这项规则，应当予以否弃。

其实，普遍化与否定性是一个问题的两面，可普遍化的即是未遭到否弃的，而它们的目的都是使得一项内部法律规则在具体适用某一案件时，与整个规则体系相容合。所以，不妨统称它们为"普遍化—否定性—相容性"方法。

"除了把某项特定的正当行为规则置于整个正当行为规则系统的框架中加以审视或评断，否则我们就不可能对该项特定的正当行为规则是否正义的问题作出判定；这意味着，我们必须为了这个目的而把该规则系统中的大多数规则视作不容质疑的或给定的,这是因为价值始终只能够根据其他的价值加以检测。检测一项规则是否正义的标准,(自康德以来)通常都被描述为该项规则是否具有'普遍性'的标准,亦即这样一种欲求的可能性:有关规则应当被适用于所有同'绝对命令'所陈述的条件相符合的情势。这意味着,在把某项正当行为规则适用于任何具体情势的时候,该项规则不得与任何其他被人们所接受的规则相冲突。因此,这种标准归根结底是一种评断某项规则是否与整个规则系统相容合或不矛盾的标准;当然,这项标准不仅意味着某项规则与其他大多数规则之间不会发生逻辑意义上的冲突,而且还意味着这些规则所允许的行动之间不会发生冲突。"(《哈耶克论文集》)

问题:确定适用规则的方法是将拟适用的规则放入整个规则系统当中进行检测。那么,这项拟适用的法律规则是如何从无数的规则当中被预选出来的呢?

哈耶克教授有几处文字能够从侧面触发我们对这个问题继续思考:"即使法官常常是依凭其'直觉'而非三段论推理而采取正确解决方法的,这也不意味着,在确定结果的过程中,决定性的因素是情感因素而不是理性因素……与大多数其他智识工作一样,法官的工作也不是从数量有限的前提中作逻辑推演,而是对他经由部分意识到的步骤而达致的假说进行检验。"(《法律、立法与自由》第一卷)

这是一种法律人的基本素养——法感。法官、律师、法学教授等受到过法学训练的人士,经由不断的学习,提高对各种事物的理解能力,通过实践经验的不断累积,会培养出一种精确的法感。法感有一种特殊的功能,当一件具体的法律事实发生时,经由法感的引导——这是在事实与法律规则之间进行的往复穿梭——往往能够迅速的确定一些有待适用的法律规则。或者说通过这种方式,一些法律规则被预选出来。

这也是法律人与他人不同的地方。对此,哈耶克教授写到:"那些被委以阐明、解释并发展现行正当行为规则系统的人,就必须始终不懈地为解决特定的问题寻求答案……人们当初之所以选举他们来担当此项任务,实是因为人们相信他们最有可能制定出那些符合一般正义感并能够被融入整个现行规则系统中的规则……他们之所以当选,就是因为他们表明自己在发现那些能够与其他规则相容合并能够被证明是可行的规则方面有着很高的技能。"(《法律、立法与自由》第二、三卷)

同时,我们也完全不必担心这种方式(法感)是否是随意的以及它作为预选机能的精准性或合理性问题。首先,在每个案件中,作为处理特定案件的法律规则既不是法律人士创设的,也不是他们可以任意适用的。"他们的权威乃是这样一种权威,它源出于人们推定他们有能力发现正义,而不是源出于人们推定他们有能力创造正义。"(《法律、立法与自由》第二、三卷)"法官也许会犯错误、也许会在探寻现行秩序之基础所要求的规则时失败、也许会因其对所受理之案件的特定结果的偏好而受到误导,但是所有这一切都无法改变这样一个事实,即法官所要解决的那种问题在大多数场合常常只有一种正确的解决方法;就此而论,这乃是他的'意志'或他的情绪性反应无法立足于其间的任务。"(《法律、立法与自由》第一卷)

通过预选选定的法律规则必须经过严格的普遍性—否定性—相容性检测,才能作为判断(乃至判决)的依据。"尽管法官可以不知道究竟是什么东西促使他最初想到某种特定的判决是正确的,但是只有当他能够以理性的方式使

他想到的判决经受住其他人对此提出的各种反对意见的时候，他才能作出或坚持他的这个判决。"（《法律、立法与自由》第一卷）

第二个问题：既然在方法论当中以拟适用的规则是否能够经受住"普遍性—否定性—相容性"（三个词分别是一个问题的几个方面）的检测为判断标准或核心方法，那么作为"普遍性—否定性—相容性"之依据的内部规则系统，指的是已被明确阐释的规则吗？或者说，内部法律规则系统的范围有多大呢？

回答这个问题我们可以从"法律漏洞"说起。"所谓法律漏洞，系指关于某一个问题，法律依其内在目的及规范计划，应有所规定，而未设规定而言……假如法律是一座围墙或一个花瓶，则墙的缺口、花瓶的破洞，即属法律的漏洞。"（《民法学说与判例研究》第八册）这是著名法学家王泽鉴教授关于法律漏洞的定义。拉丁法谚也说："法律必有漏洞"。那么当发现法律漏洞后，该如何填补呢？王泽鉴教授认为，经由"类推适用"这种法律填补技术，依照相同事件相同处理、不相同事件不同处理原则，首先可以从法律体系内部寻得当然的解决之理。对此，他举了一个很有意思的例子：

"在某市立公园入口处，悬有告示：'狗与猪不得携入公园'。某日，有一游客携一画眉鸟入内，管理员微笑欢迎，未加盘问。随后，有一游客携一老虎欲进入公园，管理员大惊，即阻止之，因而展开如下的对话：

管理员：老虎不得入内。

游客：请问，为何前面游客得携鸟入内。

管理员：鸟非狗，亦非猪，不在禁止之列，自可入内。

游客：诚如所云，鸟非狗，亦非猪，不在禁止之列，故可进入。虎非狗,亦非猪,当亦不在禁止之列,何以不得进入,厚鸟而薄虎,殊失公平。

管理员:啊!(为之语塞)

管理员之女(肄业某大学法律系一年级),乃出面谓:鸟无害于公园的安全卫生,故可入内。虎有害游客安全,尤胜于狗!自不可入内。

游客深以为是,欣然携虎离去。"(《法律思维与民法实例》)此例以类推狗的不安全性,认为虎同样属于有害游客安全的动物,并且比狗更甚,所以禁止虎入内。这是所谓"法律内的法之续造"。王泽鉴教授的老师德国著名法学家Larenz教授,在其名著《法学方法论》当中,谈到了"超越法律的法的续造"。当"法律内的类推适用"无法得出适用于案件的法律规范时,就需要寻求"超越法律的法的续造"。它的"续造"基础是"交易上的需要""事物的本质"以及"法律伦理原则"等等。在此我们就不详尽的展开了。其实,德沃金教授倡导的"法律原则"、阿列克西教授的"法律论证理论",也都在不同层面或多或少的关注法内、法外的法律续造问题。

哈耶克教授关于法律的范围以及法律漏洞处理的观点——

同样,我们要先援引一段他的文字:

"依我看来,司法判决震惊公众舆论并与一般性预期相背离的大多数情势,都是因为法官认为他不得不墨守成文法的条文且不敢背离(以法律的明确陈述作为前提的)三段论推论的结果所致。从数量有限的明确前提中做逻辑演绎,始终意味着对法律的'字面形式'而不是对法律的'精神实质'的遵循。但是,那种以为每个人都必定能够预见到那些在某一不可预见的事实性情势中因适用那些业已阐明的基本原则而产生的后果的看法,显然只是一种幻想。今天,这样一个事实很可能已得到了人们的普遍承认,即没有一部法典是没有漏洞的。我们从此一漏洞中所能推出的结论,似乎不只是法官必须由诉诸未阐明原则来填补这些漏洞,而且也包括,即使是在那些业经阐明的规则似乎给出了明确无误的答案的时候,只要它们与一般的正义感相冲突,那么法官就应当可以在他能够发现某种不成文的规则的情况下自由地修正他的结论,前提是这种不成文的规则不仅能够为他的这种修正提供正当性理由,而且一经阐明就很可能会得到人们的普遍认可。"(《法律、立法与自由》)

这段文字包含了这样一些意思,作为内部规则的法律,不仅包括经由立法而阐明的规则,它更为广泛的根源在于尚未阐明的规则。而且,阐明与未阐明之间有着一种生成上的先后顺序,更为主要的是这种顺序也决定了它们在价值上的优劣。正如前文已经交待过的,人类共同生存的法则、作为文明秩序缔造者的法则,并不是由某位人士或组织体所创设的。也可以说,在这方面没有一个现代意义上的立法者。这些规则是经由不断的[为我们所意识或不意识]的积累和演化而自生自发形成的。并且,当人类还未能以文字的形式将它们部分表达出来之前,这些规则就已经在默默的指导着人们了。所以,由立法阐明[部分]规则的时间,相对于它们指导人们心灵的时间要晚得多。另外一个方面,既然立法是相对晚出的事件,而且它也只是(只能够)将这些渊源极深的未阐明的规则予以部分表达出来,这说明立法活动以及作为它的成果的阐明的规则,相较于那些[为我们意识或不意识的]时时在发生作用的尚未阐明的规则而言,它的意义并不像我们想象中的那样重大。也可以说,二者并不在同一价值等级序列当中。若不是以宽泛的尚未阐明的规则作为基础,已阐明的规则就不可理解、得不到支持,更无法适用。毕竟,经由立法活动阐明规则,只是针对那些 [无形的] 规则体系进行一次并不能算作十分成功的描摹。

通过这种对立法意义与深层规则的相对位置的重新校正与勘定,为更好的理解内部法律规则体系奠定了坚实的基础。既然,经由立法而阐明的法律规则,不过是对于未阐明规则的一次描摹,那么对于我们理解所谓法律漏洞问题,就拥有了一个更为高远的视域。也就是说,站在立法/制定法或先例的角度上,存在法律漏洞是当然之理。因为,如果说未阐明的规则是被画者,明确阐明的规则是素描画,立法机构是画师;那么,哪有画师竟称自己的作品不差分毫的将被画者完完全全的呈现出来了呢?或者说,比被画者更像被画者呢?

现在,需要将思绪倒回前述王泽鉴教授以及 Larenz 教授关于这个问题的看法。王泽鉴教授认为,"法律漏洞的基本特征在于违反计划。假如法律是一座墙,则墙的缺口,即法律的漏洞,墙依其本质本应完整无缺,其有缺口,实违反墙之为墙的目的及计划,自应予以修补。"(《法律思维与民法实例》)Larenz 教授也说"法律漏洞是一种法律'违反计划的不圆满性'"。(《法学方法论》)

这种观点虽然能够很深刻的揭示出法律漏洞与立法之间的关系,但是也隐含着比较重大的有待于商榷的问题。立法真的应当是一堵完整的墙吗?真的存在一种完满的计划吗?如果有这种计划,那么"违反计划"就不可能是自明之理吗?这种观念当中所隐含着"立法至上论"以及支配它的"唯理性主义"或"盲目的(自欺欺人的)追求明确化"。以阐明—未阐明二分框架来说,这种观念趋向于"以阐明的规则统合未阐明的规则"。以我们上文所分析的观点来看,其属于本末倒置。立法者可能会造一堵完整无缺的墙,但是却永远也不可能发现所有尚未阐明的法律规则;没有任何一种计划可以预见到所有事实,这只存在于虚拟的幻想之中。既然如此,违反虚拟的计划,也就当然是自明之理。更何况,要谨防画像看的过多以至于迷失对被画者本人的印象。所以,在这种担心下,经过思考与分析,我更倾向于认为:哈耶克教授以其深邃的思想告诉我们的是一个更为真实、也更为谦卑的道理——我们的理性智识以及认识能力是有限的,相对于尚未被我们认知但却支撑着我们的行动的尚未阐明的规则而言,立法/制定法或先例不过是凤毛麟角,就像描摹的再好也与被描摹的对象有很大差距一样。而且,所担心的事情在现实生活中会以一种很真实但却经常不被质疑的方式存在着。还记得携虎入园吧,为什么一定要以类推狗的危害性作为思考和解决问题的方式呢?就因为狗是"明文"规定的吗?沾点"明文"这个宠儿的边就一定是正确的吗?难道,不论有没有"明文",也不论"明文"里面有没有狗,携虎进入供人休闲的游园具有极大的危险性所以应被禁止,就不是自明之理吗?有的时候,提醒比创新更重要:不要专注于形式而害了实质!

哈耶克教授关于解决法律漏洞的观点,或者 [以哈耶克教授的话说] 如何发现那些有待于适用的未阐明的规则,以及认定它们的标准是什么?原理很简单,是一个抽象的命题:[这些法律规则] 一经阐明就很可能得到人们的普遍认可。发现这些未阐明的法律规则,需要法官、律师等法律人士经过长期对法律知识的不断累积,通过增进自身的法学素养,依据丰富的法律经验和阅历,以其精准的法感,加以冷峻的分析,提出有可能适用于具体案件的尚未阐明的法律规则是什么的假说。再进一步对提出来的规则进行检验，检验的标准就是"一经阐明就很可能得到人们的普遍认可。"（在这里，方法论同样是"普遍性—否定性—相容性"。这更加说明了，阐明的规则与未阐明的规则本为一体，不能人为的割裂。它们的适用方法都是一样的。）

同时，法律规则体系经由不断的探索更新，呈现出一种动态过程中的规范样式。

"在新的情势下，业已确立的规则是不充分的；由于这种新的情势会不断发生，所以经由恰当地界分所许可的行动范围来防阻冲突并增进行动间的相容性，必定是一项永无止境的使命，而要担当这一使命，就不仅需要适用业已确立的规则，而且还需要对维护该行动秩序所需的新规则作出阐释。"（《法律、立法与自由》第一卷）

以上论述的是内部规则法学方法论问题。

哈耶克教授在《法律、立法与自由》（第一卷）第八章（外部规则：立法的法律）"立法发端于确立组织规则的必要性"一节中，谈到外部规则时说："它们的目标有如下述：一、实现特定的目的；二、对那些规定了应当完成某事或应当实现特定的结果的肯定性命令进行补充……它们在某个特定情势中的适用，不仅要取决于特定机构所承担的特定任务，而且还要取决于政府的即时性目的。"（《法律、立法与自由》第一卷）

相比较于繁复的关涉人类共存的内部规则，外部规则相对简单，层次也比较单一。它预示着一个具有权威的命令发布者，以组织体的名义作出的关于实现一个既定的目标，组织体中每个机构以及每个个人必须如何行为的命令决策。这种命令是肯定性的，它告诉个人必须去做什么，并且一般都以最终的结果是否完成以及"服从"或"听命"的情况来评断个人。整个外部规则就是围绕着"组织"的命令和目的而搭建起来的。所以，外部规则的适用方法必然只关注"命令"或"目的"，这就是它的出发点，也是最终的落脚点。

以上只能算作是法学方法论技术层面的讨论。而任何一种技术的产生必然有支撑它的深层理论因素在发挥作用，即"精神向度"。

高全喜教授在《法律秩序与自由正义》一书中，将哈耶克教授的相关理论称为"弱势逻辑"。他写到"哈耶克虽然没有直接使用弱势逻辑这一概念，但就其理论实质而言，他有关法律规则与自由正义的抽象性和否定性特征的论述，所揭示的显然是一种弱势的政治逻辑……"（《法律秩序与自由正义》）

所谓的强势逻辑与弱势逻辑，关键在于对所表达的价值观念的正当性进行证明。前者是从正面以肯定性的方式为一套价值理念寻求一个唯一性的力量，用以证明它的正确性与普世性；而后者，从反面以批判和否定作为工具，欲求渐渐趋近于终极唯一性，但却从不认为人类可以达到这一目标。

这两种不同的方式，虽说从表面上看追求的是同一个目标与理想之境，但是它们却有着最为不同的内在方面。这两种"逻辑"对待"理性的限度问题"有着不同乃至对立的观念。"强势逻辑"的根本基础，是假设我们人类的理性意志具有一种相对完满的状态，它可以使我们探究事物的普遍规律和内在真理，并且我们有能力对它们进行表达和交流；"弱势逻辑"却始终认为，认识人类理性的限度，是正确认识理性的先决条件。因为人类的智性知识永远不可能是全知全能的，即便近代以来盲目的对所谓"科学"表现出来的极大热情，也无法使我们逃离"无知"的宿命。

只要静下心来想一想发生在我们身上的四种关系，有哪一种会是令我们放心又满意的呢？或者说，有哪一种关系我们已经穷尽了他的所有和一切呢？这四种关系是：（1）我们与超然或终极之事的关系；（2）我们与自我心灵的关系（认识自己）；（3）我们与他人的关系（社会）；（4）我们与自然的关系（物性）。

人类自身具有难以消除的悖反性。我们追求永恒，渴念乌托邦，但是我们的智识却无法企及这一理想与目标。也就是说，我们身处有限，却在追求无限。更为可怕的是，人类历史上所有的乌托邦"一旦展开必然是血流成河"（王康先生语）。

退而求其次，谦卑而又坦率的承认人类的理智具有无法弥补的局限性，从而不可能由正面担当起揭示唯一性的重轭，否则结果是不堪设想的。所以，哈耶克把关注点放在了具有否定性品格的内部法律规则上。因为这些规则既不是任何高傲自居的人创建和发明的，也永远不可能为我们所全部认知。这就为保留一个谦卑、和平、安稳的社会争得了一片自由的空间。

这正是哈耶克教授令人钦佩的地方。经由内部法律规则（尤其是未阐明规则）的分界与保护为个人提供了一个相对自主的、可以激发自由创造力的私域空间。

同时，我们也必须坦诚的指出，纯粹的法律规则，它的效度不可避免的会导致狭隘和僵化。正如圣·保罗在罗马书中所说，单纯的法律无法救赎人的灵魂。他提示我们，不关涉价值的法律无以自行。

但是，如果说这一命题对于凯尔森教授的"纯粹法学"构成了实质性批判的话，那么它对于哈耶克教授的内部法律规则及其隐性价值却要"重新估值"。

哈耶克教授阐述的内部法律规则，决不是毫无价值担当或终极关怀的单纯规范。相反，他正是要极力反对这一点。在他的"个人主义：真与伪"一文当中，他写了一句话，道破了其中的隐微之处。他说：

"那种得到人们广为接受的基督教传统认为，如果人的行动想具有价值，那么他就必须在道德问题上享有循其良知的自由；正是在这个传统的基础上，经济学家又进一步指出，如果人想尽其所能为共同的社会目的作出一己的重大贡献，那么他就应当享有一种充分使用他自己的知识和技艺的自由，亦即我们必须允许他按照他对自己所知道的和所关心的特定事物的关注去行事。"（《个人主义与经济秩序》）

哈耶克教授并不是一个不关心终极之事的形式论者或技艺论者，他的内部法律规则正是那些美好价值凝聚后的结晶。它们经过历史进程的不断淘洗、演变，去伪存真，保留下来的是与被称为西方文明的社会秩序交相辉映的规则系统。它十分重要的条文，几乎每一条都蕴藏着一种价值理念（甚至我们还可以感受到那遥远的过去激动人心的故事），那些实存的自由文明正是在它的戒规下得以形成的。虽然现在我们由于种种原因，多数时候只能够以它现有的外衣——法律规则——对它进行认知，但是越是走近它的内在世界，越会清晰的发现，它那双无敌于天下的臂膀以其强有力的手势指向过去、现在以及未来的整个知识世界——神、哲、文、史、政……这样的价值担当，难道仅仅是一种"弱势逻辑"吗？也或者是一种"隐性"的"强势逻辑"？

方法论最深邃的层级是心智的类型——

哈耶克教授向往常一样回到芝加哥大学为学生们授课。他讲的题目是关于两种心智类型的区别。哈耶克教授发现"对于伟大的科学家，存在着一种有些夸张但并非完全错误的老生常谈：他首先被认为是他那门学科中完美的大师，他总是能够随时掌握自己学科的全部理论和所有重要的事实，随时可以回答他所属领域中的一切重要问题。"（《哈耶克论文集》）他们有着优异的记忆力，"能够储存他所谈到或听到的特定事物，那常常是表达某些观念的特定词句，而且他能够长期保存"。"他们对自己的学科了如指掌，不仅清楚自己的见解，而且熟暗古往今来别人的各种理论，故可作出明晰流畅的解释。"哈耶克教授称之为"自己专业中的大师（master of his subject）"。在我看来，实证主义这个称呼更贴近于他们的特点。的确，我们的身边充满着这样的大师们，他们的文章与论点如行云流水，他们做事情的风格清晰流畅，他们追求着明晰性、效率与合理化。不过，这其中的合理化应该从与社会相适应的角度来理解。比如说律师，到底需要什么样的思维呢？实证技巧能够给他们多少帮助呢？在我国执业的律师，头脑里都或多或少有一些奇怪想法，这些想法构成了这个领域不可质疑的前提。比如说，"有明确成文的法律条款"作为其相关判断的支持，或者以"得到行政机关的答复"为标准。有了这些前提，他们才能够自上而下的去推断，去完成以为严整的三段论逻辑。问题是，这样的律师除了能够把权力者的意志贯穿下来，他们还有何种贡献呢？不过，实证化、明晰化、形式逻辑化的标准，他们倒是达到了。对学到的知识缺乏怀疑，或许是他们最大的问题；反之，也是他们使这些知识得以明晰与流畅的原因。

另一种类型的心智，与上述实证化的心智存在着很大的差异。首先，他们经由很大的努力，也无法完成对所学观点进行清晰流畅的复述。当然，这也与记忆力相关。"事实上，假如我试图记住这位作者或教师的话，那么它们所能带给我的好处就会丧失大半。"哈耶克教授说，这是包括他本人在内的一种"困惑型"的心智。"困惑来自这样一个事实：他们无法利用那些可以使别人轻而易举迅速得出结论的现成套话或论证。"不得不承认，这些构成通念的观点或模式，是我们思考的起点。我们所学到的知识，来自于别人与我们同样了解到的知识。我们确实与别人共同分享着同样的观点，这些观点不论通过何种方式，在影响着我们。但是，这些观点本身不能够成为支持我们接受它的当然理据。在这一点上，实证型心智与困惑型心智的确产生了分野。前者认为，只要找出了这个 [或当时] 时代的"主流意见和普遍存在的知识时尚"，就可以当然的支配所有的人，而我们所需要做的就是把这些知识 [主流观念] 严格适用，因为"如果一种意见被广为接受，那么它必定有意义"。后者——困惑型心智——"却更乐于执拗地自行其是"。他们不会不加质疑的接受任何主流观念，这倒不是因为他们一定要特立独行，而是这种心智导致了"我听到和读到的东西，并不能使我复述它们的思想，而是改变了我自己的思想，我不会记住它们的观点或概念，而是对我本人的见解和观念之间的关系作出修改。"（《哈耶克论文集》）

转化，若不是通过转化为自己的理解，拥有困惑型心智的人，就不能获得任何知识。当然，怀疑首先是他们自身的一种特点，而这种特点较容易上升为反思批判的精神品格——这是一种极为高贵的品质，它支撑着我们的尊严、梦想与信仰的空间。

通过对这两种类型的心智进行梳理，我仿佛又看到了围栏人的村甸，想起了他们的故事，那个代表着绝大多数围栏人观念却始终不敢跨越围栏一步的围栏人，和那个构成其他围栏人心中顽疾的死时露出神秘笑容的围栏人……拥有实证化类型心智的人，仿佛很难跨出他们生命中的围栏。从其自身特点来说，他们也确实需要一个围栏，而不论立围栏的人是谁，或围栏的存在价值是什么。有了这样一道围栏，他们就可以把握围栏内的质素，把它们明确化、逻辑化、经济化……饶有意味的是，这种实证化的路径，与权力者的意志／目的趋同，所以他们的知识一贯演变成意识形态，与权力捆绑在一起。

困惑型的心智，就像那个在梦中走出围栏的神秘围栏人。围栏始终是他们无法理解的怪物，他们试图追问：是谁设立了这道围栏？又是谁赋予的权力？人真的需要围栏吗？它的意义何在？他们的心灵是如此的悸动不安，他们所学知识一度失去了围栏这把量尺，他们就以这没有根基（相对于围栏来说）的知识和学问撼动着围栏，也撼动着与围栏紧密结合的实证化知识。这些困惑型的人，他们自身的意义何在？会成功吗？我们暂时还不知道［也或许以后都不会知道］，不过有一点倒是可以肯定，没有他们的努力，我们的知识就很难取得进步。

总　纲：否思之思

大谱系：自由；个人主义与关系性视角；理性的限度与权力幻象及科学的迷思；自生自发秩序；规则系统与两种规则架构

小谱系：否思自由；否思个人主义；否思"知识的密码"；知与无知；否思"科学的自明"；否思"理性神"；唯理性主义的信条；唯理与权力；道德感的幻灭；知识与计划；目的与手段；一种谦卑的理解：自发生成的社会秩序；否思法学方法；两种规则的划分；内部规则鉴别；抽象性、目的独立性、否定性；默会；阐明与未阐明；普遍化、否定性与相融性；困惑型心智与创造力；……

下篇

附 篇

佩索阿

36 手指　在燃烧的烛火上慢慢炙烤……
　　　我深深的感觉到我从不曾存在过……
　　　　——[属于佩索阿的季节　与札记]

36.1 万分之一

不经过战斗的舍弃是虚伪的……
　　不曾劫难磨练的超脱是轻佻的；
逃避现实的明哲是卑怯的；
　　中庸，苟且，小智小慧，是我们的致命伤……

36.2 贰贰得零

抛不断过去的追思记忆；
　　扯不清当下的复杂情愫缠绕；
　　　　看不明未来的晓畅通顺……
　　　　　　撕扯、挣扎、苦闷与彷徨……
　　　　　　§§§
想负担，无从着手；
　　力量在冲突选择中自行消解。
　　　　想逃避，没有法门；
　　　　　　纠缠中迈不开沉重的脚步……
　　　　　　§§§

就这样了……
　　可不知道，这样是什么样？……
　　　　不然，还是那样吧？
　　　　　　既不知道这样，仍也不明白那样！
　　　　　　到底该怎样？
　　　　　　　　却，连"到底"也是没有的……
　　　　　　§§§
得允许人进入一个死胡同！
　　否则，怎么救他呢？
　　　　　　§§§
从单一角度来说，是幸福的……
可幸福的基础是什么，它的砥柱可是另外的损害？
　　　　　　§§§
还有一种幸福，叫做珍藏幸福，驶向远方……
　　　　　　§§§
可是，另外的损害呢？
　　　　　　§§§
就像，可恶的、带着倒刺的鱼钩，误扎了渔夫的手指，不取出来怕是不行的，而取出来……都还带着新鲜的血……和肉……
　　　　　　§§§
损害，一直是有的，而解决损害的方式，却没有一种……
　　　　　　§§§
假设：原有 a 和 c，在平行不相交的轨道里……
现，有 b，连接了 a 和 c……
a 与 c 又不能相遇以及同时出现……
结果，a 与 b，损害 c；而 b 与 c，则损害 a……
又结果，a、b、c 同时受损……

§§§

看来，问题并不在于 a 或 c，而在于 b。b 在哪里，或不在哪里，哪里将会有损害发生……

b 是恒定受损的源头……

§§§

b 是恒定受损的源头？

什么是损害？

什么又是受益？

一定要区分？

一定要有怎么办？

就是没有怎么办，可以吗？

§§§

辩思终结。

§§§

损害源 b 自己了结一切……

§§§

人这一生，应该独自面对苦难……

谁也不能剥夺、阻拦或者袒护以及人意干预。

§§§

只要，心不死；世界就还有光明

和希望；心中充满光明和希望，

就会有——奇迹……

36.3 人生有三件事不能忽视

人生有三件事不能忽视

信仰　创造力　审美

36.4 谁的内心里不藏着黑暗与魔鬼？

谁的内心里不藏着黑暗与魔鬼？……这是人的通性，是最真实的……偶尔，它就会显露出来……道德观念的提升，能帮助心灵平稳这一切的冲突和矛盾？……还是加剧了对抗和哀恸？……

36.5 价值感的执念

在静寂的头脑和心灵中……
某种价值感或会突临而至，
切勿妄图去捕捉它……
因为，那就是它飞逝而过的原由。

36.6 用精神爬满神经

用精神爬满神经
（奇异之光射透迷离的雾霭；超越自然法则、战胜机械惯性力、奇迹扭转了幽冥……）

36.7 逃避

因为害怕和恐惧而逃避，害怕面对渊深和无尽黑暗的世界及其嗜血的机械力量……因此抛断一切可能会从中渗入灵魂的鬼魅之影……
独闭此心……
真正的可怜和孤独……

36.8 欲壑与欠然

身体的欲壑与欠然，渴望宁静、
激越和性灵的显露……

36.9 独人

"独——人"。

36.10 死亡与时间

复活在我，生命也在我；信我的人，即使死了，也必复活；活
着信我的人，永远不死……
克服死亡的渊薮，逃离时间的魔咒，黑暗顷刻间被流光溢
彩所充满；压抑遮蔽的活力升腾浮展，灵魂洞开，一曲永
恒乐章；一切区分消融，化为宁静绵密，一瞬即为永恒；不
要担心有未完成的夙愿，永恒的永恒必造就不朽的功勋；逝
去的爱必然重现，未曾相遇的人就在不远的前方，回眸尽
是灿然，凝视与等待顿生甜美的微笑……

36.11 海沙或是尘埃

从此，相忘于茫茫暮色；
从此，将归于无数芸芸众生……
结婚生子，庸碌一生；一粒微小的海沙，没有任何光彩……
永为尘埃，不矢等待……

36.12 吹毛求疵

一切都可以理解，也应该理解，不能吹毛求疵……在世界的恶和不幸面前，人只能相互搀扶，而不是冷眼旁观、一旁嗤笑、暴戾愤怒以及诋毁中伤、恶意拆台……

36.13 我们都是索尼娅

我们都是索尼娅，遇见了现今的拉斯科尔尼夫……却问：是否能有索尼娅的勇气和毅力？

36.14 若要否定先要深入

若要，否定一种思想、行为、事物……不应逃避、排挤或远离……而是，深入、深入了解、再深入……

36.15 鲜活的变为腐朽

精神受尽了创伤和折磨……渐渐地，由纯真变为谄佞，由柔弱变为僵硬，由敏感变为麻木，由敢作敢为变成唯唯诺诺、世故圆滑……把一切相信都判为不相信，把希望判为绝望，把等待渴念判为荒唐幼稚，把庸俗、惯性和丑陋奉为圭臬……把鲜活的性灵给了暗无天日的幽冥与虚空……

36.16 在不毛之地种果树

之所以要在不毛之地种果树……不就是因为还抱有希望、相信奇迹吗？……不然，活着还有什么意义和盼头呢？！

36.17 爱情和独立人格

不懂得爱情和独立人格的关系，就意味着人生失去了盐和光……

36.18 极致与愤怒

一个人，太敏感
对爱情和人格的要求是极致的
向往美好与纯情……
　　　　　§§§
一个人，勉强度日
含含糊糊、唯唯诺诺，甚至浑浑噩噩……
　　　　　§§§
看似多么不同的两个人，其实是一个人。
　　　　　§§§
以后，再也不要这么认真了……
以前的心，已死——
或者，活着……只在曾经——
　　　　　§§§
"伸冤在我，我必报应！"
这句话，就代表一切，足够了……
　　　　　§§§
从中汲取的教训是：愤怒——是一种罪。
因为，人的动怒，就是"伸冤在自己"了……
　　　　　§§§
明明，是一棵树，是山川，是湍急的河流……是太阳、月亮……人却偏偏不把它看作"它之所是"……讴歌、吟咏，一会是母亲啊，一会是生命之光……一会说巍峨秀朗的山峰有着厚重、坚实与挺拔的身躯，或者吟哦"上善若水、虚怀若谷"……而，"它之所是"，没有发生变化……人心与情魄，却在发生层面，变化着……因为这就是——"人之所是"……

§§§

因此……每天睁开眼睛，就有无数双手伸出来抓我……

36.19 以后……

以后都要合理地做人，充实地度日；
当初的梦想走样了……不要紧……只要心还在，
睁开心灵的眼睛，重拾信心……
沉疴遍地了？……没关系……双手双脚还在……
以行动触发灵感……络开尘封蔽塞的心脉……
浪子不肯回头……可是没有遇见牵引双眸的人儿？
阳光均匀地洒向每一寸土地，
即便大地的角落里暂时还罩着阴霾……
可是，如果心里都没有"信"了
那活着，还有什么意义……
是光明还是雾霭，如何能
分得清透？

36.20 光之礼……

"人们没有想到，世界上最残暴的兽行往往是以纯真和幼稚的名义施行的，刽子手们脸上总是挂着顽皮的微笑。如果说一个真正的儿童还没有力气和胆量去做那些残酷的事，那么一个具有儿童心态的成年人则往往成为邪恶的化身；而且这种在干完坏事之后没有丝毫忏悔之心，反而觉得自己的一腔真心足可涤除一切污秽和罪过，凭这真心即可得到廉价的同情和原谅，如果不是得到崇敬和褒扬的话，人们没有从根本上看出，顾城的残忍、凶暴、痞并不是什么一时的迷悟或'走火入魔'，而正是他的天真、美丽的纯情的另一种表现形式。"（《灵魂之旅》p138）

在两重世界价值光芒朗照下，任何一个激越的魂灵与情魄能有际遇伫立在彼岸天空的梦幻入口，得以窥视至美、至真、至幻、至空的奇异之境……这一秒钟的"纯情至性"，甚至抵得上"一息生命"……

36.21 感觉、情绪与创造力

生活——是感觉与情绪……
　　生命——是创造；由虚空驶向空寂，由堙郁走入渊深；自由感和创造力，只在莫可名状与复杂微妙的一瞬之间……
捕捉到，并体现、表达它，就是诗与思、
　　是性灵中喷薄而发的火焰
又似袅袅升腾的烟波、旖旎缱绻的迷雾……
　　坠落与上升、上升复坠落；
堙郁渊深、渊深堙郁；
　　光明朗润、碧丽华彩……
非时、空的次元与维度……
　　呈现梦境、魔幻现实……
　　　　　　§§§
人的思想本质是感觉；

感觉的根基是——"无",
从其过程到表现形式就是"无中生有"……
所以,无论多么恢弘的哲思与体系,严格说来
也不过就是:一种基于感觉和情绪的"说着玩儿"而已……
人——不具有从正面确定什么的能力。
比如,认认真真地说:
  a.人——不具有从正面确定什么的能力;
  b.上面这句话是对的;
  c.而把这句话的内容适用于这句话本身,它又是错的,以及——
  d.无限延伸地错下去……
  e.这句话即是在"确定什么"……
  f.所以,它与本身相悖反;
  g.而什么是"正面",继续要延伸定义或"确定";
  h.下定义、做确定……复悖于这句话的内容……

36.22 无题

大火燃起时,妄图去扇灭它,只会加大火势……而办法倒是有的:
观望,或者去忙些别的事情……让它燃烧净尽……
除非,我们有能力让它发生质的变化,瞬间熄灭……

36.23 冰释

暗夜与严寒　催逼着逃离和瑟缩……
  暖融与真切　缓释了
冰封的冻土、将至的凛冬……

36.24 真诚的缺失

给自我心灵带来最大冲击的感觉或品性是什么？！
——真诚！？
真诚之为真诚的核心内质，是什么？！
——遗憾、缺失以及不完满！？
这是自我剖析、评价一个人的性情禀赋、一名作者或一部书的唯一标准……

36.25 安静与惩罚

安静——有的时候像是一种惩罚
　　　　却是伤害最轻的惩罚
甚至，是有益的惩罚……

36.26 自由的迷思

自由＝荒谬
自由＝沉重的负担
自由＝苦恼与彷徨
自由＝在有限中沉思无限
自由＝不可名状、无可定义、任何唯一性的定义都是错的
　　　（包括这句话本身）
自由＝无限可能性
自由＝无穷的变化、立基于变化的变化或已变化的再变化或
　　　再变化的已变化……
自由＝选择
　　＝选择的不可能性

　　　　＝选择的永远未完成性、永恒错误性……

自由＝孤独、忧虑和折磨……

自由＝非逻辑（逻辑是对已知事物的言说，而自由本身代表着"未知"……）

自由＝反矛盾律（非黑即白、不能又黑又白，即是矛盾律；而自由偏要强调：此，既是黑的，又是白的，既是对的，又是错的，既是美丽的，又是丑陋的，既是确定的，又是不确定的，既是有限的，又是无限的，既是善的，却又是恶的……人生的门，既是宽的又是窄的，既是开放的又是关闭的……）

自由，与"空白"是同义反复、是孪生兄弟……

自由：无可理知、只能象征……

　　　无法哲思、只能感受……

　　　无可消陨、只能经历……

　　　无法追索、只能渴慕与期待……

　　　它是生存与命运、又高于生存与命运……

　　　我珍视你——自由，因为我珍视你给我带来的不自由……

36.27 从感觉……到文字

从感觉到文字是一个渐渐失缺真实的过程，位于中间的是语言。
　　　　　　　§§§
感觉——极其复杂、突临而至，本质上又莫可名状……

感觉——从"无"中生发，是一种立基于"空无"的"有"……

　　　其本身即孕育着无限的虚空、缺失和不完满；

　　　但它是"创造力"和"自我人格"与"个性"的源头……

感觉——是灵魂的显露与偶现、偶在……
§§§
思想试图捕捉感觉……

它调动的工具是经验、区分以及逻辑……

呈现的"物象",是语言和文字。

每个环节都意味着缺失、扭变和再造……

如果语言在偶然中还可以保留部分未经思索、锻造的"临场"、"即兴"或"前意识"与"浅意识"……

处在末端的"文字化",则带有更多的"力不从心"、"力所不及"和"缺憾","遮蔽"与"退隐"的现象越发严重……

§§§

通过阅读过程,一个完全陌生的主体或心灵,难以穿越层层迷障、更难以企达书写者激越的魂灵……

阅读者与书写者,针对同一文本形成两重创作、并分离疏化——成为势所难免的常素……

感觉的共鸣、重叠

  ——是偶遇现象、并非本能

  ——性情、气质存在一定的微妙机缘与投契

§§§

去蔽化的书写,力争去除思维的惯性,消陨工具的存在感与物象感,扭变"形式"的一体化与恒定判准……

  还原。去蔽。感觉。自发显象。容纳。消解。突临。偶在。欠然。离场。投契。巧遇。

36.28 论演员的自我感觉……

人——无法不活在感觉之中……
　　　这同一个世界；
　　　　　大同小异的生活与事件……
　　　熙熙攘攘、载歌载舞的人群
　　　　　如同一个模具里刻画出来的作品。
　　　人们称呼我为"您"
　　　　　我对您称呼另外一个人为"他"
　　　可，"您"不会完全知道"我"对生活的感觉……
　　　　　"我"也无法代替"他"觉知这个世界……
　　——我们面对同样的物象世界
　　——却在灵魂中彼此　陌知
　　　　　　§§§
感觉，
　　组构了我的世界；
我独自面对的生活中，
　　并不存在你由感觉编织的梦境……
就像，
　　我的梦里会出现你或他……
但不会在我的梦境里出现
　　你的梦境
　　他的梦境
　　……
　　　　　　§§§
每一种感觉——
　　都会把我变成一个完全不同的人。

好像一名职业演员，
　　每一天来临的生活就是他刚刚拿到的剧本……
拉开感觉的帷幕，
　　跳跃出一个个完全陌生的鲜活人物……
　　　　　§§§
　　　我——是另外一个我
　　另外一个我——是现在的我
　　现在的我——是将来存在的我
　　将来的我——是完全不同的我
完全不同的我——就是现在的我

36.29 善良的罪过……

善良、温润细腻的性格
　　面面俱到、体贴入微的品行
——是一种罪
　　重重的罪！
　　无可饶恕的罪……
——它掩饰了一切不安与惊惶
　　遮蔽了哀恸、罹患与磨难
　　揩拭了泪水的双眼
　　依然模糊与混沌……

36.30 荒诞与虚无的路……

在荒诞、虚无的生命感觉面前……
人毕竟还是有许多条路可以走。
——但具体走哪条路

却不存在唯一性
——它既与个体人格的情怀、气质以及个性有关，
又与所有与之相关的一切有关……
——看出这个问题的　意义
　　要大于其　结果

36.31　在路上……与两重世界的幻影……（壹）

认识和理解两重世界
　　是践履生命意识的过程和个体命运
——价值的分疏
——生命存在感觉的区化
——堕落与垮掉的人
——道德与责任感
——大麻与性
——书写与吟哦
——歌唱与放荡
——身体、暴戾与美学
——生活操持与隐匿的理想
——技艺理性与群生术
——时间与空间
——管控与私域
——一片绿叶
——一杯清茶
——宁静
——喧嚣
——螺旋与曲线
——香烟！香烟！香烟！

——谁照顾

   哭泣的孩子……？！

  泪珠儿

   滚落脸庞……！？

——白茫茫的公路

  繁忙的公路

  梦幻的公路

  炙热的公路

  无尽的公路

  ……

——烈酒浓情和孤寂的眼

——"对不起！

   我没有话对你说……！"

——"亲爱的……

    你知道我为你牺牲了多少吗？！……"

——安静。安静。安静。

——请你离开！离开！……

——病魔、噬咬！

——凄凉、悲恸！

——遥远的梦境……

——永恒的异乡……

——秘钥……

——垮塌……

——蓝……

——白……

——空……

——无……

——甜……

附篇

——涩……

——苦……

——书……

——§§§

——型相、分有

——凄迷的夜色、漫长的旅途

——"一"在"一切"之中,"一切"在"一"之内。

——"一"因"一切"而裂分,"一切"因"一"而复归。

——"一切"≠"一"="一切"。

"一切"≠"一","一"="一切"。

——"一切"仍是"一切","一"却替代了"一切"。

——"一"因"一切"而消散……

——"一"却仍然是"唯一"……

——"一切"分有"一"的型相、功绩和道路。

——"一切"因"一"而融聚……

——§§§

——仅仅　为所欲为

　　　　是非常低级的阶段……

——沉思　所有事物的复杂性

　　　　变得宽容、理解

　　　　阻却强硬和暴力

　　　　而一成不变、一以贯之

　　　　却近乎于无知与低能……

——"'现在整个世界上再没有,再没有比你更不幸的人了!'她发狂般地叫道,(……)暮地又像歇斯底里发作似的失声痛哭。"

"一种早就生疏的感情像潮水一样涌上他的心头,一下子把他的心软化了。他并没有抗拒这种感情:两滴泪珠涌出他的眼眶，挂在睫毛上。"

"'那你不会离开我了吗，索尼娅？'他问，几乎抱着一种希望看着她。'不，不，无论何时何地我都不会离开你！'索尼娅忽地大叫，'我跟你去，无论什么地方，都跟你去！'（……）"（《罪与罚》）

——忘记背后——努力面前！

"生活就是成为另一个人。一个人不可能在今天去感受昨天感受过的东西，因为那不是去感受——而是在今天回忆昨天感受过的东西，成为昨天曾经活着和迷失的行尸走肉。让我们从石板上擦去每一天的一切，让我们迎接崭新的清晨，永远处在原生情感的重现状态（……）"（《不安之书》）

——会心、灿然的微笑

　　只会偶然显现

　　清晨晶莹的露珠儿

　　滑向深沉的大地

　　滴落在厚重的泥土之中

　　扎入、消融……

——§§§

——这个世界会好吗？

——我的老天！这个问题太大了，太大了！……

——提这个问题的人，

　　说明心中存有两重世界的

　　价值意识与存在感觉

——既然这样，如果设想，由一个现实的、不完满的世界，悄悄然滑向一个理想与梦想中的世界……而这个理想和梦想中的世界却已然成为另一个现实的、饱含缺憾与凋败以及不完美的世界……

——那时的你和我还要继续提出和探索这个问题吗？还会继续问：这个世界会好吗？仍然，会这样来回答吗？

——如果你说："是！"

那么我继续回答你：

这个世界会好！

因为我们一直未放弃这个世界会好的念头、以及提出这个世界会不会变得更好——这样的问题……

——如果你说："不是！"

那么，我们的谈话就终止了，并且没有理由……

——还有，"好"与"不好"……

并不一定存在于"时间"之中……

——我感觉着，现在、此时此刻、当下就挺好……

——不代表明天、也不代表昨天！

——记住：这个问题一旦提出来，就要不停地问和答：

向刚用斧子劈死了放债老太婆的拉斯科尔尼科夫问……

向忍辱负重却内心光洁的妓女索尼娅问……

向叼着烟头伏案疾书的"赛尔"（《在路上》）问……

向此时此刻自己的内心问……

向每一刻的不开心、堙郁、悲恸和无奈去问……

向着一切"该问"与"不该问"的问题，去问，去问……

——§§§

——谁分享给我250元？

谁用一根葱将我从地狱拽向天堂？

谁请我看一场电影？

谁陪我去逛一逛书店，享受一段美好的阅读时光？

——谁"予"我？

——我说：我爱上你了……

——不停地：亲吻滚床单……

才是唯一正经的事儿……
——还有最后一点：不说了！
——§§§
——当这个世界已经习惯了说：
　　花儿的芳馨和小草的清香……
　　你却突然想到——
　　　粪便滋养沃土
　　　喷射出精子带着苦涩的气息
　　　……
——它来源于两个真实宇宙之间的直流与跳跃（象征……）
　　感觉——不会死亡……
　　无论它被幽禁多久……
——§§§
——"文化进化"——
　　是一个非常值得重视的观念。
　　它既包含着对现有习性与规则的精细化演进，却又同时意味着要对它进行高度的挑战……这种观念既适用于个人的灵命长成，又适用于群体繁复赓生。
　　它把所有的问题引向：复杂化、能动的以及深邃的过程……
——惯性与机械力量
　　——习俗、既有规则系统、道德与思维意识……
　　——自我心灵、生存感觉与外部因素相互协调交融统一的那一部分……
　　——感觉的翻转既来自于生活的交替、轮转、生命的赓续，又来源于两重世界的分疏与思维型塑……得自于冲动与冲突……情绪的嬗变……性情的繁复杂变与深邃的过程……

——深入察焉惯性机械力
　　　　　走入成熟与深刻
　　感觉的觉醒
　　　　　带来创造力和自由意识
　　对我们来说，这一切意义非凡……
　　——人类在是非对错的观念上
　　　　　争吵了太久，打的架也实在太多……
　　这种思想的争战也将永久持续下去……
　　　　　它存在本身的意义远远大于其结果。
　　而不参与思想辩难的人类
　　　　　却是典型的群氓与饕餮之流

36.32 在路上……与两重世界的幻影（贰）：拉撒路……

落日的余晖中，
　　　巫师挥动一双肌质丰腴的翅膀
背负着满满的鲜灵
　　　奔向渊深的谷底；
幽冥之门，
　　　谁的力量将你隐蔽……
密钥之光若隐若现，
　　　与灵魂的倩影
交相辉映；
　　　缠绵与崩陷，
翼龙的火舌将宝图焚化、
　　　它的灰烬在一滴银色的泪水中
浮展升腾……
　　　无尽的黑暗在无限之中倾诉……

骷髅地流淌宝血？
　　　荆棘与绵羊？
梦幻蓝……亲吻，
　　　爱与回忆在诗与童话的梦中开启……
海潮中暗流涌动，是它思想的多变。
　　　翠绿青草吐露出迷人的涩香。
伟大的诗人从不会忽视集结在他的视网膜与意念中的任何现象。
……
拿起笔，真诚地感受……
鸟儿之间的叽叽喳喳；鲸鱼们通过憨实圆润的嗓音喃喃自语。
眸子宛若月光中深色的水流，回应着，交融的目光化作一片暖洋……
自我与他人之间的交流；自我与自我的交流。
美丽女神的思维严谨而又嬗动。
自我与他人。我是／我在——自我中的本真自我；他人中的自我并非本真自我中的我是／我在；自我 [我是／我在] 中的他人也非他人自在自为自我分裂冲突中的本真他人；自我与他人之间的鸿沟能否弥补？无可想象，更无法论证，在此，逻辑律黯然失色；了解他人，始于自我 [我是／我在／自我分裂] 中的他人，否则，失去自我，也失去了他人；但失去自我也失去他人正是了解自我与了解他人之统一的起点；能够统一吗？不能！但也能！不能在能之中，能也在不能之内；在灵魂中、在此在与肉身中！维度不同罢了！在灵魂与肉身中真的能吗？不能！除非他人是自我灵魂之本真中的他人、而自我也是灵魂之本真中的——自我。
在此，思维凝滞——陷入自我本真感受中迷失方向。
欢声密语。

激情的唇紧紧相偎，爱人的抚慰化开了欠然身体的羞涩，拭去了肉身在尘世的忧伤。两般欲念交织在爱的巢穴。灵魂在欢腾中升起渐渐的融为了一体。

清晨，鸟儿奏响生命乐章。

炽烈的白光推开了佳人微微闭合的双目。

醒来的样子这般迷人。在梦境当中延续昨日的话题。

是怎样的呢？

心底的欢乐化作圣洁的智慧箴言将灵魂深深的吸引。

仿佛在寻找。

> 笔下的字魔幻般的变成了一个个奇异的精灵，她们飞逝而去，远离了视线……心灵似乎被惊呆了，竟也观赏起来。苦思冥想，无奈，如何把她们召回？什么才是整合的元素呢？风中传递着细语／一在一切之中，一切也在一之中。

沟通的语言与自我的语言。自我的语言升华为无限的语言，与无语之间的界限消失了。沟通的语言来源于自我的语言，并在俗世连接着自我的语言，前者作为后者的形式……没有人只有自我的语言，就像没有任何俗世语言能够完全遮蔽住自我的语言。

无意将话题点破，但确实对此沉默不语了。

……

星期六清晨，

一场夜雨过后空气清新，每一次呼吸都能焕发出生命的活力。

早餐，步行于楼宇之间。

雨后的宁静与空气的湿重。仿佛感悟到来自远古自然的问候，似乎还夹杂着丝丝遗憾。

原古——创世圣言强烈被人感受到的时代——与现代——韦伯在梦中聆听媚惑女巫痛苦的倾诉，醒来后判定为／去魅化／的时代——谁更能解心中之惑呢？

自由、诗意、灵魂……究竟是原古还是现代与之相近呢？

使灵魂欠然的不是当下时空的环境——无论它是什么——，而是那欠然的身体本身，嗯……，换句话说，身体自在的欠然无论在哪种环境下都会存在……

身体的欠然从负面超越了古代与现代。

像鸟儿一样插翅飞翔

到月亮上，寻找当年嫦娥用泪水涌汇成的天泉。

肉体之间与精神之间的距离拉近了。同时，又疏远了。

肉身的欠然性促发了自然科学的迅猛发展。这是从精神转为看重肉身的一个清晰过程。为了体恤肉身的寒冷、单薄与柔弱……

沉重的肉身！

精神领域呢？精神要怎么办？

做肉身的婢女呗！从来不都是要作此见证吗？

二二得四——数字与几何图形——身体的眼睛——明亮使你博得肢体王国的桂冠——世界的影子遮蔽了光明——山泉的源脉被阻断——圣域与俗世——此世与彼世——战争偃旗息鼓了——携手共游人间吧。

"醒来——快醒来——这不是最高的统一——这是精神的降服——赶路吧——别在虚幻中嘲讽自己——又在酒醒时擦拭灵魂的愧泪……"

在场与悲伤的可传递性。

以此冰释这段原古与现代的论争，它们不应该是对立的，我希冀她们的统一与重生……

最后的呼唤过于隐秘，这或许是表达方式的倾向性问题。"到底如何才能超越与统一呢？一如何能在一切之中，而一切又如何能在一之内呢？"

嗯……，或许，这样的问式本身即是自私的。

36.33 在路上……与两重世界的幻影……（叁）

——清晨　冷风萧瑟……
　　　　　匆匆忙行路的人
蹁跹漫荡、瑟缩颔首
　　许是　豆蔻年华
　　许是　桑榆暮景
　　许是　草芥蜉蝣　之命
　　许是　达官显爵　屈尊纡贵
……
同似：
　　　燃尽流年。
——新的一天
　　　令我欣喜却又恐惧
所有的感觉和思绪全部扩散开来
　　缠绕在一起
不知　如何收束
　　　　如何专注
　　　　　如何推动
　　　　　　如何延续
　　　　以及　如何跨出　第一步……
——§§§
——繁芜丛杂的阴郁腹地……
　　　一个游魂
　千万次地　飘荡在阒秘洞崩之间……
　　烟雾疏稀　偏寂夜宜……

那是
　　最原始古老的咒语
　　借体于超霞和暮色
　　还魂在钢铁丛林之中……
　　它带来神秘感觉　和新生
　　交换稚颜　和鲜灵……
拱手辞别时　留下密语重重：
弃绝即是重拾　告别即是重逢　死亡即是重生……
——所谓"时空错乱"实属一种概念游戏,
时间与空间是有意识划分的思维与物化框架。
感觉并不受其限制。
时空——只是感觉的质料
　　　　　而不是感觉的壁障
感觉可以穿越一切而凝集
灵现　闪光……
——§§§
——老实说：
　　凡是从正面所下的任何肯定性结论
　　　　——我都不信
也包括我所说的这句话。
　　因为　只要你：察验过人类最深不可测的痛苦、疯狂
　　　　和恶性；又觉明爱的火焰、灵美和诗意……就
　　　　无法推诿——任何的可能性……
　　生活　极其复杂、困难、多变且深邃……岂是凭借着
　　　　几条理论、经验、臆想或者传统观念……就能
　　　　行得通的？！……

附篇

36.34 无法肯定也无法否定

芸芸生灵、
　　　无尽海沙……
浪花翻涌、
　　　转瞬即逝……
撞击、聚合又消散……虚空、无与有的无穷变替、幻灭……
找到：每一瞬间主体抽离现实独立的位格和意义……
　　　每一变化复杂与深邃的普遍关联……
爱的维度与向度：
　　　既　无法完全肯定什么
　　　又　无法完全否定什么

36.35 厌恶恶心

各种主义
各种宏大叙事
各种集体角度的论述
各种指引方向的言说
各种除了自己心灵感觉之外的代表性言证……
各种站着说话不腰疼式的、说了等于白说的喧嚣与呐喊……
各种挂着羊头卖狗肉……
各种闲来无事、索性玩玩儿……
各种虚情假意、假戏假做、自说自话、相互圆谎、戏里戏外模糊一片、心系大地却卑身无处立锥、日里扶着老人过街夜里眠于乡下私墅、拿着鸡毛当令箭与手握令箭视鸡毛……
各种正面的、肯定的、拔了高的喊破嗓子……
各种自以为是、明知不知而佯知、一知半解就立牌坊树形象……

各种可耻与可怜……

耻于：明明不算个什么东西，仅是一袋垃圾，自己心里也明
　　　白，却偏要拿到众人面前、恬不知耻地让人评说评说
　　　……却也，真有人评说，还捧吧捧吧……

怜于：自己心底的那点感觉都悟不清也述不出来，却拧巴着
　　　内心往大众集体、甚至恨不得往全人类的问题里去
　　　关注，还发言……

这一切——真令人厌恶恶心。

36.36 尊重的表象与内化

赢得尊重：
　　绝不取决于任何外部因素
　　——强制、等价交换、自我牺牲行为
　　而仅仅来源于自我心灵的给予……
　　"你自己就是你的心狱
　　而你就是可怜的囚徒，
　　在爱情、友谊和一切方面
　　你都将永远孤独！……"　（梅列日科夫斯基）
　　……
　　有谁至死都不明白这一点
　　就是
　　——罔顾命运和泪水
　　——心灵幽闭而无法释放尊重

36.37 人赤条条地来、空无无地走……

人赤条条地来、空无无地走……
任何外部物质——良田、屋舍、金银字画……——带不走一
　　分一毫……
至于，任何内在精神与无形之势——智慧与知识、品行与
道德、功绩与名望……
——亦难逃"悖反"与"消解"的命数……
在人生的初级阶段，因"不知"，而为"知"的欲望撑开来
晋升的空间；
在人生的高级阶段，必将走入深深的自我怀疑，怀疑一切、怀
疑一切"所知"，怀疑一切"不知"，怀疑一切"能知"与
"不能知"，进而
　　　　——怀疑一切怀疑
　　　　——至死方休
　　　　——又或许，不去了解自己，亦不去了解任何"知"与
　　　　　"不知"，也不去"拥有"与"不拥有"……才
　　　　　是人生唯一的任务与意义……
窗外，细雨淅淅沥沥……
　　　　泛出冷冷苍白的薄雾……
雨滴敲起无尽的烦恼、
　　　　如纱飘摇的漫雾带来难以穷尽的迷思，迷思……

36.38 一颗心灵、一息生命

一颗心灵、一息生命
首先要解除群体众生相加的束缚和枷锁
群生术——只可玩味、莫可入心

然后，祛破时间和空间的魔语
心灵史——是生命的沉疴
　　　未知幻象——是心灵的羁绊
　　沉潜瞬息之间——凄迷、哀思
　　凄迷　哀思　朗润　通坦

36.39　生命　似微弱手中一捧流沙……

生命　似微弱手中一捧流沙……
——从不积蓄
　　只是流逝
迎着和煦的晚风
　　无意识地从指尖滑落
偶尔，思悟每一颗滚动的沙粒……
　　顿觉天地旋转
　　时空逆流
　　万象收束于一瞥之间
　　瞬时洞开散化无形
　　翻转　替变　流幻
　　不曾存在　却似相识
　　似曾经历　谬戾万千
　　可是魂灵投下　魅影？
　　异常深邃且难以名状
　　崩颓　消弭……
记述着　消逝……
体尝着　虚空……
消逝的虚空——虚空的虚空
字符——同是流沙

本无驻形

　　　无以驻型

碎散流溢皆是梦……

36.40 睡眠是人灵唯一的慰藉

睡眠——是人灵唯一的慰藉

　　　　是生命最高的象征

沉沉朦胧中……

　　思虑中止了它一切的表征

　　现实被剥离所有基据

　　罢黜惯性与时空机械力之全部判准和法则

　　感觉——逆势而生

　　感觉，不被感觉

　　思想，不被思想

　　§§§

纯美，而透碧

　　§§§

惊鸿一瞥之梦　翻覆波澜

　　——疾苦、冥漠

　　——蜕变、差序

　　——逆袭、陡转

　　——恪守、流变

　　——抵牾忸怩、恺悌和悦

　　——冲突碰撞、交汇融贯

　　§§§

来者清风　无影

散若烟波　绝迹

§§§

悬置时空

放逐逻辑

　　§§§

灵　　肉

疏离且亲昵

怆然遗世清淡高远——格调

繁华演尽世情纷杂——犬马声色

　　§§§

轻盈梦中

　　碎散流溢的世界

　　许是　唯一真实的世界

　　睡眠　是通向另一重世界的幽冥暗道

36.41 境界

境界——

生活在一个不问询、不探讨，也不需要

任何理由的世界中

死亡——

是唯一的理由

是高超的境界

36.42 未知

"延续的东西永远不可能了解那未知的狂喜。不要积累，而是在每一天、每一分钟死掉，那就是非时间性的生命状态。"（克里希那穆提）

§§§
对此，我无意增添或减掉任何一个字……
只是发自内心地脱口而出：
"说得多好呀！……真令人满意……"

36.43 轮回——是一种过程与视线

轮回，是一种不断追溯、钩沉、探寻以及创造的过程。
回，即已企达另一重世界，复翻转至本源或往昔……
一次次更迭是为轮转，每一瞬间的终结与复生……
若无终极之光的朗润，轮回便是没有任何价值的过程。仅仅走上几里路，其本身无任何意义；或是走去拯救，还是走去夷戮，才使得这个过程产生了不同的意义与区别……
首先要有期待，要实现什么……才会使路途有方向感和呼召力……然后是情怀……坚忍、刚毅、谦和、虚己……情怀即是美的回溯……
光线产生了视线，
　　　　然而黑暗却映衬了光线……
但却不能因此说：黑暗才是最伟大的……
　　　　否则，要这幽暗中的茫然视线
　　　　　　——有何意义？……

轮回的路途，
　　　　岂不成了驶向永恒复归的暗堡？！……
一个伟大的观念——重现
　　　逝去的会复归
　　　　　遗憾得以弥补
　　　哀伤化为喜悦
　　　　　忏悔得见光明

受损已被恢复
　　　死亡迎来新生
熔炉中滴落的每一颗泪珠儿，
　　　皆成为重现的一粒粒种子！
熔炉中滴落的每一颗泪珠儿，
　　　皆成为重现的一粒粒种子……

36.44 有一句话是对的……

有一句话是对的：
真正的虚无主义者，
绝不是否定一切的空寂全无者……
在内心最深层的火山岩石下面，从来都有一种若隐若现的价值理想或心灵感觉在呼召与辉映，它就是源自灵魂深处的火山岩浆；平静或躁动都是汹涌激荡奔腾喷薄的预兆……
否定一切的人，就是在预兆来临、凛冬将至时砸碎慵懒无知的村民们手中捧着的饭碗的先知……
祛魅与解构——就是等待与渴念……
死亡　即是新生……

36.45 一部伟大的书……

一部伟大的书：记录下一个孤寂的灵魂，一生中全部的心灵感觉、思虑与梦幻、技艺理性、经历与创造、所取所予、无稽与荒诞、死亡与新生……
《不安之书》《卡拉马佐夫兄弟》
——安享

36.46 幽邃的迷

人是迷　幽邃的迷
　　　　高深的迷
　　　　灵魂的浮光倩影
存在是迷
思虑是迷
感觉是迷
思索和感悟——是在制造另一重玄迷
　　　　思迷即是迷思
　　　　解误即是误解
　　　　解语即是妄语
　　　　存在感即是迷失感
是迷，并且永远是迷
　　　　除了迷　人什么也不是……

36.47 短暂的美……

吹风机，呜呜——呜响……
发出持续均衡的韵律
因为太过均衡一致
恍惚间——彷似感觉不到任何响声……
神思——游走……
瞬间燃起一支香烟，一呼一吸之间火光燃尽了洁白的梦幻……白……红……褐……黑……黑……黑……暗淡……无光……消散的氤氲——在一瞬之间逝去……因着短暂，才清晰可辩。
急促地　缩短——消逝……

36.48 掀起波澜

头脑　　　　思维意识——调动经验、设定区分模式、判断标准、情感模型、带动情绪、勾连欲望、集中目标、输出言词、竖起标签、赶赴现场……
　　　　　　§§§
原始本能　　虹膜——感受光源能量
　　　　　　视网膜——集结影像
　　　　　　听觉感受器——接收声讯
　　　　　　发音系统——发音器官发出语音或乐音
　　　　　　§§§
感觉　　　　头脑一方面在调动和接收着"原始本能"反馈的信息，另一方面又在急切地制造着对抗和冲突：
　　　　　　所见不实；所听为虚……
　　　　　　感觉，滋生在头脑风暴袭击之前或停息之后，与原始本能相伴、自然而然的精神游离与恍惚之间……

36.49 未来……

永无止境地
探索与创造的心灵
渊博、幽邃的
　　眼光与品格
果敢、坚毅地
　　行走在路上的
　　　　——持恒与宿命

36.50 奇迹……

奇迹——是相对于人的智识、认识能力和所积累的经验而言的。如果独断并狭隘地认为这些就是人类的全部构成，而超出这些范畴的就是所谓逾恒或者奇迹了。奇迹的现代含义是占有欲的一种形式，非能理解、非能掌控、非能经努力达成所愿之事，且可抛归奇迹幻言，寻得心安。奇迹本是心灵感觉的附属品，凡入奇迹幻言的，亦可不如此。繁花嫩叶、一抹夕阳，光怪陆离、斑斓与喧嚣的世界中，周而复始的流逝，什么不是新奇又逾恒的呢？心灵感觉的薄博与深邃……本就是奇迹……

36.51 我——从不曾存在过
[佩索阿 札记]

阅读思想书籍，帮助我们找出更多的思想与感觉的共性、共识。反之，以共性为参照——发觉个殊化的感觉碎片、意识中的荒漠、闪现的寂寥感……一部心灵感觉的私密史。

§§§
我深深地感觉到
——我从不曾存在过
这是一种极致的虚无……
§§§
所有问题的中心：
人的有限性、在这个世界中罹厄、痛患与悲戚……

§§§

"我深深鞠躬，没有骄傲，因为一个奴隶没什么可骄傲，也没有快乐，因为一个被迫去送死的人根本笑不出来。"

"如果被征服的人就是死掉的那个，而征服者就是杀人的那个，那么，我这样做，就是一面承认我被征服了，一面把自己变成了征服者"。（佩索阿：《不安之书》）

——在角斗场上，用剑插入自己的胸膛……

§§§

爱——灵魂啜泣的感觉。

灵魂啜泣的感觉——爱。

爱灵魂啜泣的感觉。

爱——爱。

啜泣的魂灵爱灵魂啜泣的感觉。

罹厄的重负、哀恸与颤栗

——就是爱的澄明与显现

§§§

否定自身的存在（从未曾存在过）——将是终结一切过去与未来、阻绝现在、厄索自由与价值及全部意义哲学……的唯一可能性……将是变化之中的极致、静止的断裂、思与虑的消亡、生与死的死与生……虚无与朗润的湮灭……言说与不可言说的极限之极……超越一切形而上学、存在与虚无、神秘之光与凡俗庸暗……

§§§

存在的使命——是要使自己不存在。

不存在并不意味着死亡，死亡不是不存在。

而不存在是：

活着的却已死，
已死的尚且活着；
存在的不存在，
不存在尚在存在之中。
活死人——是他在"此在"中最响亮的标签。

§§§

海德格尔和萨特等人的存在主义，仍是在想尽一切办法去调动理性形而上学，剖析、论证以及玩味大量的语词和概念体系，带有非常浓烈的价值祈告和意义制造根底……
如果，一个人，从未曾存在过……
就，真真正正、彻彻底底地
——与这一切无关。

§§§

佩索阿的半异名者索阿雷斯在一则叫做"窒息"的札记中说："当我试着使自己的生活从持续不断压迫它的各种环境中解脱出来，我就立刻被其他同等数量级的环境包围，就好像造物主的神秘之网无可挽回地和我过不去。我用力拉开扼住我脖子的一只手，当我想把陌生人的手从脖子上拉开时，看见我自己的手被脖子上的套索套住。我小心翼翼地解开套索，它套住我的双手，我几乎要把我自己勒死"。（佩索阿：《不安之书》）
在前文中，我曾象征性的移情拖借于《白痴》三位主人公[梅诗金公爵（m）、娜斯塔西娅（n）、阿格拉娅（a）]之口书写过一组对话，抒臆心灵之感（存在的有限性、柔弱、苦楚与无奈）：

m：

一个人，被关进一只坚固无比的铁笼当中；尽管他有着使不完的力量、聪慧的头脑与坚定的信念，可就是出不去；

而且要眼看着，笼子外的牛鬼蛇神、魑魅魍魉奚落和嘲讽他；尽管这些恶魔加在一起也抵不上他的一个脚趾，可这之间就赫然地存在着一种东西一只铁笼或者无以名状的一种无以名状的无以名状……阻绝在两重世界；他是出不去的，而更可气的是这些魔鬼都隐藏着真实面目，他不得见；甚至这些鬼们也不知在里面的是他；他想，干脆弃绝了这生命，宁死不屈、不受辱，但马上又觉得那使他逃离铁笼的钥匙、两重世界的解咒符似乎就在哪个地方……

n：
你从此，好好地生活，合理地做人；
命运的创痛扼住我的喉咙，我曾伸出双手欲解开这绳索，可竟连这手也被困住；你伸来搭救的草绳，可它却扯住我的手扼向自己的喉；
我从此弃绝任何希望，风雨飘摇的夜晚不再幻想会有一扇门为我等候、一双温暖爱恋的手捂开我睫毛上凝结的泪霜；
我的人生是彻底的悲剧，尽管我曾
心门洞开
良善对世
　　憧憬幸福与美好
可
　　世界的底色是黑的，
涂画上什么色彩最终都难逃黑色的命运；
　　我就懂了
挣扎是无用的，
　　软弱是自欺和嘲讽，
赎罪是妄想与虚空……
　　终有一天我会遭遗弃并死于伤寒。
我也就明白了，

我在走向死亡的路上并体尝着悲剧的生命！
既然这样，
　　我就少作孽，
放过身边的人与事；
　　复归于黑暗，
死于黑暗，
　　只有黑暗是真实的，
能吞下一切、覆盖一切……人与罪。
a：
生活只能是象征性的，
我们都没有能力较真；
如果有谁去跟生活较真，他唯一的出路就是自杀或者发疯……
而一个女人，所求的即温良、宽宏和笃信的情怀。
p：
人是苦难的承受者，同时也是行动者；人拥有向往美好的情怀与感动也有价值与意义的求索，但又永远追寻不到……
风中有言，存祈告之心，忘记背后努力面前……
可人生的色彩绚丽多姿、变幻斑驳；人的性情隐晦曲折、光怪陆离。我们无法统一，也担当不了，情怀诗语与智性慧识都有着极限：
灵魂的啜泣；蒙召；路德的我信和祈告、主仆同位（人即是众人之主、又是众人之仆）；生存世界的偶然性、相对于人的欲望情愫和愿望之思的欠然性；恶和悲剧；性情的分裂、矛盾、复杂、非统一与偶发性；情怀的多元差异；一切，我们现在都担当不了……
m：
我挚爱的超感之灵
　　我真诚地向您祈祷

愿我们破碎的、被世界噬咬、侵蚀、荒漠的心仍能透出一丝微弱的火光、仍有一丝唏嘘之气升腾绽放，与您爱的光芒相融……

人啊，本为泥土，虽注灵气，在世生命仍属残缺的金瓯，终为强弩之末，扛不起更担当不了重担，又何谈是肩动生命的巨石？！至少我们现在担当不了……

我的灵魂无时不在啜泣当中……这就是我的生存感与存在状态……我在欠然和亏缺中呢喃踯躅……焦灼的双唇、暴血的眼、干涸的泪痕在熔炉和焰火中慕义与渴求……

啜泣的魂灵却也未腐朽，仍生出隐约祈告之音……

　　我的超感之灵

　求顾念我、怜惜我……

　　仍赐我清直和通坦

n：
我救了你又把你推下火坑；
你救了我复推我下火坑；
真是一场孽缘、一笔孽债！

　　§§§

萨特称：

人的存在和这个世界的存在均无定性，"黏糊糊"的令人恶心，只想呕吐……

甩不掉，死死缠裹……

抓不住，又软又滑……

理不清，越疏越乱……

最后，只剩下"担忧"、"恐惧"、"呕吐"和"黏滞"……

　　§§§

尘土是唯一的秘密——

那仅有的，死亡

你无法知悉的一切
在"他故乡"
……
死亡！死亡在晚上
有没有人带来光亮
好让我，找到方向
进入永恒的雪？
……

（狄金森：《尘土是唯一的秘密》）

§§§

加缪的"西西弗神话"，写得太蹩脚了，明明是抒臆荒诞感觉，却要用大量的形而上思维方式和十足的逻辑论证手法；这不就是贼喊捉贼吗？不堪卒读。

§§§

一部多棱镜作品：可以从任何角度进入去读、看。抓不住，又似乎留下些什么。这种感觉，足矣……足矣……。

§§§

加缪觉得，关于人为什么而活、究竟什么是生命的意义和使命、一个庸碌而终的人到底"在活什么"？等等这一类问题仅仅是荒诞的佐料；有无生存的意义，人都要在有限中存在下去……人，也无法得知这超越世界的意义；而且，没有意义的生活反而过得更好些……如果某一天，这位"意义"先生出现在我们中间，那么清晰，那么彰明，解脱了我们的"烦忧"、"苦涩"与"哀恸"，为我们指出"光明"的方位……一句话，卸掉本应由我们独自承担的、固有的生命重负，那么，这无异于谋杀……我们将因此失却了一切勇气和力量……因为在加缪的眼中，正是人与其自身阴暗面的永久对抗、只是对抗、既无意义又无未来与目的性的对抗，组构了人的荒诞，又带给人在荒诞中的"超越"——乃至"幸福"……"我感兴趣的正是在回程时稍事休息中的西西弗。如此贴近石头的一张苦脸已经是石头本身了。我注意到此公再次下山时，迈着沉重而均匀的步伐，走向他不知尽头的苦海（……）他超越了自己的命运。他比他推的石头更坚强（……）应该想象西西弗是幸福的"。（《加缪全集》）……加缪所说的"幸福"的此公，是古希腊神话中的西西弗，被判罚永远推着一块巨石上山，他的生活没有任何意义，只是重复着同一件事情。也可以说，这就是荒诞人的原型，他代表着人生的虚无，每天推石头上山，与芸芸生灵每天睁眼、闭眼岂不是一样吗？……可以理解……毕竟荒诞信念赋予人的担子要轻省得多——既然寻找意义的道路如此艰难，索性就停下来，干脆不要去探寻什么价值与意义，大家彼此打着气，享受眼前的一切岂不更好！给生活挑刺的人哪里比得上生活为你担挑重负的人；掌握生活航向的人远不如生活掌管航向的人……推着石头反复上山的西西弗，他靠近石头的脸，慢慢地真的变成了石头！这块石头也不大也不小，但刚刚好遮挡住你的脸；也不凉也不热，但却足以使你麻木；时间也不长也不短，就在你推着石头上山的时候；光秃秃的石头既不美也不丑，既不善也不恶，既无激情又不轻松，因为只有这样才能勾消一切！……据说：幸福油然而生，又彰显着"力量"……

§§§

加缪《局外人》中的默索尔先生对于杀人也持无所谓的态度……而异名者索阿雷斯，却不想经历任何外界的风险："我讨厌真实的危险，但这不是因为我害怕过激的感觉，而是因为它会破坏我对感觉的完美聚焦，这使我恼怒，使我

失去了自我感。我从来不去冒险。我害怕危险带来的乏味感"。(《不安之书》)

§§§

既然已经对现实状况怀着一种不满、抱怨和突破与改变的激情与冲动，暂且不评论这种念头的是与非、对与错，仅就眼下来说，得先让它爆发并尽燃……捂是捂不住的，压下来也没有意义……不满足，是一种情绪，其本质上与现实无关，因为从理论上来说任何一种结果或现状都存在引发不满情绪的可能性……不满足的心里和情绪才是问题的核心与关键因素。

§§§

一个寒冷的雨夜，接着是纷飞飘落的雪花……没有日出……寂寥落寞的下午，细雨仍在持续……一名清洁工人，身着制服、手持工具，无望地扫着积水……看不出憧憬、也没有迷茫……

§§§

碎散流溢——这个词用来形容"回忆"，真是绝妙无比……一生恍如一梦……相比于肉身死亡，精神死亡易被忽视，且难以察知。肉身需要物质供养，而精神继以维续所需的供养是：对立冲突的情绪、焦虑不安、灵魂的啜泣之音、激烈矛盾、悲恸与挣扎和碎裂无常、偶然偶发的际遇，以及自我对抗、自我批判、自我人格的撕裂感——自由与孤傲、敏感的心灵……精神的死亡来自于统一、明确、规律与庸俗……以及，悲惨的单调……

§§§

我曾经言述过一种心灵感觉，即：第二双眼（现在我们把它放在极致的象征性语境中体悟冥漠的意境与蕴含……）——他恨自己的第二双眼睛，不知道为什么有的人除了凡胎肉眼之外还要有另一双无形的眼睛，这双眼睛从来不看世事，而只盯住意义世界，善与恶，真与假，虚与实，美与丑，乃至生与死……他更不明白这双眼为何偏偏落在他的身上。如果这一切都还能够忍受的话，那他至死也不能瞑目的是，为什么单单只给了他这样一双眼睛，而却又把他的身体原数不动地放在这世界当中？让他睁大了这双眼睛，残忍的看着自己如何行那不义、不实、虚假和罪恶……如果他体恤这双眼睛，那肉体就要溃烂，即使它自己不溃烂也要被世界所腐蚀掉——这可是沉甸甸的肉身啊。更具折磨性的是，这双无形之眼无法受到人的控制，它似在非在，亦真亦幻，无形无体，你无法对别人谈论它的真实存在，即便你说了，别人也看不见摸不到，而只会认为你是个疯子。有时候，真想拿把刀子把它剜掉，可是要从何处下手呢？你面对的根本不属于这物质世界！等等，难道它不是真实的存在着吗？天啊！宁可相信这眼前的桌子椅子是非真实的，都不会相信它——这超然视力——是非真实存在的。它是另外一种真实，这物质世界无法与之相比的真实，它是……哎！算了，谁会相信呢……有多少次，地下室人决意要与他的超然视力决斗，压制住自己那颗悸动不安的心灵。他要重新变为"正常人"，追随着"他们"的美与崇高，与世俗的木马一起绕环。回到社交场去，努力学习这里的语言，交际方式，把握"他们"的尺度，甚至耍一些"雅"与"俗"的手段。他与他们"激动"地谈论着：上司的脾性、职务的空缺与升迁之道、政治界的热点……但是，对于地下室人来说，感觉如同口渴的时候喝进一些盐水，他越是极力使自己看起来与其他人相同，心里就越是慌乱。他一度自己骗自己，说这是趋同的过程，每个人都必须面对，只是接受能力各异罢了。直到他发现，即使

附篇

他表面上做到了"合群",也不能够掩盖他与他们之间根本上的不同。经常在他最得意的时候,也就是他自认为最符合他们群体的特征的时候,甚至比他们还要像他们的时候,突然遭到后者莫名其妙的嘲讽、奚落乃至排斥,他对于这突如其来的事件,怎么也想不通道理何在,它的原则是什么?其实,他们哪里还有什么原则呢?原则早已经作了交易!他有些懂了,他们其实是一些没有根基的浮尘,这是他与他们的根本不同,他还遵循着原则……。他们所建立的世界也是没有根基的世界,"他们……把最近的、次要的原因当成了初始的原因,于是他们就比别人更快和更容易地相信,他们已经找到了自己事业的无可争辩的基石,于是他们也就心安理得了。"这怎么可以,他们怎么能够这样?他气愤的写下了下面这段话:"你们瞧:如果不是宫殿,而是个鸡窝,又下起了雨,为了不致把自己淋湿,我也许会钻进鸡窝,但是我终究不会因为鸡窝替我避风挡雨,出于感激,我就把鸡窝当成宫殿。你们在笑,你们甚至会说,在这种情况下,鸡窝与巍峨的宫殿——毫无二致。'是的',我回答,'如果活着仅仅是为了不被雨淋湿的话'"(《地下室手记》)……这双眼睛是一对"寻找"的眼睛。说白了,它孜孜不倦地在探寻什么是人生中"最高的生活意义"?……我——有感觉,能思考,可以勾连记忆、存储往事,有幻想,能"造梦",有期待和向往,有不满、怨悔和牢骚……可是,谁把这么一个我派到这世界中来的?(我说的可不是肉身形体,而是这包含全部思维意识、感觉与情绪的"我"……)为什么在做这件关乎我个体命运的抉择之前,也不与我商量一下?……我知道,这么说挺无趣的,就好像是说我在"存在以先即已存在"似的,又是个典型的鸡和蛋"谁先存在"的问题……可是,我就是带着这样的问题和情绪在这里言说,这种感觉是"无比真实"的!……关键是,这个世界上存在着那么多的"不美好"、丑陋鄙俗的东西……甚至是遭厄堙窣的人生……(我这么说,并不完全是在宣泄情绪,而是在阐述"谁也绕不过去"的生命现象与精神记忆……)你瞧,你说的多么无耻!难道这世界中就没有一点美好的事物值得留恋和感动,甚至是期待与渴慕?……有啊!这问题我无须考虑当即回答,可这问题自身就很成问题:难道,这是一种交易?用苦换甜、用忍耐换通达,用疾苦换享乐?我说,即便是这样,我要是就不情愿参与这些个"这样或那样"的交易呢?……没办法呀,这些情绪、意志、自由选择等等,或者干脆说是"怪念头",也一并随着我来到这个世界上……这思想与感觉,也有着与肉身同样的"使用逻辑",也就是说,你不能让我一辈子只使用"耳朵"而不准用"眼睛",或者"用嘴就不能用耳朵"……(你不能让我只感觉到"美"或"善",而忽略丑恶,充耳不闻、视而不见?)……扯来扯去,最后都是不欢而散,让人有一种想"呕吐"的感觉……"我的存在"本身,或多或少就是来源于"荒诞"和"无厘头"……接下去,就更气人了:本来,把我抛到这个荒芜的世界中,就已经让我摸不着头脑、感到阵阵"恶心"了,关键我还搞不懂来这要干些什么。总得有个什么"目的"、"意图"之类的,或者"追求"点什么,总之一句话:得有点"作为"吧?可是我举目一瞧,干什么的都有……纷繁芜杂的世道与行当、三教九流形形色色……老天,我用什么眼光来区分——从万众瞩目到男盗女娼的芸芸众生之相?……幸福的日子?甜蜜的生活?——就是像猫狗一样?吃吃喝喝、玩玩睡睡?!……那你倒是把我干脆弄成猫或狗,而不是一个有思维意识、有感觉与情绪,甚至能自我批判与自我对抗的——人。还有，时时逼近的死亡，又是怎么回事？死神将把每一个人送往何处？我们又将去到哪里？是否也与这个世界一样凄迷、令人怅惘？……是否，这里（这个世界）就是最后的终点？……过境的旅客搭乘上了不知所向的马车、却又因故永久的停歇？！从开始（原谅我：不知开始是何时）到最后（亦不知是何地），未曾有人能完完整整地回答这些问题……这些问题烧毁了不计其数的皓首穷经的大脑、送走了无数个日日夜夜与春夏秋冬……好吧，对于那些已经习惯了这个世界的人来说，一切已成惯性，周而复始，已然不再需要对此发问或回答；又或者他们成功练就了一种闭目塞听的本领……可那又如何？这些问题仍然在那里，坚坚实实地屹立不动……最高的生活意义是什么？有人为此癫狂，有人嗤之以鼻极端轻视，有人抱残守缺固步自封抓着根柴火就想泅渡过河……"存在"即是"荒诞"、"无厘头"，什么"幸福"、"和谐"、"享乐"全无意义；死亡：人的死亡、大自然的消亡，全部死亡，全体的归宿——死亡、消殒……在虚无心灵看来，世界没有意义，人与生活均无意义，并没有"最高的生活意义"，一切——无所住心……在陀思妥耶夫斯基看来：取消了最高的生活意义，人——要么自杀，要么杀人。因为既然没有生存的意义，既然死亡是唯一的归宿。既然统统归于幻灭……那么——"一切都可以做"……多活一天、少活一天怎会有区别？一切只因"我愿意"、"我无所谓"……又因此，出现了一种"好好"眼光：犯罪作恶"很好"、为义牺牲"也很好"，"很好很好都很好"……反正"没有最高的生活意义"，你享你的"乐"，我过我的"好"，他寻他的"短见"……得过且过，当一天和尚撞一天钟……又后来，在某个闲来无事的傍晚，突然在这个

"念头"上加上个"主义"二字，也就可以到浩瀚的知识海洋里去闯一闯了……这还仅仅说的是那些能够为此（最高的生活意义）进行思考或反思的一小部分人而已，那些大多数的"不思"的芸芸生灵呢？随便用一支笛子、甚至一声口哨也就把他们的一生给唬弄过去了，再者，还有最最基础、直接、简单的"衣食住行"以及为此牢牢牵制着他们的money……陀思妥耶夫斯基信仰着一个核心思想——灵魂不朽，"没有灵魂不死的信念，人与世界的联系就割断了，这条纽带就变得越来越细，越来越腐朽了，而丧失生活的最高意义必然导致自杀。总之，灵魂不死的思想——这就是生活自身，就是生机勃勃的生活，是生活最确切的表述，是真理和人类的正确意识的主要源泉"。（《作家日记》）……再来说佩索阿……佩索阿的最终选择是：向生活缴械投降……"生活像我们的影子追随我们。当只剩下影子时，影子才会消失。只有当我们对生活缴械投降时，生活才不再追随我们"。（《不安之书》）……毅然放弃现实，回到梦幻的世界中去。现实与幻想以及睡梦中的世界被彻彻底底地进行了反转式的设定……梦幻中：消解了时间与空间，生活与命运不再是单向线性的流逝，一切逝去的——都会在另一种维度或者以另一种奇幻方式重现……否则，世界上就不会存在任何意义与价值……这让我们很自然地与陀思妥耶夫斯基的"不朽"产生了同样的感觉……"我们属于这样一代人，出生在一个思想和心灵都找不到任何支撑的世界。上一代的毁灭性工作留给我们一个这样的世界，在宗教领域缺乏安全，在道德领域缺乏指引，在政治领域缺乏安宁。我们出生在形而上痛苦、道德焦虑和政治不安之中（……）如今，世界只属于愚昧无知、麻木不仁和躁动不安"。（《不安之书》）……理想本身——难道不是对现实的否定吗？……万物萌生——就像春天一样，无限可能、无限开放的季节……陀思妥耶夫斯基、佩索阿、虚无心灵、存在感……甚至还有什么……追随、吸纳、感受……心灵像长满无数气孔和叶脉的叶片，吸收、输送、转化……全部、全部、全部——这就是我们伫立在这个时代的心灵回音。

或隐或明——书札与随札

尾 言（后记）

非对称主义　宣言

破碎的　残缺的　苦楚柔弱的　美
零散的　非逻辑的　反逻各斯中心
直感的　啜泣的　信慕的
留白的　象征性隐喻诗体

……生命力已燃到尽头……我无处安放我的灵魂……
读与写　也无非是高质量的逝去时间
　　　　　　　　　有尊严地静候死亡……

阅书小瞰

《罪与罚》
［俄］陀思妥耶夫斯基（著），臧仲伦（译），上海三联书店。

《地下室手记》
［俄］陀思妥耶夫斯基（著），臧仲伦（译），上海三联书店。

《被侮辱与被损害的人》
［俄］陀思妥耶夫斯基（著），臧仲伦（译），译林出版社。

《白痴》
［俄］陀思妥耶夫斯基（著），臧仲伦（译），上海三联书店。

《群魔》
［俄］陀思妥耶夫斯基（著），臧仲伦（译），上海三联书店。

《少年》
［俄］陀思妥耶夫斯基（著），臧仲伦（译），上海三联书店。

《卡拉马佐夫兄弟》
［俄］陀思妥耶夫斯基（著），臧仲伦（译），译林出版社。

《作家日记》
［俄］陀思妥耶夫斯基（著），张羽（译），河北教育出版社。

《陀思妥耶夫斯基的世界观》
［俄］别尔嘉耶夫（著），耿海英（译），广西师范大学出版社。

《根除惯性——陀思妥耶夫斯基与形而上学》
［美］克纳普（著），季广茂（译），吉林人民出版社。

《陀思妥耶夫斯基：反叛的种子，1821－1849》
［美］约瑟夫·弗兰克（著），戴大洪（译），广西师范大学出版社。

《陀思妥耶夫斯基：受难的年代，1850－1859》
［美］约瑟夫·弗兰克（著），戴大洪（译），广西师范大学出版社。

《道德·上帝与人——陀思妥耶夫斯基的问题》
何怀宏（著），北京大学出版社。

《托尔斯泰与陀思妥耶夫斯基》
［俄］梅列日科夫斯基（著），杨德友（译），华夏出版社。

《圣经历史哲学》
赵敦华（著），江苏人民出版社。

《人的奴役与自由》
［俄］别尔嘉耶夫（著），徐黎明（译），贵州人民出版社。

《拯救与逍遥》（修订本）
刘小枫（著），华东师范大学出版社。

《灵魂的故事》
史铁生（著），天津教育出版社。

《人生哲思录》
周国平（著），上海辞书出版社。

《生命的注释》
［印］克里希那穆提（著），九州出版社。

《生生之境》
顾城（著），金城出版社。

《英儿及其他》
顾城（著），金城出版社。

《灵魂之旅》
邓晓芒（著），作家出版社。

《灵之舞》
邓晓芒（著），作家出版社。

《草叶集》
［美］惠特曼（著），邹仲之（译），上海译文出版社。

《不安之书》
[葡] 佩索阿（著），刘勇军（译），中国文联出版社。

《自决之书》
[葡] 佩索阿（著），刘勇军（译），中国华侨出版社。

《白银时代诗歌选》
[俄] 勃洛克等（著），张冰（译），东方出版社。

《加缪全集》
[法] 阿尔贝·加缪（著），王殿忠、柳鸣九（译），上海译文出版社。

《源泉》
[美] 安·兰德（著），高晓晴、赵雅蔷、杨玉（译），重庆出版社。

《在路上》
[美] 杰克·凯鲁亚克（著），王永年（译），上海译文出版社。

《纪伯伦散文诗精选》
[黎巴嫩] 纪伯伦（著），伊宏等（译），中国书籍出版社。

《洛丽塔》
[美] 纳博科夫（著），主万（译），上海译文出版社。

《窄门》
[法] 安德烈·纪德（著），桂裕芳（译），上海译文出版社。

《托尔斯泰文集》
[俄]托尔斯泰（著），草婴（译），上海文艺出版社。

《卡夫卡小说全集》
[奥]弗兰茨·卡夫卡（著），高年生（译），人民文学出版社。

《审判》
[奥]卡夫卡（著），姬健梅（译），北京大学出版社。

《自由》
[美]乔纳森·弗兰岑（著），缪梅（译），南海出版社。

《山本耀司：我投下一枚炸弹》
[日]山本耀司、满田爱（著），化斌（译），重庆大学出版社。

《流浪者之歌》
[德]赫尔曼·黑塞（著），徐进夫（译），上海三联书店。

《毕希纳全集》
[德]格奥尔格·毕希纳（著），李士勋、傅惟慈（译），人民文学出版社。

《马丁·路德文选》
[德]路德 Luther（著），马丁·路德翻译小组（译），中国社会科学出版社。

《活出生命的意义》
[美] 弗兰克尔（著），吕娜（译），华夏出版社。

《人以什么理由来记忆》
徐贲（著），中央编译出版社。

《活着，为了什么？》
[法] 以马内利修女（著），华宇（译），深圳报业集团出版社。

《走向绝对：王尔德·里尔克·茨维塔耶娃》
[法] 托罗多夫（著），朱静（译），华东师范大学出版社。

《模糊性的道德》
[法] 西蒙娜·德·伏波瓦（著），张新木（译），上海译文出版社。

《审美教育书简》
[德] 席勒（著），张玉能（译），译林出版社。

《法国革命史》
[法] 米涅（著），北京编译社（译），郑福熙（校），商务印书馆。

《社会契约论》
[法] 卢梭（著），何兆武（译），商务印书馆。

《政治学说史》
[美] 乔治·萨拜因（著），[美] 托马斯·索尔森（修订），

邓正来（译），世纪出版集团上海人民出版社。

《丹东传》
[俄]列万多夫斯基（著），谢翰如（译），生活读书新知三联书店。

《哈耶克传》
[英]阿兰·艾伯斯坦（著），秋风（译），中国社会科学出版社。

《哈耶克论文集》
[英]F·A·哈耶克（著），邓正来（选编/译），首都经济贸易大学出版社。

《法律、立法与自由》
[英]F·A·哈耶克（著），邓正来、张守东、李静冰（译），中国大百科全书出版社。

《自由秩序原理》
[英]F·A·哈耶克（著），邓正来（译），三联出版社。

《个人主义与经济秩序》
F·A·哈耶克（著），邓正来（译），生活·读书·新知三联出版社。

《科学的反革命——理性滥用之研究》
F·A·哈耶克（著），冯克利（译），译林出版社。

《哈耶克读本》
F·A·哈耶克（著），邓正来（主编），北京大学出版社。

《通往奴役之路》
F·A·哈耶克（著），王明毅等（译），中国社会科学出版社。

《知识分子为什么发对市场》
［英］哈耶克　［美］诺齐克等（著），秋风（编），吉林人民出版社。

《规则·秩序·无知——关于哈耶克自由主义的研究》
邓正来（著），生活·读书·新知三联出版社。

《哈耶克法律哲学的研究》
邓正来（著），法律出版社。

《心智、知识与道德——哈耶克的道德哲学及其基础研究》
马永翔（著），生活·读书·新知三联出版社。

《法律秩序与自由正义——哈耶克的法律与宪政思想》
高全喜（著），北京大学出版社。

《自由与权力》
［英］阿克顿（著），侯健、范亚峰（译），商务印书馆。

《民法学说与判例研究》（第八册）
王泽鉴（著），中国政法大学出版社。

《法律思维与民法实例》
王泽鉴（著），中国政法大学出版社。

《法学方法论》
[德] 卡尔·拉伦茨（著），陈爱娥（译），商务印书馆。

《法理学》
[美] 罗斯科·庞德（著），邓正来（译），中国政法大学出版社。

《比较法总论》
[德] K·茨威格特、H·克茨（著）潘汉典、米健、高鸿钧、贺卫方（译），法律出版社。

《现代性社会理论绪论》
刘小枫（著），上海三联书店。

《没有约束的现代性》
[美] 沃格林（著），张新樟 刘景联（译），谢华育（校），华东师范大学出版社。

《在事实与规范之间》
[德] 尤尔根·哈贝马斯（著），童世俊（译），生活·读书·新知三联书店。

《哈贝马斯的现代性社会理论》
王晓升（著），社会科学文献出版社。

《支配社会学》
[德] 韦伯（著）康乐、简惠美（译），广西师范大学出版社。

《实践与反思——反思社会学导引》
[法] 布迪厄、华康德（著），李猛、李康（译），邓正来（校），中央编译出版社。

《研究与反思——关于中国社会科学自主性的思考》
邓正来（著），中国政法大学出版社。

《学术自主与中国深度研究——邓正来自选集》
邓正来（著），上海文艺出版社。

《后现代论》
高宣扬（著），中国人名出版社。

《存在主义》
高宣扬（著），上海交通大学出版社。

《伦理学》
[德] 朋霍菲尔（著），胡其鼎（译），魏育青、徐卫翔（校），世纪出版集团上海人民出版社。